JN223179

せらび探偵小説セレクション——1

耶止説夫作品集

八切止夫の国際探偵小説

藤田知浩◎編

せらび書房

耶止説夫〔やとめ（やどめ）・せつお〕

本名、矢留節夫。一九一四〔大正三〕年生まれ。一九三四〔昭和九〕年に日本大学に入学。一九三九〔昭和十四〕年に『新青年』にて南洋を舞台にした「珊瑚礁王国」を発表し、以後作家活動を活発化させる。一九四二〔昭和十七〕年に満洲に渡り、大東亜出版社を設立。一九四六〔昭和二十一〕年に日本に引き揚げてからも小説などの執筆は続けたが、作品の発表数は次第に減っていった。一九六四〔昭和三十九〕年に筆名・八切止夫で書いた「寸法武者」が第三回小説現代新人賞を受賞し、以後八切名義で執筆を再開。一九六七〔昭和四十二〕年の『信長殺し、光秀ではない』〔講談社〕以降、独自の歴史観を元にした著作を次々に発表。後に日本シェル出版を設立して、自ら「八切史観」と呼ぶ歴史学を確立するために執筆と刊行を続けた。一九八七〔昭和六十二〕年、死去。

目次

装画——グレゴリ青山

装　幀――トマス工房
編集協力――橋本雄一

関連地図

※奉天は現在は瀋陽

校訂について

本書においては、旧字体・歴史的仮名遣いは新字体・現代仮名遣いに改めた。誤字、誤植と思われる箇所は基本的に訂正したが、著者特有の表現はそのままにした。また、脱字と思われる箇所は文字を推測の上で適宜補った。送り仮名は同一作品内でも統一しないのを基本として、振り仮名は底本を基準に適宜削除、追加した。句読点と中黒は、読みにくい箇所においては補い、また入れ替えた。括弧類は読みやすさを重視して適宜統一、または変更した。特に耶止は丸括弧の使い方が色々であるが、固有名詞を囲む箇所のみカギ括弧に変更・統一して、残りはそのままにした。この他、細かい注意点については、各作品の前に置いた「底本・校訂」にて説明した。なお、今日の観点からすると不適切な表現も見受けられるが、歴史的な資料と考え、そのままにした。

海豹髭《シールビアド》中尉

書誌

初出は『新青年』第二十一巻第四号（博文館、一九四〇（昭和十五）年三月）。角書きは「海洋ユーモア」で、「海のジプシー《（ママ）》、ミスター・ヤトメが縦横無尽に太平洋をあばれ回る、海洋ユーモア・シリーズは、いよいよ出《い》でて、いよいよ痛快！」という惹句あり。後に『大東亜海綺談』（鶴書房、一九四二（昭和十七）年）に若干加筆の上で収録。また、『大衆文学大系』第三十巻（講談社、一九七三（昭和四十八）年）に、初出を底本にして耶止説夫名義で収録された。

底本・校訂

『大東亜海綺談』収録の、初出から若干加筆された本文を底本にして、初出を参照した。振り仮名はパラルビである底本に準拠して、総ルビである初出を参考のうえ、適宜追加、削除した。

舞台解説

日本委任統治領

委任統治とは、第一次世界大戦後、国際連盟が設けた植民地統治の制度。敗戦国の植民地などが対象で、国際連盟もしくは連盟が委任した国家が統治を行った。日本は第一次世界大戦中にドイツの植民地であった赤道以北の太平洋諸島を占領したが、終戦後に日本委任統治領として認められ、開発と統治を続けた。

豪州委任統治領

第一次世界大戦時にオーストラリアが占領したドイツの植民地で、終戦後に委任統治領として認められた領域。赤道より南の島々や、ニューギニア島の北部がそれにあたり、日本委任統治領に隣接していた。

一

「さあ、いらっしゃい、いらっしゃい。イエスの神様の活動写真」

昼は船の帆である四反の帆布《ほぬの》が、夜は映写幕《スクリーン》になって、椰子《やし》の樹《き》から樹へはり回されて、風に動かないように、重石《おもし》を二つぶら下げている。自転車の後につけて回るのが紙芝居なら、こうして発動機船に一貫目《かんめ》二円と云う屑フィルムを載せて、鋏《はさみ》と接合液で勝手に編集した、阪妻の現れるアメリカ映画を持回る吾々《われわれ》は何に当ろう。

お代は椰子の実五十個か、表にキング裏はカンガルーに駝鳥のオーストラリア一志《シリング》。金の無い奴《モニーショター》は、紫色のスタンプを額に一つ。石鹼《せっけん》などの普及していない島々だけにスタンプを捺《お》して置けば雨が降っても十日は保《も》つ。そして私は、香水のついているジョーゼットのハンカチで、神妙な顔をしながら、一人ずつ、えいやーと、お祓《はら》いをする。このお祓いを受けないと映画が見えない。視《み》えても、きっと神様の罰《ばち》が当ると前から、宣告してある。そうして置かないと囲いの無い空地でやる映画劇場は、入場無料のお客さんだけになってしまう。それに切符を渡して後から調べるのも大変だし、信仰心の強いこの一帯の色々の島民達の道義心を尊重するのと、われ等の神様映画の勿体《もったい》をつき交ぜて、所謂《いわゆる》一石二鳥の寸法だった。

附属五品付暗室不用、定価十銭卸《おろ》し七銭二厘《りん》、ウツール写真機の製造元から取寄せた自動発電の百六十五円の映写機はいくら美人印の自転車の油をさしても、一巻の間に二回はえんこして面食《めんくら》わせる。ぼやけて途中で消えかけても神様映画だから、お客さん方は口笛をふいたり足を鳴らす代りに、反《かえ》ってその神秘性に感激している。

「そして、イエスは、爾晋何《なんじら》を見んとて野に出しや、風にふかるる葦《あし》なる乎《か》、将又《はたまた》、御用の提灯《ちょうちん》か己《おの》れ参るか、きるるぞ」

基督《キリスト》が下界のようすを探るために、白装束の丹下《たんげ》左膳《さぜん》に化けての大殺陣。それから私もむかし、見覚えのあるベンハーだったかトロイ情史の一部である。ローマ時代の白い寛衣《ガウン》があらわれて動く。そしてまた、白い羽織の近藤勇が羅馬《ローマ》から帰朝してキリストになって、ゴルゴタの丘ならぬ、東山三十六峰で、敵に追われて棘《いばら》の道を辿《たど》り、最後の一巻でようやく本物が現れて、茶っぽくなった画面に白く硬《こわば》った顔を視せつつ、FIN。

何しろ一貫匁《かんめ》二円のフィルムは邦物で五年前、洋物では十年前となっている。然《しか》もこいみで入っているので、筋を通すのが大変である。白い着物をつけている者は、男女国籍場処《ばしょ》を問わず、神様と云う事にして出来るだけ変化を与える為《ため》に、ローマ物とチャンバラを交互に継いでやった。その昔、活動写真華やかなりし頃、フィルムの一駒ずつを集めて子供は、それを紙に挟んで、夜店で買ったボール紙の黒い幻灯箱で障子に映しては活動ごっこをしたのである。その時の天性、未《いま》だ衰えず天晴《あっぱ》れ主任弁士として、私は名文句を次々創作しつつ、ちょん髷《まげ》のラブシーンに、アヴェ・マリアのレコードで伴奏をつけている国吉に、時々にやにやと笑って見せていた。

映画法には関係ないが、八巻で二時間半。それで切上げて、

「明朝、又《また》集れと、この島の酋長《ナンマリキ》にそう云って置け」

私は、レーベンに命令して、国吉と引揚げることにした。集った銀貨を麻袋に入れ、山になった椰子の実には見張り番に、此方《こちら》の島民を其処《そこ》で露宿させて、先に船へ帰って来た。

船腹の都合で、雑貨類の輸入が二月《ふたつき》ばかり途切れてしまったので、今更現金《いまさらキャッシュ》で椰子を買集めるのも二割の口銭では莫迦莫迦《ばかばか》しいし、物々交換で散々《さんざん》儲けている最中なので、他に名案はと考えた挙句《あげく》が、この活動屋だった。どこかの島の酋長《ナンマリキ》に売りつけるつもりで取寄せて置いた映写機を種にして、大洋州の未開の孤島を巡業して回っているところだった。

さて翌朝、昨夜の広場へ行ってみると、命令して置いた通り、酋長《ナンマリキ》初め百八十人余り、全島の住民が蝟集《いしゅう》していた。レーベンが、その中から、紫色のスタンプ入りの人間だけ選出して、それを一列に並べて、積《つも》っている椰子《マガシ》の実の処《ところ》へ連れて行った。命令されてスタンプ無産階級が実を割って、中の果肉を刳《えぐ》って乾燥している間、第二の商売に私達は取りかかった。

百枚替《がえ》五円六十銭、一枚五銭六厘の聖画――銅版のやけに光沢のあるアート紙の、山上の基督《キリスト》、最後の晩餐、海上の耶蘇《ヤソ》、キリスト誕生、立像マリア、微笑《ほほえ》む聖母、一枚十銭均一。――種類を多くして売りつける関係上、モナリザまで臨時聖母に派出婦となる。

小物の十字架のメダルとか、栞《しおり》の類等は、カトリックの信者に売れても、プロテスタントの島民には商売にならぬ事もあるが、こう云う大きな物になると、信仰より室内装飾で売れるらしい。コロ版の額縁、横浜渡し、一枚二十三銭に硝子《ガラス》をつけて五志《シリング》均一、色は金銀黒の三種類、ひと頃銀座の夜店で五十銭均《テ》一《ブ》で商っていたあれである。聖画の外《ほか》にお好みが出るのは、軍艦の絵に思い掛けなかったカイゼルの肖像、売れそうで売れぬのは静物風景裸体画、自分等も裸のくせに、女の裸体画と来ると、驚く程厭《ほどいや》がる。見飽きていると云う意味より、宗教的な戒律《タブウ》らしい。

額絵の商売も終って、椰子果の乾燥し切る三日間、この島で何をして過《すご》そうかと、考えている私に引きかえて、国吉はもう島の黒美人《ネグレス》に眼をつけて、ちょこちょこ肘鉄砲《ひじでっぽう》を食っている癖《くせ》に、象皮病に罹《かか》っている薄気味悪い女の側《そば》へ行って、莨《たばこ》で口説いている。

「後にして、此方へお出で下さい。今晩からは、仕事も終ったでしょうから、陸で寝《やす》んで下さい――って酋長《ナンマリキ》が云ってますから、眠る場処だけは先に調べて置きましょうよ」

レーベンに案内されて、その広場から山道を昇って行くと、今迄《いままで》気付かなかった白亜《はくあ》の建物が、粗末ながら洋風に建っていた。

「あれが、俺達のホテルかい」

「ちょっと待って下さい船長《キャプテン》。訊《き》いてみますから。――あれは、酋長の家でも、ホテルでも無くて、白人が住んでいるんだそうです。え、何国人だか知らないが、頭髪《かみ》が褐色《シャヤン》の爺さんで、彼処《あそこ》の家に髯《ひげ》の大きな人の絵……ああ、あのカイゼルの絵が掛けてあるので、それでこの島の者等が自分達も今朝《けさ》買ったのだ。……あの絵を持って行けば、買いますよって、云ってますよ酋長が。――」

三畳紀、白亜紀の岩石が細長く連なり、蛇紋岩《じゃもんがん》を主とする迸出岩《へいしゅつがん》が続いている山峡《やまがい》の途《みち》を、私達は進んで行った。

この侘《わび》しいソロモン諸島の離島《はなれじま》、ビゴ島に浮世離れして住んでいる独逸《ドイツ》人らしい男に、何か気を惹《ひ》かれて逢いたくなったのだ。

二

ブレスラウ氏は、老人に似ぬ元気な腰付きで、竈《かまど》で麵麭《パン》を焼いていた。鰥《やもめ》暮しの暢気《のんき》さで、塩漬けの豚の肢《あし》を出すと、骨の間から肉をしゃぶり出しては、香ばしい竈の匂に鼻をひくひくさせていた。一枚しか残っていないワイシャツを、今朝《けさ》島女に洗わせたので、シーツをバスローブのように羽織って、壁の色褪《いろあ》せたカイゼル陛下の写真にむき合っていた。

祖国の総統が今はヒットラーで、彼は昔のカイゼルにも劣らぬ、国民の支持を得ている事は、風の便りと云う代物で、ブレスラウ氏もよく知ってはいた。だが、海軍中尉と云う肩書を退職したとは云え、持っている氏に取って、階級意識の厳然たる軍隊出身者として、伍長上りの総統は苦手らしかった。それに、若い時から髭を愛し、ても鬱蒼たる海豹《あざらし》ばりの顔面装身具を具《そな》えた氏に取って、あのちょぼ髭は心細かった。だから初め、ラインランド進駐の頃、雑誌から切抜いて壁にはった写真は、インキで太く修正したが、それが陽《ひ》に照らされると、蜥蜴《とかげ》のように光って感じが悪いので、一週間で隠棲して頂いて、代りに又《また》戸棚からカイゼル陛下に復位して貰った事がある。

現在日本の委任統治に入っている、赤道向こうのポナペ島に、例の巡洋艦エムデンまで出陣して島民軍と闘った、一九一一年十月二十日のジョカージ反乱事件で、虐殺された時の知事ベーダーと氏は同期で、亜弗利加《アフリカ》から共に赴任して来たのだが、幸運にも氏はピンゲラップ、グリニッチと離島をオスマン号で回っていて救かったのである。

三年経《た》って、大戦になって、駆逐艦コンドル号の乗組みになった。そして戦後旧独領でも現在は豪州連邦の委任統治になっている、この島へ意気揚々と現れると、島に椰子林を持っていた、六十三のカルネリ婆さんに求婚した。婆さんの方の和蘭《オランダ》国籍に入る事にして、フィジィの西太平洋庁長官の許可で落付いたのが三十五歳。二年経って愛妻が予定通り死んで、パプア島のカイゼル市に待たしてあった、意中の女イヒリッヒを呼ぼうとした処、その前年に金掘りの仏蘭西《フランス》人とパースへ遁《に》げてしまった後だった。うたた落莫《らくばく》とした気持で、ヨイマチグサを独唱している裡《うち》に光陰矢の如くここに四半世紀、自分で麵麭を焼いている今日となったのである。

朝な、朝な、ラジオの設備が無い為に体操の代りにと、旧態依然として「ラインの護り」や「ドイチェランド」を太いテノールで健康法として唄っている和蘭人《オランダ》も、最近の国際情勢は些《いささ》かわきまえていた。昨日から変な船が来て、島民ならぬヘルメットの人間が島に現れたのを知っているので、今朝は、一週間分の食糧を作りながら、表口を明放《あけはな》してわれわれ一行の入って来るのを睨《にら》んでいた。しかし近づくと、

「……やあ、日本人でしたか」

私を迎えて、ブレスラウ氏は吻《ほ》っとしたように、にこにこ笑いながら立上って握手をした。そして、空《あ》いている方の手で見事な海豹髭《シールビアド》をひねくっている。防共連盟を、親類づき合いの如く考えている私達は、まあすっかり気を許してすすめられる儘《まま》、島民の家よりはましな、氏の家に逗留《とうりゅう》さして貰う事にした。

「あのねえ、あした、あんたに好いもの見せてあげるから、今日は退屈だろうが麵麭でも肚《はら》一杯つめて寝ていて下さいよ」

錻力《ブリキ》で継ぎの当ったフライパンを気忙《きぜわ》しく、動かしながら、羽をむしったばかりの、鶏《にわとり》の肢を、割《わり》箸《ばし》をさくようにして、ヘットの中へ入れた。そして嬉しそうに、にこにこしていた。

朝になると、約束通り、まだ南海でも薄暗い四時と云うのに私を起した氏は、自分は古式な、トラファルガル海戦図絵とでも申したい、年代物の軍服を身につけ始めた。

中尉殿に還ったブレスラウ氏は表へ飛びだすと、牧神《フオス》の角笛《つのぶえ》と云えば、人聞きは好いが、豆腐屋の喇叭《ラッパ》に似たのを、ぶーっと吹鳴らした。すると酋長《ナンマリキ》を先頭に、島のポリネシア、ミクロネシア、黒色

褐色の島民が、楯と槍を持って集って来た。あまり騒々しいのでその後から、レーベン始め私の連れて来たナチック族の船員が、スワ何事ぞと飛んで来た。

先頭になった中尉殿は、指揮刀代りの麺麭の伸棒《のべぼう》をふって、海岸へ駆足《かけあし》で行軍した。

われわれ観戦武官の一行もそれに遅れじと、急いで後を追った。

何処《どこ》から集ったのか、五十に近い独木舟《キャヌー》が群《むらが》っている。旗艦らしい赤い布のついているのに提督《アドミラル》ブレスラウ閣下は乗組んでいる。昨夜の料理ぶりよりは確実な手付きで、想像巡洋艦や仮装駆逐艦を指揮して、敵前上陸の体勢。酋長《ナンマリキ》を部隊長として、紫スタンプの残っているのも混る、地上部隊は反撃に出る、彼我《ひが》の間は猛烈な攻防戦、海岸は水柱と飛沫《ひまつ》で霧がかかったように煙っている。雄叫《おたけ》びの声で波音も耳に入らぬ、激戦数十分。

投げあう石が品切れになったのか、休戦喇叭を敵の提督《アドミラル》が吹いて、そして上陸して来ると、演習講評を初めた。観戦武官も、やっと意味が飲みこめて目を見張っていたのを一服。レーベン達は、まだ訳がわからぬらしく、老海軍中尉の海豹髭《シールビアド》に見とれて、感心したり不審そうに頭をかしげている。

「これは島のページェント。まあ運動会さ。なあ、どう思う?」

「船長、だが、あの異人さんは熱心すぎますよ。わたし達への歓迎の見世物か、示威運動か聞きたくなりますよ、まったく」

「国吉、そうひがむな、事によったら、この島の武備を整えて、独立し、国際連盟へでも加入しようと云う、とんだ黒主《くろぬし》かも知れんよ」

などと、噂をしているのにも気づかず、老中尉は汗を拭きつつ、にこにこして歩いて来た。

三

「あのねえ、貴方が日本人だから打明けた話をするんだが、絶対に他言は無用ですぞ。いいですかな」

私の頸《くび》を抱くようにして部屋の中へ連れこんだブレスラウ氏は、服を脱いで、ヘヤーブラシの針金のような胸毛を、逆撫《さかな》でしつつ、深刻に近い顔付きで話しだした。

「今、日本の統治領に入っている、カロリン諸島のヤップ島。彼処の港で、日本の対独宣戦となって南遣艦隊が来た時、座礁自爆した独逸《ドイツ》の巡洋艦フランネット号を、御存じかな。それと当時の膠州《こうしゅう》湾《わん》艦隊の主力、コルムラロ号の二隻が、世界大戦勃発の時、この一帯の島、即ち、まあはっきり云ってしまえば、……此処《ここ》に碇泊していた事実がある。わかりましたかね」

話している処へ、酋長《ナンマリキ》が、ドリアンの実の皮をむいて運んで来て、その儘《まま》側へ腰を下ろした。表に立っていた国吉も、今朝の演習から何か無気味なものを感じているらしく、警戒するつもりか、レーベン始めこちらの島民を集めて戸外に揃えた。そして、自分は拳銃を握って、私を護衛する為らしく入って来た。

部屋の中は、私も酋長《ナンマリキ》もすこし落着けなくなるほど、騒々しくざわめいて来た。だが、老中尉はそう云う事には、全然無頓着らしく話しつづけた。

「儂は、現在の便宜上の国籍が何処であろうとも、純粋なゲルマン、独逸人《ドイツ》だ。一旦緩急あれば祖国の為に起《た》つ。戦わば相手は英吉利《イギリス》。往年の雪辱に戈《ほこ》を取る覚悟である。この島の酋長《ナンマリキ》ベアリンも、島の者達にさえ口外はしていないが、いざと云う時は、儂と共に蹶起《けっき》する手筈《てはず》になっている」

「この島の事、この島のブレスラウさんの事、貴方にわたしが話さなかったのは、そう云う約束があったからでして、悪く取らないで下さい。此処は初め、ゴーガンヴィル島やブゴ島と一緒に、御承知のように独逸《ドイツ》領でした。其頃《そのころ》は税金《タキシー》と云ってもほんの僅《わず》かでわたし共《ども》は、薬など頂いて反って有難かったのですが、戦争になって、豪州連邦になってからは、酒は飲まさない、他島への移住も許可制、税金《タキシー》はこの島だけで三百八十磅《ポンド》。独領時代の二百倍。椰子《コプラ》の値だってツラギ島の長官《ガワナー》が勝手にきめる……買入れの白人の御用商人に都合が好いように一噸《トン》五磅ぐらい——わたしらだってオーストラリアのシドニー相場が、噸二十五磅だって事は知ってます」

「まあ、酋長のいう通り、税金が法外に高く、唯一の収入である椰子《マガシ》を、英吉利《イギリス》人が官憲の力で強制的に時価の二割と云うひどい買入価格で島民を搾取しているのは、お聴《き》きの通りだが……さて改めて儂はお話がある。これは口外にするのは二十五年振りだし、勿論《もちろん》、此処に居る酋長も初耳で驚くかも知れぬが、——突然儂がこうした話をするのは、日本人としての貴方を信用し、今迫りつつある危機に対して、御援助願いたいと想うからです。戦う準備は出来ていますが、それは祖国伯林《ベルリン》から宣言されるまで、自重して、時の来る迄《まで》は成《な》る可《べ》く巧《うま》く事に当りたいと考えて居《お》りました。……だが今となっては止《や》むを得ませんわ」

第二次世界大戦の、まさに初まろうとしている国際情勢を、私も目を瞑《つぶ》って考えた。

ブレスラウ氏は、飾られたカイゼル肖像画を下に降ろした。黒く焦《こ》げたように、ガラスの欠けているところが、そこだけひどく陽焼けしていた。そのカイゼルの写真を裏返して脱《はず》すと水槽の中へ浸した。そして水の中から一枚の羊皮紙をそーっとはがして持って来た。

「膠州湾艦隊のコルムラロ号とフランネット号の話を、最前、しかけましたな、……あの二艦が、何《な》故《ぜ》この島陰《しまかげ》に十日間居《い》たかと云うと……実はこの近処《きんじょ》に、石炭二万噸《トン》、重油八万噸を隠匿した為です。あの時は、日本は土耳古《トルコ》と共に味方だとばかり考え……本国参謀本部でも日本が宣戦してカロリンへ進攻して来るとは考えなかった。だから旗艦ヌボングルク号、仮装巡洋艦デタニヤ、砲艦タイガーの諸艦をもって、エムデン号も同艦隊ですから初めは中に入っていましたが。――これらの艦でオーストラリアを攻略し英吉利《イギリス》の鼻を明かし、近くにフィリッピンを持つ亜米利加《アメリカ》の参戦を、食いとめようと考えました。……燃料と水を隠して手筈を整えたところへ思い掛けぬ国の参戦になり、コルムラロ号は印度洋、フランネット号はヤップ港内で海底に沈んだ。そして今ではこの秘密を知っている者は儂一人ですわい」

「――して、貴方は……」

耐《たま》り兼ねて、奇怪な噺《はなし》に私が声をかけると、

「フランネット号副長、コランフルト中尉の成れの果てが、儂ですわい……今でもヤップ島に居るス

ラヴ人にあの時救われましてな、グワム島へ、スラヴ人の名で行き、それから、此処へ舞いもどって来て、何時《いつ》かは老骨を更《あら》めて祖国に捧げ、武人としておめおめ死処《しにどころ》を得なかった自分の不名誉を、取りもどそうと、時の来るのを、待っていますのじゃ」

暗澹《あんたん》とした表情で、唇を噛みしめている。飄逸《ひょういつ》そうに視えたうわべをすっかり落して、溜息《ためいき》をしているのを眼の前にして、暢気《のんき》な国吉は慰めでもする気か、老中尉の肩に手をやって軽く叩いた。酋長《ナンマリキ》は呆《あき》れたような顔付きで、茫然としてこの奇怪な話の続きを待った。

「ところで、その夥《おびただ》しい石炭と石油は、あれから四半世紀の間何処《どこ》に隠されていたのです。海へでも流れてしまったのでは……」

「いや、貴方の御心配は御尤《ごもっとも》ですがな……大丈夫です。実は一昨日、貴方がこの島へお出でになる前日も、ちゃんと調べて来ました……ほら此処にある小さな島ですよ」

「おーっ、妖怪島」

脇に聞いていた酋長は、腰掛から踊り上って驚いた。

妖怪島。それはこの島から三浬《カイリ》、東南のベラニヤネ島の方にある、五十平方哩《マイル》あるなしの、小さな無人島だった。昔この一帯が捕鯨船の足溜《あしだま》りとなっていた頃、変な怪物が現れて島民を食ったと云われる、無気味な島だった。

「場処が場処だけに、今迄《いままで》白人も島民も寄りつかぬので、安心していましたが……それが今度困った事に——未《ま》だ発見されたと云う程ではありませんが大変な事になりました。下積みのドラム缶が腐って重油がすこし、海面に流れ出ましてな、それを太洋島からの燐鉱船に発見されてしまいました。船でも難破して沈没したのかと、見当違いの大騒ぎで、ニューブリテン支庁の役人共《ども》がごたごた周章《あわて》ていますのじゃ。もうその油の流れは処分しましたが、万が一、あの島が怪しいと睨まれでもして、探索されたら、儂のこの二十五年の辛苦は、まったく水の泡です。その上、太平洋に於《お》ける独逸《ドイツ》の陰謀……とでも担《かつ》がれた日には、儂はカイゼル陛下に面目ありません。ですからこのところ、毎朝あして、戦う為に、調査隊が現れたら撃退しようと演習していますが、貴方達は銃も揃っている様子、是《ぜ》非《ひ》一《ひ》と肌《はだ》脱いで救けて下さらんか。御願いですがな……」

四

「酋長は、お前か。最近この辺の島に、何か変った事は起きないか。はっきり正直に申し上げないと、酋長を辞めさせて、パースの刑務所《カルボス》へ放りこむぞ」

通訳共《ども》に五名の英人の一行が突然、この島へ現れたのはその翌日の午後だった。

「酋長、島に異常は無いか？　見知らぬ船が来たとか、変な人間が来たと云うような事はないか。そうそうこの島には、ブ、ブレスラウとか呼ぶ白人が居たな……あれを連れて来い。お前等よりは、まあ、物が判るだろう」

猪首《いくび》の金縁《きんぶち》眼鏡の隊長が、酋長に命令した。そして海岸で、持参の畳み椅子に掛けて待っていると、白い敷布《シーツ》を体に巻いて、髭を手でこすりながら、ブレスラウ氏が、午睡の最中を起された様子で生欠《なまあく》伸《び》をしながら、町役人付添《つきそ》い出頭の浪人者の風情で現れた。

「……なんだ。すっかり島民に同化してしまっているじゃないか」

猪首隊長のブリュウリは、傍のホバート書記に振向いて、声を掛けた。そしてブレスラウ氏が、差出した手を、穢《けが》らわしそうに軽く握手して、

「大将。実は百五十六度八分のこの線だがね。海面に夥しく重油が流れていたと云うことだが、最近沈没した船も無いし、又この一帯を航海している船で、重油をこぼした船も無いそうだが、一体、どう云う訳だか知らないかね」

「さあ、変った事でもあれば、気づく筈《はず》なんですがな……重油がねえ。へーえ」

ブレスラウ氏が、恍《とぼ》けた眼を三角に吊上げて、しきりに感心してみせるだけなので、すっかり業を煮やしたらしい隊長が、

「あんたは、此処に、四半世紀から住んでいるんですぜ、それで何も解らんと云うのはおかしい。まるで、その海豹髭《シールビアド》を見ていると、海底から石油でも湧出《わきだ》したみたいだ」と皮肉まじりに睨みつけた。

「ほーお、海底からな。そうかも知れん、確かこの海の下にも、陸がありますからな……。これは素晴しい。隊長、貴方達と儂で石油会社でも作りましょうかい」

ブリュウリもホバート書記も、話が莫迦らしくなって、取りつく島も無く躊躇《ためら》っていたが、結局、この島まで折角《せっかく》来た事だから、島民共《ども》に案内させて、その地点を一応調査して、一刻も早く引揚げて

しまおう、と話を決めたらしかった。

「酋長。おーい、ベラニヤネの方角にある、あの離島とその周囲を、調べに直《す》ぐ出発するから、水先案内にお前は島民を集めて独木舟《キャヌー》の用意をしろ」

「……その島と申すのは、妖怪島《アララパラプヤン》で御座います。御命令とあれば、御供しますが、あの島へは陽が入ってからでなければ、わたくしも、島の者も、御案内出来ません」

「何故だ」

「島の戒律《タブウ》で御座います。太陽の神が番をして居《お》られる間に、闇の神である化物《ばけもの》の処へ参りますと、陽の神と闇の神の争いで台風が起り、島は海の底へ呑《の》まれてしまいます……。お許し下さい、情深《なさけぶか》い、調査隊の皆様」

酋長のうしろに控えていた島のもの共《ども》は、一斉に跪《ひざま》ずいて英吉利《イギリス》人を拝《おが》むとそれから、まだ燦然《さんぜん》と光芒を紺碧《こんぺき》の海に撒《ま》いている、蒼穹《そうきゅう》の太陽に黙禱を捧げた。

が、ブリュウリは傲然として酋長の言葉を聞きながして、独木舟《キャヌー》を出せと叫んだ。

「莫迦げた迷信だが、もう日没には二時間足らずですから、ゆっくり支度《したく》に掛《かか》ればまあそれ位《くらい》はかかるのですし……隊長、島民の云う通り待ってやりましょう」

腕時計の螺《ねじ》を巻きながら書記が、中へ入って取りなし顔で云った。

「うん、懐中電灯も揃っているし、まあいい、どうせ怪しいのは、あの島だけだから。上陸して、なんなら一泊して明日調べても分かる。まさか海の底から石油がどんどん湧きだすなんて話は、金輪際無いからな」と仕方なく隊長も点頭《うなず》いた。

エア・ポケットに海鴉《うみがらす》が巻きこまれるように散って行くと、礁海《リーフ》の澄明《ちようめい》な水が翳《かげ》って、紅樹林《マングローブ》の影がすっかり夕靄《ゆうもや》に融《と》けた。さて島民達の用意も整い、五隻の独木舟《キャヌー》を先頭にして調査隊は、珊瑚礁《コラルヤー》の浅瀬《リーフ》に乗入れぬよう気を配りつつ出航した。

夜光虫が海面に、仏蘭西女《フランセーズ》の夜会服の蛍石《けいせき》のように煌《きら》めいては、波間に消えた。潮臭い風が急に冷《つめた》く吹いて来た。島までもう三浬《カイリ》。薄暗いランプの下で、隊長ブリュウリは、パイプを磨き、ホバート書記はトランプの独り占いで、眼を細めてハートのクイーンに接吻している。

「大変だ。海が化けたぞ」

水先案内《パイロット》の島民共《ども》が、周章て調査船の後へ漕《こ》ぎにげて来た。

「何《な》んだ。どうした？」

通訳が出て来て呶鳴《どな》ったが、海面を視て驚くと、びっくりして船室へ駆《か》けこんだ。

「海が、真白《まっしろ》です。氷河が流れて来たようで、島民の独木舟《キャヌー》は進めないらしく後退《あとずさ》りをして居《お》ります。妖怪島の祟《たた》りだと、騒いで居《お》ります」

報告を受けて、二人も船首へ出てみると、成《な》る程《ほど》海面は純白で氷塊が一面に漂っているようだ。船の照明灯を掛けてみると、薄気味悪い事に、白い泡をぶつぶつ吐いている。

「隊長様、この白くて冷い物は何《な》んでしょうか」

酋長が下の独木舟《キャヌー》から、その白い塊《かたまり》を摑《つか》み上げて声をかけた。

「氷だ」と答えた隊長は、いまいましげに唇をとがらせた。

赤道下のこの珊瑚海に、南極から氷山が流れて来る筈も無いと、肚立《はらだた》しかったがなんともならなかった。調査船もぴったり停止してしまった。探照灯に照し出されて、妖怪島がくっきり黝《あおぐろ》い影絵となって、二十米《メートルほど》程眼前に聳立《しょうりつ》していた。

この変化に、惧《おそ》れをなしたのか、何時の間にやら、島民達の独木舟《キャヌー》は一つも見えなくなってしまった。

強引に島へ渡ろうと考えた隊長は、がっかりした。舌打ちをして白い海面を瞶《みつ》めていると、その海面で何か影が映り出した。山のような形や汽車に似た影が見えて来るのである。

「おーい、闇の中で真白い物を見つめていると、変な錯覚が起きるな、ホバート君」

隊長は眼をこすりながら声を掛けた。

「あれっ、ほら、白い寛衣《ガウン》を纏《まと》って白い頭巾《フッド》をした雪の精が、左手に剣を持って、ローマの騎士のようにこっちへ攻めて来ます」

書記は狂ったように、拳銃《ピストル》を打ちこんだ。

銃声は、こだまして響いて鬼気が迫った。氷の化物は十数発の弾丸《たま》を受けても神話の不死身の勇士のように、薄気味悪い微笑で襲って来た。

「隊長、一発当りました、右の眼をつぶしました……シャゼン、シャゼンと悲鳴をあげてます」

書記はまだ勝敗がつかぬ化物との一騎打ちに、息を切らして弾丸を詰代えた。その間に、ぱったり氷の妖怪は消えた。はっと想うと今度は眼の細い丸い帽子のような頭をした女が現れて、それがウィンクしたかと想うと、宙にはねて今度は山猫になった。そして牙を鳴らした十米に近い化猫《ばけねこ》が、調査船目掛けて飛びかかった。

「全速力、退島」

隊長は大声で呶鳴った。そして拳銃《ピストル》も恐怖のあまり海に落してしまって、ホバート書記の手を引きずるように引張《ひっぱ》った。船室へ飛びこんで、錠を下《お》すと、二人は抱合ってベッドにもぐったまま、毛布を頭から掛けて、船のローリングより劇《はげ》しく歯茎《はぐき》を鳴らした。

タロ芋をおろして、とろろ汁に似たポイにして、海へ真白に流していた大車輪なレーベン達は、遁げて行く調査船を見送ると合図した。私は吻《ほっ》と一息入れて、胸をはって肩の凝《こ》りをほぐした。

国吉は散らばったスズキ・スミコやデンジロウのフィルムを巻きとりながら、にやにやしている。

固く握られた私の手に、ブレスラウ氏の感謝の熱い泪《なみだ》が、ぽったり落ちた。

慰めるために頭をさすろうとした私は、暗いものだから老中尉の海豹髭《シールビアド》を間違えて一所懸命撫《な》でまわしていた。

聖主復活事件

書誌

初出は『新青年』第二十一巻第十二号（博文館、一九四〇〔昭和十五〕年十二月）で、角書きは「海洋ユーモア」。後に、三木至編『探偵小説名作集』（新正堂書店、一九四一〔昭和十六〕年）、『大東亜海綺談』（鶴書房、一九四二〔昭和十七〕年）、『南の誘惑』（大東亜出版社〔満洲〕、一九四三〔康徳十〕年、作品名「聖主復活」）に収録。

底本・校訂

『探偵小説名作集』に収録された本文を底本にして、他を参照した。振り仮名は総ルビである底本に準拠した上で、適宜追加、削除した。

舞台解説

オーストラリア

オーストラリア大陸とタスマニア島などを主要領域とした連邦国。オーストラリア大陸は元はイギリスの流刑植民地であったが、やがて自由植民地として発展。一九〇一年に六つの州と直轄地区からなるオーストラリア連邦を結成した。イギリス連邦の加盟国でもある。

西オーストラリア州

オーストラリア大陸の西側に位置する州で、金や鉄鉱石などの鉱物資源の発掘で発展した。特にゴールドラッシュ時には、様々な国から移民が流れこんだ。州都はパースで、カルグーリーといった金鉱発掘地と結ぶ鉄道も発達した。

1

『姓名判断』『運勢相談』――大日本帝国高島易断《えきだん》西豪州駐在所。　神秘堂。

英字看板の横に筆太な日本語でルビが振ってある。日本領の南洋を放浪して、駐在所なる懸板が想像以上に威厳があるのを知っている人間らしいが、生憎《あいにく》と此処《ここ》には日本語の読める者は誰もいない。処《ところ》は印度洋に面した西豪州の、首都とは謂《い》え人口二十万のパース市。キング公園《ガーデン》前のトウマス街の町角、先年の都市改正の時によく取潰しを忘れたと云いたい、汚ならしい八百屋《グリーングローサ》の軒先にこの看板はぶら下っている。

「うるさい。下の伊太利《ダアゴー》無宿《むしゆく》め、また情婦《ブロード》と痴話喧嘩してるな、張《チャン》、構わないから床板をばんばん蹴りとばしてやりな」

神秘堂は、八百屋《グリーングローサ》の二階のそのまた上、つまり屋根裏の三階に在《あ》る。伝法な暗黒英語《ダークイングリッシュ》を床のアンペラの上に寝転《ねころ》んだまま喋舌《しゃべ》っているのが、当家の主人、辻源五郎である。この部屋は初め広東《カントン》人の張《チャン》が借りていたが、辻がこの町に来た時家がないので同室の相談をした。張《チャン》は支那人らしい算盤《そろばん》関係で権利金をみて室料《へやりよう》が五分の三で共用と云う約束をしたのだが、あの看板を辻が出して以来客はまだ来なくも、この日支提携はどうも張《チヤン》に分が悪くなった。没法子《メイホーズ》と諦めている裡《うち》に、辻の書生兼ボーイにまで下ってしまった。此頃《このごろ》では黙っていても時刻が来ると、自分で買出しに行って二人分の食事をつくる。辻と交替でやるより安上りの故《せい》もあった。

「先生《シーサン》、お客だよ」

籠《かご》を抱えて降りて行った張《チヤン》が、急いで駆け戻って来た。

「昨日みたいに下のぺてん師《コン・マン》に担《かつ》がれているんじゃなかろうな」

「とんでもない、毛唐の爺さんが五人、神秘《ミステリ》の先生の事務所はと探して来たんですぜ」

「そうかい、そいつは一週間ぶりの仕事だ」

仙台平《せんだいひら》の袴《はかま》に黒絽《くろろ》の五つ紋、着ている薩摩上布は糊《のり》でぴんとはっているが、残念ながら襟《えり》がすこし赤っぽくなっている。治にいて乱を忘れず、神秘堂先生一張羅《いっちょうら》のまま一週間お茶をひいて、この儘《まま》寝転がっていたのだった。開店休業があまり続くので、起きて何処《どこ》かへ働きに行った方がよいと張《チヤン》にすすめられても、白人にお辞儀をして使われるのは真平《まっぴら》だと、頑張っていた苦労がようやく報《むく》われたのである。着物に皺《しわ》をつけないようにそっと起き上ると、籐椅子《とういす》にふんぞり返って来客を待った。

扉《ドア》をあけて、恭々《うやうや》しく腰を屈《かが》めて黴《かび》くさいこの部屋へ入って来た白人は、一《ひ》と目で愛蘭土人《チヤアウ》の百姓と知れる、野暮《やぼ》くさい棒縞シャツの五人だった。

日本人は白人に比べて若く視《み》える。天神髭《てんじんひげ》に顎髯《あごひげ》まで蓄えて威厳はつくっていても、三十前の源五郎ではどうも若すぎて頼りないらしかった。久し振りのお客様達は互《たがい》に肘《ひじ》でつきあっていたが、見馴《みな》れぬニッポン着物に、神秘堂の神秘性をこじつけみたいに無理に感じたか、諦めたように指《さ》された長椅子に揃って腰かけた。

「して御用件は？　姓名判断なら名前を云う。運命相談なら、貴方《あなた》の心配事を遠慮せずに話す、私は公証人や弁護士と同じで他人《ひと》の秘密は絶対に口外しない。さて見てあげるのは誰だね」

「はい儂共《わしども》、全部で御座《ござ》えます」

「えっ、五人とも揃ってかね」

扉《ドア》のところで張《チャン》が両手を揃えてにやにやしている。一人が二志《シリング》だから、指十本の十志《シリング》。開店以来一日にこれだけの収入は初めてである。このパースの街は、四十年前にクルガルデーとカルグルリーの金鉱が発見されて拓《ひら》けた処である。有名なヴィクトリヤ大沙漠《だいさばく》を控えて食いつめた種々《いろいろ》の人間が集って来る港街。

源五郎は学校を出ると直《す》ぐマーシャルの邦領植民地で貿易会社に働く事になったが、生来の短気が祟《たた》って三ヶ月で支配人を殴って飛び出した。そして流れて来たのがこの豪州の西の涯《はて》だった。――お前は五黄《おう》の寅《とら》だから運気が強すぎる、よくこれを読んで慎みなされ、と郷里から母が送って呉《く》れた、食合《くいあわ》せ、夢判断、七星表と四冊こみで十銭の高島易断と、卒業した時に、死んだ父《とっ》つぁんの形身じゃ、事ある時には浪花節の赤垣ではないが水盃《みずさかずき》の別れをしやと渡された紋付《もんつき》一《ひ》と揃い。

この地方で唯《ただ》一人の日本人として、白人に顎《あご》の先で追い使われるのも癪《しゃく》だし、それかと云って手に職もない、散々《さんざん》考えた挙句《あげく》が、白人に頭を下げさせる商売をと決心して、この二つを独立自営の開業資産にした神秘堂には、十志《シリング》は今のところ大事なお客様である。

「どんな御相談でも、御満足のゆくように計《はか》って進ぜましょう」

土耳古人《トルコ》の占師《うらないし》なら、此処で水晶擬《まが》いの大きな硝子玉《ガラス》に両手をかけて、凄い眼つきをするところだが、此処にはそんな気の利いた物はない。椰子《やし》の葉の筋でつくった筮竹《ぜいちく》、下には書く事が判らぬので万葉仮名の伊呂波《いろは》がつけてある。それを仔細《しさい》らしく弄《いじ》りながら五人の顔を、等分に見比べた。

「実は村の牧師さまにも、この町へ出て来てからは警察の旦那方《だんな》にも御願いしたので御座えますが、——どうか御願いしますから、寄る年波のこの儂共をマッカシー様みたいに、イエスのお側《そば》へやって下せえまし」

風呂敷のような手巾《ハンカチ》を頭に巻いていた老人の一人が、朴訥《ぼくとつ》な口調で訴えた。

突拍子《とっぴょうし》もない、判《わ》けが分ったような訳《わか》らぬ話なので、源五郎は口を開けたまま聞いていた。

「儂《わし》どもは物心がついて洗礼を受けました時から今日まで、日曜ごとの弥撒《みさ》も一日も欠《かか》しません。だがまだ信心が足りなかったとみえて、主はマッカシー様しかお連れになりませんでした。神の祝福を受けて儂どもも天国へ導れるように取計って下せえまし」

歯のない老人がもぐもぐ口を動かして嗄《かす》れた声で、また源五郎を悩ませた。

「そのマッカシーと云うのは何者だね。やはり同じ村の爺さんですか?」

「いいえ貴方、マッカシー様は儂共の村へ、聖主復活を拝《おが》ませてやると誘いに来られた、旅行会の会長様ですに——儂らからお金を取って置きながら、基督《キリスト》さまがお姿を現しになられたら、自分だけさよならも云わずに天国へお伴《とも》して行きました」

　この豪州は昔は英本国の流刑地だったが、罪人ばかりでなく宗教上の熱狂者も移住して来ている歴史があるので、この五人も狂信者かと考えた。パノラマや映画でもあるまいし、今時基督復活の見物団体も変だった。

「マッカシー氏が行方不明になったのは判ったが、貴方達は基督を本当に見たのですか、絵か作り物でも見たのではありませんか？」

「……主は蘇《よみが》えり。……とんでもない、汝《なんじ》の神を疑う勿《なか》れと云う事があります。ナチュラリスト岬の遥か向う、南太平洋の真中《まんなか》で、海上の基督を拝んだのは、私ども五人だけではありません、二十二名居《お》ります」

　十字をきりながら老人達は下げていた頭を起して胸をそらすと、口を揃えて怒ったように云った。海上のキリスト、ヨハネ伝第六章に在《あ》る。日本の夜店でも一枚十銭で額絵に売られているあの場面である。然《しか》しいくら此処が世界の涯とは云え、キリストが旅行会に招待されて海上を散歩して来るとは考えられぬ。

　十志《シル》を当《あて》にして張《チャン》はしこたま御馳走を買込みに行ったらしいが、源五郎は悲鳴をあげた。

「残念ながら私は日本人で、貴方達とは異教徒の立場にある。そのキリスト復活に就《つ》いては、今のところ何《な》んとも申上《もうしあ》げられません。よく研究してその裡に御解答しましょう」

勿体《もったい》ぶった調子で五人の老人を押出《おしだ》すように部屋から帰したが、まるで狐に抓《つま》れたようなぼんやりした顔で、源五郎は腕を組んだまま考え込んでしまった。

2

ガムと呼ばれているユーカリ樹《じゅ》、緑色の花の香《におい》を慕って蜜蜂が群れている。野生かそれとも迷い込んで来たのか、可愛らしい豪州熊《コアラ》が紅《あか》い枝をくるくる栗鼠《りす》のように登って、小さな掌《て》でユーカリの葉を食べている。あどけない顔と柔順な性質で、日本の狆《ちん》代りになっているこの小熊《コアラ》を、階下《した》の八百屋《グリーングローサ》の子供も発見したらしく、わいわい窓から首を出した。そして青森林檎《りんご》の三倍はあるタスマニヤ林檎の腐ったのを投げつけた。きょとんとした顔で樹《き》からそれを拾いに降りたところへ、スワン葡萄《ぶどう》、ゴスフオレンジ、ヴィクトリヤ桃と店先の果物を投げた。八百屋《グリーングローサ》の親爺の怒鳴《どな》りつける声がした。熊も樹の上へ逃げだした。

黄金《こがね》かつらの大きな緑葉に、有明かつらの桃色の花が、ぽっちりと、池の蓮のようにからみついて浮き出ている。その上をデークの紫紺の蕾《つぼみ》が、まるで澄《す》んだ水面のように群《むらが》ったまま拡がっている。大きな蟻《あり》の群《むれ》が小指ほどのマミバナナを担いで、しずかに黄色な船を航行させて行く。

「窓からしょんぼり裏の風景なんか見惚《みと》れて、どうしたんです？　からっきし元気がありませんね」

「なあにそうでもない、浩然の気を養っているんだ。今にみて居《お》れ、雌伏はしているがその裡に、東洋人と土人の区別さえつかぬ此《こ》の辺のぐうたら白人共《ども》を、あっと云わせてみせるぞ」と振返って、懐手《ふところで》した胸から拳《こぶし》をみせながら云うと、

「また例の怪気炎ですか、先生《シーサン》。それよりお客さんだ。今日は御安心なさい、若い御婦人です。だが駄目ですよ、先に金は取らなくては――昨日みたいに十志《シル》ふいにしていると、節を屈して何処か白人の会社へ働きに出なくちゃならなくなりますよ」

すこし心配そうに張《チャン》が肩を叩いて念を押した。

粘土細工のまだ乾き切らないところを、ちょんと抓《つま》みあげたような鼻をして、青い眼のぱっちりした可愛いらしい二十五六の女だった。

「はいまず二志《シル》――さて、ええと縁談、失《う》せ物、開業、就職、尋ね人、何《な》んでしょうかな？」

「尋ね人、実は私の夫の消息が知りたくって、占って頂きに参ったのです」

「よろしい、姓名判断でやりましょう――チャーチル・マッカシー、茶散真赤《ちゃちるまっか》氏ですな、その性格は紅茶沸《こうちゃわかし》をばらばらと流し場へあけたようでどうも頼りないが、天格二十二画、地格二十一画、禍《わざわい》を転じて福となすの卦《け》、これは見掛けは危ないが、その実は何等御心配の点はありません」

「まあ嬉しい、もし無事だとしますと、方角は？」

「左様、東西南北で申上げるよりこの卦に現れている真赤《ダアクレッド》を信じて頂きたい。陸の上での行方不明ならソビエット地方と云いたいところだが、紅茶《ティー》は勿論《もちろん》水性、即ち方角は赤道地帯の海面、これで如何《いかが》で御座る」

「まあ、なんて素敵な予言でしょう。お庇《かげ》でわたし安心出来ます。いま町で評判ですから御存じかも知れませんが、主人は旅行会をやって居《お》りまして、客の案内中に海上で波に浚《さら》われました。漂着して何処かに無事でいてくれるものなら、こんな嬉しい事は御座いません。お釣——結構ですわ」

手に渡された一磅《ポンド》紙幣をひらひらさせながら、夫人の後姿を見送っていると、張《チャン》が帰るのを待兼《まちか》ねていたと云うように、ぬーっと首を出して部屋へ入って来た。そして紙幣を家に持って行って、太陽の光りで裏表すかして眺め終ると、鼻の先へ持って行って匂いを嗅いだ。

「先生《シーサン》うまいうまい、今日は成功だ。またあの女が来たら、貴女《あなた》は二十四、巳《スネーク》の年、心ゆかしく金運あれど見栄坊にして嫉妬が強い、とか何《な》んとか云っちゃってまたとれますね」

「いやちょっと待て、昨日老人達が騒いでいたマッカシーと同一人物だ。海上のキリストか。——極楽へ案内すると鉄製の蓮の花に入れて、下から坊主が突き殺す話は聞いた事があるが、その引導を渡す坊主役が自分から先に消えると云うのは、ちょっと訝《おか》しい」

源五郎は白銅貨《ニッケル》を握ると階下《した》へ駆け降りた。警官達に週に一回ニッポン柔道の講習をしに行っているので、ヘイス街の署を呼び出すと、知り合いのウェリントン警部補に電話口へ出て貰った。

「これは早耳ですな。私の方では変死体はあがっていませんが、マッカシーは溺死として処分済みにしてあります。然《しか》し海上の基督は困っています。見たと云う者が事実居《い》るのですからね。せっかく平和な町がいくら信仰とは云え、お化け騒ぎを起したのでは、取締りの吾々《われわれ》の責任問題ですからな。何か錯覚だろうとは考えるのですが、なにしろ海の出来事でそれに相手が神様じゃ始末に終えませんや。

……よろしい、では見たと云う者の内で、話が確《しっか》り出来そうな者を一人そちらへやりますから、莫迦《ばか》莫迦《ばか》しいでしょうが、まあ睡気《ねむけ》ざましに聞いてやって下さい」

それから三十分と経《た》たぬ裡に、署から回されて来たジョンと云う男が訪れて、仔細の話をした。

――豪州と云うと海に縁が深いように思うが、あれでも世界第三、アフリカに次ぐ大陸。自然、海を知らない山の中の人間も多く居る。沙漠の果《はて》のレーサイド湖、その近くにボンムと呼ぶ愛蘭土《アイリッシュ》人の多い部落があった。

或《あ》る日『奇蹟旅行会《ミラクルトラヴェルクラブ》』のポスターが海上基督の聖画を貼って、シャボテンに囲《かこ》まれた村一軒の宿屋、白蓮《ワイトロウタス》ホテルの前に掲げられた。羊や牛を牧犬まかせにして人々は、口々に喚《わめ》きながら宿屋の前に集った。

爾来《じらい》旅行会と云うものは、人を集めるのに信心詣《まい》りを餌に使う傾向がある。社寺仏閣回りとか、遺蹟参拝団とか、平時の団体旅行の起源が講中詣りの故《せい》か、旅と神様は縁がある。物見遊山より名分が立つらしい。然し奇蹟《ミラクル》と云うのには驚《おどろ》かされた。

「看板に佯《いつわ》りなし、ちゃんとイエス様をお拝《がま》してあげる。期間は二週間、費用は三ポンド先着三十名限り」

チョッキに搦《から》んでいる太い金鎖と立派な口髭をみて、ぴかぴか光る山高帽を村人はすっかり信用した。教会の坊さまは、主が蘇られるのなら、あんな旅行会より儂の方へ先に御通知がある筈《はず》じゃと、首《かぶり》を振られて反対なさった。然しパースの街まで汽車に乗せて行って貰って、其処《そこ》から海へ案内されると云うコースは魅力があった。それに団体旅行とは云うものの費用が安かった。キリストは添物《そえもの》にして町見物したい若者の申込もあって、入会者は殺到して即日締切りとなった。

メンジースの停車場まで馬車で送られて、初めての聖体授与の時のように興奮した老人と、恋人に町からの土産《みやげ》を約束した青年は汽車に乗った。

カルグとクルガの金鉱地で、鉱石を運ぶ無蓋《むがい》列車の連結に長い間停車した後、パースへ向って行った。

「日の暮る頃弟子海に下《お》りて舟に登《のぼ》りカペナウンに向《むか》いて海を渡る。既に暮けれどイエス彼等に来たらず。大風ふくに因《よ》りて海荒れいだせり、一里《り》十町ばかり漕出《こぎだ》せる時イエスの海を歩み舟に近づくを見て、弟子たち懼《おそ》れたり。イエス曰《いい》けるは吾《われ》なり懼るる勿《なか》れと――」

会長のマッカシー旦那が、車中の一同に聖書《バイブル》の同じ一節を二十六回繰返して読んで聞かせた時、ようやくパース駅の一つ前のサブラコ停車場に汽車は入った。其処で降りてモンガー湖に近い町端《まちはず》れの旅宿《はたご》へ一同を連れて行った。若者達は電車に乗って見物と買物に聖《セント》ジョージ広場へ行きたがったが、マッカシー氏は許さなかった。自分ひとりだけで鞄をふりながら、一時間ほど外出して来ると、

「幸いまだ三時だ。食事が済んだら直《す》ぐ聖者復活をお拝《が》みに行きましょう。船の用意も出来ている」

「今から直ぐですかな?」ケリー老人が問い返した。

「そうです神様が第一じゃ、町の見物は明日でもゆっくりなさい」

と云う訳で其処からまだ旅仕度《たびじたく》のまま船に乗せられた。紫紺色にかすんでいるターリング山脈の聳《そびえ》

た頂上を後にして、バンベリの港を遥に眺めながら、紺青に冴えた大海原を渡った。黄昏が来ると水平線の空は橙色《だいだいいろ》になり、海はマンゴーの実のように赤く熟した。話に聞いていたリューウィン岬《ヘッド》を遠く離れた頃、視界は薄暮《はくぼ》に包まれて船は大洋の真中に浮いていた。

「……あっ」船首にいたケリー老人が指をさすと、悲鳴をあげた。一同もはっと唾《つば》を飲み込んだ。

広々とした大洋の真中に、静かにうねる蒼白な波の上に、白衣《びゃくい》の男が立っている。己《おの》れの眼を疑い指さきで睫《まつげ》毛をこすりながら、船を急いで近づけようとすると、その白衣の人が先にこちらへ近づいて来る。幾十尋《ひろ》とも知れぬ群青《コバルト》の海を、ゆったり静かに歩いて来る。海の彼方では落陽が最後の金色《こんじき》の光芒を空に投げている。光彩を背にした髯《ひげ》の伸びた温顔。——主である、神の御子《みこ》、救世主イエスキリストである。

「汝、神の僕《しもべ》よ。その網にある魚の数は——」

奇蹟に懼れおののき、人々は舷《ふなべり》に額をつけて祈っていると、基督は船尾のマッカシーにそう云って声をかけられた。来る途中に釣ったり掬《すく》って来た魚の網である。人々は急いでまだ銀鱗がぴちぴち跳《は》ねる魚を算《かぞ》えた。

「……百五十三匹」

マッカシーは答えてはっとした。人々も聖書の一節を憶《おも》い出して、手をあげて口に蓋《ふた》して驚いた。

基督はしずかに微笑し給《たま》うと、くるりと背をむけてすたすた海中を歩いて行かれた。主は蘇えれり、復活。奇蹟である。青年たちも感極《かんきわ》まって後姿を拝《はい》しながら嗚咽《おえつ》した。

その時である。

天地を劈《つんざ》くような轟音が起って海が真二《まつぷた》つに裂けた。飛沫《しぶき》が船を掩《おお》った。山よりも高い純白な水柱が空を貫いた。今まで基督の御姿《みすがた》だけぼんやり明るく照し出していた天からの光芒も一瞬に消えた。明るかった海が、轟音と共に一変して暗黒になった。

ケリー老人がランプをつけた。もう海上には基督の姿はお拝《が》めなかった。マッカシーの旦那が日頃の信心がよかったとみえて、魚の網袋を持ったまま主に導れて昇天した。姿が船にも近くの海面にも見当らなかった。

「それで仕方なく私どもはこのパースの街へ帰って参りましたが、金を預けてある旦那が天国へ行ってしまわれたので、みんな途方にくれて居《お》ります。眼《ま》の当り奇蹟を拝した老人達は、村へ帰るよりもう一度海へ出て、イエスさまの手で昇天したいと騒いで居ります。一緒に行きました者はみな同じ村の者、決して怪しい者は居りません。まだみんな町に居りますから呼び集めて参りましょうか。先生」

3

ジョンが夕方二十七名の人名表を作って持って来た。最近その部落へ流れ込んで来たと云うケリー老人の他は、みな素性《すじよう》がはっきりしていた。

旅行会の百ポンドばかりの金は、汽車賃その他で半分は消えている勘定である。源五郎はマッカシー夫人を訪問した。突然の来訪で面食《めんくら》った風だったが、主人の行方がまだ不明の事に就《つい》ては、すっかり気を落していた。先日初めて逢った時とは、まるで別人のように青い顔をしていた。然し氏には相当の遺産があって、夫人の将来には不安がない事と、今度の旅行に何の必要があってか約千ポンドの現金を持出している事が判った。それからマッカシー旅行会は、名簿に依《よ》ると此処《ここ》五年間に四十五回催されているが、聖主復活見学などと云うのは、今回が初めてである事が判った。その他の事は、自分が道楽半分でやっている仕事で助手もいませんし、妾《わたし》にもよく判りかねますと、夫人は答えた。

「どうです、事件の見通しがつきますか」

帰って来ると、張《チャン》が心配そうに尋ねた。

「一番様子が臭いのは夫人だ。話をしていても眼をきょろきょろさせている。然し現場にはいなくて、その時刻には西豪州大学《ウエストウオストリヤユニヴアシテー》の音楽会の茶席《ティパテー》に出ていたのだから仕方がない。同行者の中ではケリー老人、家へも来たあの歯をもごもごさせた爺さん。彼が怪しいのだが証拠がない」

「名前を漢字に書き変えて、御得意の姓名判断をしてみて下さい」

云われて源五郎は苦笑いをしたが、

「いや一番怪しいのは基督さ。ジョンが案内して呉れるそうだから、その海面まで出掛けて行く。俺の留守中はこの着物を貸して置くから、客が来たら巧《うま》く占って呉れよ。……さきに金をとってな」

「へえ、じゃ実地検証ですか」

「うん、うまく行ったら、警察から特別手当を貰うことに話をきめて来たよ。そうそう階下《した》へ行って、伊太利無宿《ダアゴー》の兄さんにちょっと一日顔を貸《か》して欲しいと、云って来い。嫌だと云ったら、お前の部屋に隠してある阿片《ドップ》を密告《ピーク》するぞと脅してやれ」

源五郎は背広《フィドル》に着変えながら張《チャン》に命令した。


その翌日の夕方、大男の白人二人を従えて源五郎は意気揚々と帰って来た。

「どうでした先生《シーサン》、マッカシーの消息は知れましたか?」

袴を逆にはいた日本服の張《チャン》が迎えながら聞いた。源五郎はにやっと笑いながら首をふった。そしてジョンと伊太利無宿《ダアゴー》を帰すと、裸になってアンペラの上に寝転んだ。

「基督の正体は判りましたか」

「いや判らなかった。だが事件は解決さ」

張《チャン》は頼りなさそうに顔をまじまじと見返した。

「何から話そうかな。最大の謎《シークレット》、奇蹟から初めよう。海を歩くと聞いた時、珊瑚礁の多い大洋州にいた俺にはぴんと来たね。あの辺では釣によく外洋に出ると、海の真中に椰子の樹が一本ぽつんと聳えていたり、鮪《まぐろ》突きの土人が波の中に立っていて、馴《な》れぬ裡は驚かされるがあれだよ。つまり海面すれすれに未完成の低い島、礁頭が海中にぽこんと洲《す》のようにあるのだ。この第三紀層の続く豪州の西岸では珍らしいが、その珊瑚海礁が海面に波に洗われてあった。それが海上の基督の花道だったのだ。後から露見してはと、海礁にダイナマイトを仕掛けて水遁の術で逃げた。それが皆の見た天と海が裂けた水柱の奇蹟さ」

源五郎はズボンのポケットから、乾電池の壊れたのと雷管の破片を出した。

「伊太利無宿《ダアゴー》が、ブルール港の潜水夫上りを知っていたから、連れて行ってもぐらせたのさ。天界の光輪の手品は、あれは電気さ」

「するとマッカシーは自分で姿を消したのですね……だが彼は何者ですか」

源五郎は乾電池についていた薄い紙片《かみぎれ》を延《の》して見せた。

「旅行会の控簿で行先を調べてみたら、会を利用して見学の名目で、毎回殆《ほと》ど要塞地帯か軍港へ客を案内している。国籍は和蘭《オランダ》人になっているが、立派な独逸《ドイツ》人だ。流行の第五部隊さ」

「そうでしたか、だが浅瀬から他の船に乗って逃亡するくらいなら、相棒まで使って派手な騒ぎをせずに、地味にそっと逃げればよいのに――」張《チャン》が訝《いぶか》しそうな顔をした。

「いや逆手《ぎゃくて》さ。こっそり姿をくらませば、時局柄警察が騒ぐ。女房の身が危ない。田舎者を集めて来てああした荒唐無稽をやれば、噂に参ってしまって、警察では却《かえ》って話を揉み消しに回る、その人情の機微を狙ったのさ」

「成程《なるほど》、先生豪《シーサンえら》いね。直ぐ警察へ報告してウェリントン警部をびっくりさせて、特別手当を貰って来て下さい。今夜はひとつうんと御馳走をたべましょう」と張《チャン》は嬉しそうに立ち上った。

「待て、英吉利《イギリス》人の役人はせっかく溺死ですませているのだし、……残念乍《なが》らこの発表は戦争が終るまでお預《あず》かりだ」

「ははあ、マッカシー氏が独逸《ドイツ》人だから、日本人の先生《シーサン》は庇《かば》ってやるのですね、——だが発表しないとは残念ですな」

張《チャン》は力を落したような情《なさけ》ない声をだした。然し諦めた顔で、

「だが、とんだ聖主復活でしたな」と呟《つぶや》いた。

「なあにマッカシーは今頃、厳《いかめ》しい軍服を着て何処かの軍艦の上で、本当に赤道あたりの海上で、士官に復活しているさ」

「先生《シーサン》、すると今度は軍艦で旅行会でも初めるのですかね、へへ」

それに釣られて源五郎も、からから笑い出した。二人の東洋人が愉快そうに哄笑しているのを、怪《け》訝《げん》そうな間伸びした顔でうち仰ぎながら、英人達が窓の下を通って行った。

マカッサル海峡

書誌

初出は未詳。『太平洋部隊』（新正堂書店、一九四二（昭和十七）年）に収録。

底本・校訂

『太平洋部隊』に収録された本文を底本にした。振り仮名は総ルビである底本に準拠した上で、適宜追加、削除した。なお、四十七ページ三行目の「東経百十三度南緯六度三分」は底本では「南緯百十三度東経六度三分」となっているが、南緯と東経が逆と推測されるので入れ替えた。また、五十三ページ後ろから三行目の「爪哇《ジャウワ》」は、底本では「爪哇《ハワイ》」となっているが、「布哇」と間違えてルビを振ったものと推測されるため変更した。

舞台解説

オランダ領東インド

オランダのかつての領有地。現在のインドネシアにあたる地域で、ジャワ島、セレベス島（スラウェシ島）、スマトラ島、ボルネオ島（南部）などの島々からなる。十七世紀初頭のオランダ東インド会社の経営からはじまり、イギリスに占領されたこともあったが、二十世紀初頭までにオランダによる各島の支配が進み植民地体制が確立された。日本では「蘭領東印度」、略して「蘭印」と呼ばれた。

マカッサル海峡

ボルネオ島とスラウェシ島の間にある海峡で、ジャワ海とセレベス海を結ぶ。マレー諸島最大の海峡でもある。

一

紺青《こんじょう》の空は今日は雲も浮べず水平線から拡がっている。

東経百十三度南緯六度三分の線を船は丁度《ちょうど》進んでいた。蒸暑《むしあつ》い赤道に近い海は、風もなく息苦しい程《ほど》汗ばんで来た。ボルネオの南岸に沿《そ》って、ジャウァ海からスンダ海へ抜ける処《ところ》だった。

「おーイ、人間じゃないか、ありゃ」

水夫頭《すいふがしら》の上原が碧緑《へきりょく》の海に向って指さしながら叫んだ。それで甲板《かんぱん》にいた男達は、その海面を小手をかざしてわいわい騒ぎながら見詰めた。椰子果《マガシ》でも漂っているように、人間の頭が流されている。じっと見ていると、手や足が浮いて波間から視《み》えた。

「土左衛門じゃないか。よせよせ縁起でもねえ、いくら帰り船だって仏のお土産《みやげ》なんて真平《まっぴら》だぜ」

報《しら》せで出て来た事務長《パーサー》の金丸が、啣《くわ》えていた莨《たばこ》を海へ投込んでから、吐き出すように呟《つぶや》くと船室《キャビン》へ戻って行ってしまった。

「船長、一つ拾わせて下さい。私が最初に発見したからってこだわる訳《わ》けじゃありませんが、こんな陸近くで溺死体と云うのもおかしい、それにまだ息があるんじゃありませんか」

入れ違いに甲板へ上って来た船長に、上原は頼みこんだ。じっと双眼鏡で覗いていた船長は、潮の加減で此方《こっち》へどんどん流されて来るのを顎《あご》でしゃくって、

「上原あれは駄目だよ、そんなに骨折っても無駄だろう。それに歯を食いしばっているあの調子じゃもう駄目さ」

「いやあの、こんな古風な事を申しては、お怒りになるかも知れませんが、実は今日は死んだお袋の命日なんです、船長どうですか、船を停めてボートを降すのが大変でしたら、私がロープを投げて掛縄《かけなわ》で巧《うま》く引掛《ひっか》けますから、どうか船へ上げるのを許して下さい」

承諾を得ると上原は麻縄で輪をつくって、びゅんびゅん振回した。波の切目《きれめ》が白い汐《しお》になって、泡をふくように舷《ふなべり》にくだける。浮いている胴体もはっきりして来て、次第に漂流者は藻のように波浪にもまれて流れて来た。呼吸を計って縄が飛んだ。脚から入って右股に掛《かか》った。一《ひ》と息に波に乗ったまま引張ると足首に巧く縄は縛りついた。

上原は波を切って飛沫《ひまつ》をあげているその人間を、縄を手繰《たぐ》って逆さに吊上げる恰好《かっこう》で甲板へ引揚げた。

「どうだい助かりそうかい」

船長は気付け薬のつもりか、自分のウイスキーを持って来て、上原に渡しながら声を掛けた。

「巧く行くと生返りますよ、まあ見ていて下さい、此奴《こいつ》だって人間一人ですもの」

汗の大粒なのを鼻の頭にためた儘《まま》、両手で人工呼吸を続けながら、膝《ひざ》で押して水を吐かせるように骨折った。

「なんだい午飯《ひるめし》抜きにして、先刻《さつき》のやつを拾って介抱しているのかい。琉球人でもやっぱり日本人だな、好い処があるよ。然《しか》しまあ結局は骨折り損だろう」

事務長《パーサー》の金丸が憎まれ口を叩きつつ又《また》出て来た。そしてその土人の瞑目した顔先へかがみこんだ処、手当の結果息を吹き戻した男が、かあっと飲んでいた海水を吐き出した。

「畜生、すんでの処で浴びさせかけられる処だ、危ない危ない」

嬉しがって介抱している上原を睨《にら》みつけた。

体温も回復して来て、吐くだけ潮水を出してしまうと、その男は眼を細く見開いて眩《まぶ》しそうに太陽を仰いだ。上原は気付けにウイスキーを飲ませて、肩に担《かつ》ぎ上げて甲板から自分達の居室《いま》へ運んで行った。

そして自分のベッドへ寝かしつけて、積んであった椰子果《ウップ》を一つ持って来て割ってやった。その液汁《しる》を咽喉《のど》をならせて、飛びつくようにして飲み終ると、男は体が野性的に頑固に出来ている所為《せい》か、すっかり元気を回復した。それをみて安心した上原は、船長にウイスキーを返しながら礼を言って、自分の持場へ帰って仕事をしようと、外へ出掛《でか》ると、

「旦那《だんな》、ちょっと待って下さい、お願いがあるのです」と、その男は半身を起して呼び戻した。

「なんだい、このウイスキーか、それとも椰子汁《ウップ》かなにか欲しい物でもあるのかい」

やさしく振返って答えてやると、土人はベッドから転《ころ》げるように飛降りて、蹲《うずくま》ると、大粒の泪《なみだ》をこぼして上原のズボンに取り縋《すが》った。

「いいよ互いに海の人間だ、何も改まって礼なんか云わなくたって、さあ話があるなら言って御覧、どうせ救けたのも何かの縁だから遠慮なく話しな、相談に乗ってやろう」

引返した上原はベッドに腰を下《おろ》して、ポケットから莨を出すとその男にも一本与えた。男はそれを押し頂いて口に咥えながら、褌《ふんどし》の脇に縛りつけてあった更紗《さらさ》の小さな帛包《きれづつみ》を解いた。何かお礼に呉《く》れるのかと、ちょっと好奇心に駆られたが、それはただ一つの青いマンゴーの果実だった。

「旦那、わたしが次に貴方様《あなたさま》にお眼にかかる迄《まで》、どうかこのマンゴーを預《あずか》って下さいませんか。熟しても食べたり棄《す》てないで蔵《しま》って置いて下さい。その代りそれを今度お逢いして頂かせて貰う時には、今日救けて下すったお礼もこめて致します」

「礼なんかいらないさ、だがなんだ、これを預るのか。大丈夫だよ、マンゴーは寄生虫が湧くから私ゃ嫌いだし、食べずに取って置いて、ほらこの衣服箱へ放りこんで置いてやる……さあ安心してぐっすり寝な、私は誰かの床を今夜は借りるから、お前はゆっくりお睡《やす》み」

上原は午飯をこの騒ぎでとうとう食べ損《そこな》って腹が減って来たので、司厨《コック》部屋へ晩飯前で変だが、何か食べさせて貰いに行こうと考えた。それでその男をベッドに入れて掛布《かけふ》をかけてやると大急ぎで外へ出た。

ウイスキーを船長室に返し、早目な晩飯を内緒で食べさせて貰って、それから小半日していなかった自分の仕事に取掛《とりかか》った。忙《いそが》しい想いをしている裡《うち》に日没になり、就床時間の九時半になった。寝間《ねま》着《き》を取りに部屋へ戻ると、男は空《から》になったビスケットの袋を顔にのせた儘、ぐっすり寝《ねむ》っていた。それを視て安心して足音を忍ばせて出ると、同県の豊見城村生れの金城のベッドに割込んで、その夜は気疲れが出たのかぐっすり睡《ね》てしまった。

「……おーい上原さん大変だよ。起きなさいよ」

金城は既に目覚めて起きていたらしく、鬚《ひげ》の濃い顔をとがらせて、まだ眠り続けている上原を揺り起した。

「昨日あなたが救け上げた男がいませんよ。……ベッドが空で船中調べたが何処《どこ》にも見当らんそうですが、知りませんかな」

「ええ。……」

と、うつらうつらしていた上原もそれを聞くとびっくりして跳《は》ね起きて、浴衣の寝間着のままで自分の部屋へ飛び帰った。

「身体《からだ》がまだすっかり回復しないのに、小用にでも起きて船の便所が判らず、甲板へ出た処、足を踏みはずして、……波に持って行かれたらしいな、まあ運さ」

慰め顔で其処《そこ》へ船長が入って、上原の肩を叩きながら災難の見舞のように話した。

「やはりそうでしょうか。私が一緒に寝てやればこんな間違いはなかったろうに、可哀想な事をしました、……気を利かしてやったつもりで折角《せっかく》命拾いさせたあんな善良な男を殺してしまいました」

「なあに上原、お前が悪いんじゃない。まあ初めから息を吹返さなかったものと思えば、諦めもつくよ。仕事の手が空《あ》いたら俺の船室《キャビン》へ遊びに来い、取って置きの本場のスコッチを気晴しに呑《の》ませてやる。そんなにしょげるな」

人の好い船長は上原を力づけて云い残して、汽関の方へ回って行った。

近年需要の多くなった鮫漁《さめりょう》に、遠洋航海してスマトラの北岸迄《まで》行っての帰航だけに、漁夫も水夫も鮫を皮剝《かわはぎ》して塩漬けに忙しかった。革は革で特別に塩を丹念にふって重ね揃えるのを、監督するのが上原の役目だった。はがした革にまだすこしずつ残っている肉を、小刀《こがたな》で奇麗に削ってバケツに溜めては、海へ投げこむと、飛魚や海鳥が争うようにして啄《ついば》んで行った。

夜になって仕事が一段落して、上原が食堂で男の冥福を祈るつもりでお経をあげていると、

「世の中には極楽なのがいるぜ、青いマンゴーを一つ貰ったきりで、忙しい最中に人命救助したり、又《また》見殺しにしてしまってお経をあげてる」

金丸が用も無いのに入って来て、将棋を指したり無駄話してる漁夫や水夫達に、上原へ聞えよがしのお喋《しゃべ》舌りを初めた。

二

翌日、根拠地のセレベスのメナド港へ戻る為《ため》に、マカッサル海峡へ、セベク島の沖合を渡って二十浬《カイリ》も出た処、ペンカロン港から船が逐《お》って来た。

和蘭《オランダ》国旗を立てた監視船である。型通りに国籍と船名を調べてから停船信号があった。何事かとわいわい船員達が騒いでいる処へ、和蘭《オランダ》の役人が船へ移って来た。

船長は好人物すぎてこうした外交交渉は不向きなのか、それとも語学の所為か今日も事務長《パーサー》の金丸が船長代理で応答した。三十分位《ぐらい》で話が済んで船が動き出すと、仕事場でやはり気懸りらしくそわそわしていた船長の処へ、金丸が駆足《かけあし》で報告に来た。

「なんでもありませんよ。人騒がせな。昨日の男の事ですよ」

「屍体《したい》が上ったのですか」と上原が横から口をはさむと、それを横目で睨んだだけで、

「バンジェルマシンの河口から、男が独木舟《キャヌー》で遁走《とんそう》したのに海上で逢わなかったか、との質問でしたから、あれだなとはっとしましたが、つまらぬ掛合《かかりあ》いになっては損ですから全然知らぬと答えて、ウイスキーを御馳走したら、じゃ対岸の爪哇《ジャヴア》へ渡ったんだろうとあっさり帰りました」

「そりゃ御苦労さん、あの男、何かね」

「役人が逐ってるんだからきっと人殺しかなんかでしょう。船長、これからもある事だからとんだ詰《つま》

らぬ掛《かか》り合いにはならぬよう、上原を一つ罰して下さい。……もし今日あの男がのこのこ船にいて御覧なさい、本船は抑留ものでしたぜ」

上原はじっと下唇を嚙みしめた儘《まま》話を聞いていた。幸い船長は唯《ただ》うんうんとうなずいたきりで別に上原を今更《いまさら》叱責もせず無事に収まった。然し金丸は相当憤《おこ》っているらしく次の朝、下甲板《げかんぱん》でお早う御座います――と挨拶しても横をむいてしまった。それを通りすがりに見ていたらしく、昼休の時に金城が側《そば》へ来て声をひそめながら、

「貴方は前っから事務長とはあまりよくなかったらしいが、一昨日からは余計ひどいですな。うっかりすると今度は帰ると直《す》ぐ水夫頭から平《ひら》にされますよ。船長より金丸さんの方が豪《えら》いみたいなこの船ですからね……まあ我慢してやって下さらんか、後で同県人に相談してみますが……」

「いやそれは判っているよ、有難う、よろしく頼む」と伏目勝《ふしめがち》に返事した。

この船でも漁夫の糸満出身を入れて四分の三迄《まで》は沖縄県の出である。団結力が有名な位《くらい》強いだけに、夕飯が終った時には水夫頭を金丸と仲良くさせる為にと云うので、各自の取って置き本場泡盛や、物珍らしい五島烏賊《いか》などがいろいろと、上原の部屋へ集めて来た。

「じゃ上原さん、俺は今から金丸さんの処へ行ってな、今晩珍らしい肴《さかな》を揃えて待って居《お》りますからと言いに行きますからな……来たら仲良く飲んで下さい。そうして下さらんとな、折角のみんなの骨折りがまるで無駄になってしまいますで」

金城は念を押して、部屋の中に酒宴を開く準備が出来ると事務長を呼びに行った。ものの十分と経《た》

ないのに、飽気《あつけ》ない程《ほど》気軽な足取りで、金丸は訪れて来た。にこにこ笑いながら小肥《こぶと》りの体で狭い部屋へ割り込んで来ると、

「いやこりゃ御馳走様。思い掛けない御招待でびっくりもしたし、嬉しくもなったよ。まあ、あっさり兜《かぶと》を脱いで先《ま》ず一杯頂こう。この間はね、和蘭《オランダ》役人の威張る矢面《やおもて》に立たされた後で、すこし君には飛沫《とばつち》りと云うとこで、済まなかったがもう堪忍《かんにん》して呉れよ」

人が違ったように機嫌よく盃《さかずき》を重ねて行った。しかしふと上原の衣服箱に眼をつけると、手を伸《のば》してそれを開けた。

「これが例の形見のマンゴーの実かい。齧《かじ》っても構わんだろう。これは大好物でね、一日に二十位《ぐらい》は食べられるよ」

と無雑作に口を開けて前歯を当てた。せっかく機嫌が直っているので、どうしようかと逡巡《ためら》ったが本当に食べかけたのを見ると、既に死んだ人間へとは云え、固く約束してあったので、

「ちょっと待って下さいよ、それに貰った物でなくて預物《あずかりもの》なんですよ。食べない約束ですから、堪忍して下さい、拝《おが》みますよ」

「こうした船内じゃ珍らしいが、島へ上ればいくらでも樹《き》になっているマンゴーを預り物なんて、そんな莫迦《ばか》な話があるもんか。……結局考えてみりゃ俺はこの果実一つで、和蘭《オランダ》役人に調べられたみたいなもんだ。此方じゃ恨重《うらみかさ》なるマンゴーだ」

酔《よい》が回って来たのか呂律《ろれつ》も怪しくなって来て、金丸はますます絡《から》みついて来た。

「よし、どうあっても食わせないか……じゃ寄越せ、このマンゴーを俺様が太平洋に放り込んで、あの馬鹿野郎の屍体に投げつけてやる」とそれを鷲掴《わしづか》みにして部屋を飛出すと、甲板へ駆け上って行った。

もうこうなっては、あんなにいきり立っている、金丸を取鎮《とりしず》めて、マンゴーを取戻す事は出来ないと考えた。それで喧嘩でも初めればせっかくの皆の好意が無駄になるし、自分の水夫頭の地位も危なくなるから、あの男には悪いがと諦めた。それでもどうも心惹《こころひ》かれて後を逐って、甲板へ出た。すると船長が酔っている金丸を抱くようにして立っていた。

「誰だ上原か。……丁度好《よ》かった。酔って足許《あしもと》が危ないんだ、この間の男の二の舞いをしてくれたら大変だからな。……何《な》にマンゴーを海へ棄てに来ただけだ。——放るんなら儂《わし》が代りに投げてやる。そら」

どぶんとも水音も立てず、闇の海へ黒い塊《かたまり》が呆気《あっけ》なく吸込まれた。それを見送って金丸も上原も幾《いく》分《ぶん》物足らなく張合ぬけがした。だがなにしろ月が雲にかかった処で、涯《はて》しない神秘的な暗黒太平洋は潮鳴りと、舷側を嚙む波の音だけが唯やかましかった。

南海でも夜風は厳しく、嚔《くさめ》を一つして船長がまず船室へ首をすくませて退却した。

「金丸さん寒いでしょう、風邪でもひいたら大変ですから、戻って飲み直しましょう、すっかり私は酔がさめちゃったですよ。もう一杯ずつやって温って寝ましょう」

じっと暗い海面の漣《さざなみ》を見詰めている事務長の袖《そで》を、取りなし顔で上原が引《ひっ》ぱったが、金丸はそれに返事もせず、波の起伏を見守っていた。

「どうかしましたか？　酒が強すぎて御気分でも悪いのなら肩へ捉《つかま》って下さい。お部屋へ背負って行きますよ」

と背を向けると、いきなり肘《ひじ》ではらわれた。躓《つまず》いた拍子にすべって、危なく海に落ち相《そう》になったが、鉄柵で踏みこたえた。流石《さすが》に肚《はら》を据《す》えかねて、船のローリングに合せて体を立直すと上原は拳《こぶし》をかためて振上げた。危険な唐手《からて》でないのを安心したのか金丸は肩をはって、莫迦！と威圧するように云い残して、構わずさっさと早足で甲板から消えて行ってしまった。

三

セレベス海に入ったら航路を東転する。その準備に取掛ったサンクリラン岬の処、赤黄色に熟しきったバナナや椰子葉《やしば》で編んだ大きな果物籠《くだものかご》にレモン、パパイヤ、シンヤップを山に積んだ独木舟《キャヌー》が本船へ近寄って来た。

果物ならいくらでも欲しい船である。船長も事務長も甲板へ出て来て、それに声を掛けた。金や交換物を先に取らない限りは、なかなか自分等の物は先に出惜《だしお》しむのが悪い根性だが、まるで貢物《みつぎもの》でもするように船からのロープへ果実を結び付けて寄越した。そして最後の一籠はその男が口で咥えて船へ猿のようにするすると上って来た。

「ウエハラの旦那いますか。この果物は貴方への贈物《キシヤキシ》。……それからわたしの弟がお預けしたマンゴーを、どうかお返し下さい、お礼は持って来ました」

そう云われてみると、あの助けた男によく似た灰白髪《はいしらが》のダヤーク人種だった。米粒程《ほど》によく揃った砂金を麻の袋から一斤《きん》ばかり拡げて見せて、大きな黒い掌《て》の上に載せた。

「……マンゴー、あの青いマンゴーの実かい」

上原が不思議そうに声をかけると、

「……そうですあれです、この黄金はお礼です、マンゴーを頂かして下さい……」

「うん、実はね、あれは誠に申訳《もうしわけ》ないが海中へ放り込んでしまったのだ」

と上原は砂金の袋を横眼で睨みつつ、話の仔細《しさい》をするとその当事者の船長や事務長に引合《ひきあわ》せた。ダヤークの男はじっと話を聞いていたが、疑い深そうに、

「もしかしたらわたしがお預けした人間と違うようにお考えになって、それで渡して頂けないのではありませんか？」

船長初め一人一人を覗きこむようにして、その顔色を伺っていたが、腰につけていた湿《しめ》った大型ハンカチで頭をくるりと拭き上げてこすった。そうすると灰白色の爺さんから黒髪の青年、上原が助けたあの行方不明で死んだとばかり想いこんでいた男に早変りした。そしてにっこり笑うと、

「大丈夫ですよ、今度は本当の毛です、水掛けて調べて下さい……上原さんあなたが、服の入っている箱へ入れたの覚えています。本当に海へ投げてしまったのですか？」

船長初め上原も事の意外さに驚いた。死んだ筈《はず》の男が変装などして現れてきた、薄気味悪さに幾分降参しながら、実際海中に放棄して船に無いとうなずいて見せた。

「私はね、先刻《さつき》も言ったように、君があの晩波に浚《さ》らわれて死んだと思っていたんだ。……真逆《まさか》あの体で又《また》海へ飛込んで、泳いで行ったとは知らんからね。……納得が行くように船内を全部探して御覧」

「そうですか、諦めましょう。じゃこの果物だけは置いて行きます。未練のようですがもし後からマンゴーが漂って流れて来たり、波で船に又《また》戻っているような事がありましたら、あのままで手をつけずに、わたしは当分タワオにいますから是非《ぜひ》知らせて下さい」

未練そうに変なことを云い残すと、上原や船長事務長に固く握手した。そしてなんのつもりか砂金を一粒見本のように残して、潮ですこし流れた自分の独木舟《キャヌー》を目掛けて、船からダイビングで飛込んだ。泳ぎついてから、手を振っているのが船長の双眼鏡の中で次第に微《かす》れて行った。

「……おかしいね、あんなつまらん果物が、どうしてそんなに大事なのかなあ」

独木舟《キャヌー》が見えなくなってから上原が、セレベス海に入った甲板で独言《ひとりごと》していると、

「この間からね、これを教えてあげましょうとは考えていたが……あのマンゴーは鬼門で、あれだけ皆が骨折ったのに前より仲が悪くなって、金丸さんとは睨み合い処《どころ》か殴り合いが初まるような毎日でしょう、でお目に掛けなかったのですが――」

金城が一枚の紙片をポケットから出した。

「あの男を自分のベッドへ寝かして、わたしの処へ泊《とま》りにいらっしゃった時に、巧く気取られぬようにこれを寝間着の後《うしろ》へ入れられたのを貴方は知らずに私のベッドへ忘れて行かれたのですよ」

ダヤーク土語で書かれた紙片を上原は、すかして眺め回していたが、

「一体、こりゃなんて書いてあるんだい？　話す時みたいにマレー語なら、まあなんとか判るんだが……これがあったら何故《なぜ》最前話さなかったんだ」

「そりゃ手抜かりありませんよ、漁夫に一人読めるのがいましたが……意味は、タラカン島の南端の孔雀椰子《くじやく》より二十歩離れた右端《うたん》の窪《くぼ》を掘れ。其処に埋めてある砂金の包《つつみ》を取りて、マンゴーを埋めろ、とこうです」

「うん意味がわかった。此方が埋めに行かないから砂金袋を持って出掛けて来たのだな。この南洋の護謨樹《ごむのき》の種を初め南米からそおっと隠して持って来るのに、苦労した話を聞いた事があるだろう。これもマンゴーの珍種か何かで、あの男はそれで苦労したのさ」

上原は合点が行ったと云いたい顔で話しながら、それにしても折角の金の蔓《つる》を惜《お》しい事したと、船長があの時海へ投げこんだのを残念がった。

「唯の果物の種ぐらいのものですか、漁夫の奴が砂金を黄金と話してくれたので、わたしゃその島が黄金の島で、あのマンゴーにその鍵、なにか地図でも入っていたのかと、面白く考えていましたのに……」

金城は、物足らぬらしく上原に愚痴った。然し奇妙にも、事務長の金丸がこの話は他の誰にもせず、

終日むっつりしているし、船長も話出さないし、それで話は次第に立ち消えの有様で、船はメナド港に入った。

此処《ここ》は郵船の定期航路の他に、NKKやNBKの社外船も入るので、日本人の在留も多かった。久し振りに上陸した船員達は、心易いままに街を歩き回った。上原は金城を連れてミナハサ美人を見物に出掛けたが、顎《あご》のとがった亜刺比亜《アラビヤ》人から後をつけられてしまった。

薄気味悪いのでまこうとしたが、地理不案内な処で迷ってしまい、二人は支那人街の路次《ろじ》に入ってしまった。子供の爆竹ではっと驚いて振返ると、ばったり後の亜刺比亜《アラビヤ》人にぶつかった。逃げたくても袋小路だった。

「マンゴーは何処に隠してある。云って貰いたい」

諸刃《もろば》の鋭い短剣を懐から出して脅《おび》やかした。

マンゴー騒動の蒸返《むしかえ》しに、二人は顔を見合《みあわ》せた。事実手許《てもと》にない事を打明けて弁解した。

「嘘を云いなさい。これを見なさい――アノマンゴーイクラデカウ。ちゃんと書いてあろう。これは反古《ほご》だが、この電報をタワオへ打った日本人がいる……船員だ。まだ知らんと云いなさるか?」と凄い顔をして睨みつけた。

その時金城の右手が指を揃えて、男の頭布《ターバン》に飛んだ。

いかめしい顔付《かおつき》の亜刺比亜《アラビヤ》人も唐手には飽気なく倒れてしまった。気絶した男の手から刃物と電信用紙を取上げると、二人は急いで路次を出た。そして土産物も買わず船へ立ち帰った。

英文で書いてあるその手蹟《しゅせき》には手がかりがなかった。上原は考え悩んでそれを握ったまま、午前中に葉巻を買いにちょっと上陸しただけであとは船室に引籠っている船長を訪れた。今までの一切の話をしてからそれを見せた。

「うん、この書損《かきそこな》いの電文には事実それは書いてある。だが、これは最近輸出用に造られ初めた本物の缶詰用のマンゴーじゃないか？……それから例の話を拓南丸の此処の船員達が上陸して何処かで冗談でも云ったのを聞いていた亜刺比亜《アラビヤ》人が巧く結びつけて人騒がせな悪戯《いたずら》をしたのさ……」

「へえ、そうでしょうか、なんだか面白くなりかけては、つまらなくなってしまいますね、船長さん」

金城は不服そうに唇をつき出して、上原の持っている頼信紙をびりびりにさいて側の紙屑籠に放込んで部屋を出た。

金丸と上陸した船員を聞いて回ったが、彼は電報を打ちに局へは行かなかったらしい。その他、誰もの心当りがない。結局船長の言った通りだった。

メナドを出てから二週間、拓南丸は横浜へ帰港した。積んで来た鮫皮と魚肉の処分が終って、船長は花咲町の自宅へ、宿の無い者は海岸通りの船員宿へ引揚げて、次の航海まで骨休めする事になった。

上原は金城を誘って、二ツ谷にある姉の家へ落着いた。内地へ来ての二三日が夢のように過ぎてしまった夜、船の習慣で早目に二人で床に入っていると、

「お前なにか船で悪い事でもして来たんじゃないか、……玄関に新聞記者が来てるよ。早く白状して交番へ連れてって貰いな」

唐紙《からかみ》をあけて首を差《さし》こみながら姉は、弟とその友人を薄気味悪げに見下《みおろ》しつつ、邪慳《じやけん》に言った。

「何も悪い事なんかした覚えはないんだけど、変だな金城」

じーっと床に起き上って上原は暫《しばら》く腕を組んでいたが、

「あっマンゴーだ」と叫ぶと、金城の手を引張って、驚いている姉を押しのけるようにして、階段を駆降《かけお》りた。

「貴方が拓南丸の上原さんですか」

「マンゴーの事でしょう。あのマンゴーは何か学界の珍種ですか？　それとも表面に地図でも彫ってあったのですか？」と息込んで尋ねた。

「さあ……それと関係があるかどうかは知りませんが、今度拓南丸として十万円の大口の献金がありました。実はその感想を伺いに船長の処へ行ったら——貴方がその本人で、いろいろ南洋でのこの献金の秘話があるそうですが——」

「へえ十万円……献金とは結構な事です、然し私にはそのお話の筋がわかりませんが……なあ金城、どう思う」

二人とも首を傾《かし》げているのに面食《めんくら》ったロイド眼鏡の新聞記者は、あわててポケットを探ると、角封筒を出した。

「もしわからなかったら、この手紙をお見せしろと言伝《ことづか》りました」

（――上原君、あの男はマルタボラのチャンパカ村から逃げて来たのだ。御承知の有名なボルネオの金剛石《ダイヤモンド》の産地だ。それをマンゴーの実へ巧くはめこんで、後から変色しないように、鉄木《ブリアン》の葉を搾《しぼ》って汁で全部を真青《まつさお》に染めたのだ。儂だって役人の喋舌《しやべ》る位の和蘭《オランダ》語は判るよ。投げたのはあれは身代りのニッケル時計さ。……結局タワオのあの男に交渉して十万円で売付けたが、どうこうした金は私すべき性質の物ではないから、船長の権限で献金する事にした。……明日、君の写真入りの新聞を持って、遊びにいらっしゃい、一日中待っている。――それから事務長の金丸は素行上の点でやめて貰う事にした。誰と云って後任者もない本船の事ゆえ、水夫長の君を抜擢する事に内定している。詳しくは明日話そう。）――

手紙を読み終つた上原は、金城の首を抱きつくと嬉しそうにマンゴー、マンゴーと呟いて記者にお辞儀をくり返した。

銀座安南人

書誌

初出は未詳。『南方探偵局』（大東亜出版社〔満洲〕、一九四二〔康徳九〕年）に収録。

底本・校訂

『南方探偵局』に収録された本文を底本にした。振り仮名は総ルビである底本に準拠した上で、適宜追加、削除した。

舞台解説

銀座

明治初期に洋風建築の商店街が造られ、以後東京を代表する繁華街として発展。大正末期から昭和初期にかけて、いわゆるモダンガールやモダンボーイが闊歩する最先端都市となった。

フランス領インドシナ

フランスの旧植民地で、ラオス、カンボジア、ベトナムなどのフランス領とフランス保護領からなる。一九四〇年にフランスがドイツに降伏した後は、親独派のヴィシー政権が統治した。

安南

外国人によるベトナムの呼称で、フランス領インドシナ時代も用いられていた。

1

もう七月の末だと云うのに、時候はずれの霧雨が、今日もしとしと降っている。去年のように水道の不自由はない代りに、台風が重ねてきた妙な気候で、なんだか気もくさくさする。二階になってている月ヶ瀬でみつ豆を食べて、同僚の娘達と別かれて冴子は一人で通りへ出て来た。

雨の銀座は、薄く透《す》ける油絹《オイルシルク》のレインコートの赤や黄が眼にしみる。まだ学校時代の野暮《やぼ》ったいクレバ地のコートを着ている冴子は、なんだか娘心《むすめごころ》に敗《ひ》け目《め》を感ずるようで、通りへ出たものの立ち止って、傍《かたわら》のアザミの飾窓《ショウインド》に頬をよせた。コンパクトやバックの変り型、十九の娘には欲しくて耐《たま》らぬ流行品の数々である。飾物の犬や小熊の向うに、薄緑の透明コートが吊してある。

「あら、まだ帰らなかったの――」

ぽんと肩を叩かれて振返ると、いまアザミ横町を抜けて新橋駅へ行った筈《はず》の和枝だった。

「……どうした？」

「うん、会社へ忘れ物よ……ちょっと行って来るわ」

「あらそう、戻って行くの大変だわね……ちょっとあれ私に似あうかしら」

と冴子はすこし気まり悪そうに硝子《がらす》越しに指さした。

「貴女《あなた》は色が白いから何《な》んでも似合うけど、緑系統なら尚更《なおさら》うつるんじゃなくって……十四円よあれ……今日サラリーが入ったんじゃなあい、一《ひ》と想いに買っちまいなさいよ、ねえ……それまでに私戻って来るわ、待っててね」

もう一つ肩を叩くと、家が近所の和枝は悪戯《いたずら》っぽく微笑《ほほえ》んで、そのまま長い肢《あし》をすたすた人ごみの中へ消して行ってしまった。

十四円、どうしようかしら？　冴子は口の中で呟《つぶや》きながら考え込んだ。毎月のサラリーを家計に繰り入れるほど侘《わ》びしい家庭ではなかったが、父が殁《なくな》ってから母は厳しかった。オイルシルクが欲しいとは、もう五月の初めからせがんでいた。だが今までのクレバ地のコートがまだ間に合うからと、どうしても赦《ゆる》して呉《く》れなかった。そして、そんな流行ものより、嫁入り前だからと訪問着を見立ててくれた。だがまだ二十前の娘には、年に何度しか着ない晴衣《はれぎ》よりも、毎日の通勤にきられるコートの方が欲しかった。

叱《しか》られるのは惧《おそ》しいけれど、怒られたって買ってしまえば後の祭だからと、草編みのハンドバックの中をちょっと調べて、店の中へ入ろうとした。だがやはり気が咎《とが》めた。

そうだ、買ったと云わずにお友達から貰ったと云う事にしよう、そしてお金は誰かに借りて埋め合せをして置こう——噛みしめるように顎《あご》をひいて、胸に浮んだ名案を何度も繰り返して自分に云い聞かせてみた。

決心がつくとようやく冷静になった。上気した頬にかかる冷たい雨を快よく仰いでみながら、入口の女店員に指さして声をかけようとした。すると、その時、背後《うしろ》から肩へ手をかけられたのに気づいた。和枝か、とちょっとばつの悪そうな微笑を急に浮かばせて振返ると、それは意外にも、浅黒い長身の男性だった。

「コートでしょう。もう今買いました、寸法《サイズ》大丈夫です」

アザミの紙包《かみづつみ》を押つけると、無理に持たせるようにして、すたすた先へ行ってしまった。どう考えても見覚えのない顔である。何か云おうとしたが、前の女店員が、濃く彩った唇から白い歯をみせているので、気恥《きはずか》しいやら唐突やらで、冴子も包《つつみ》を抱えたまま足を急がせた。

傘越しに今の青年の細長い胴が微《かす》かにみえた。追いつこうと、すっかり興奮したまま、仏蘭西《フランス》料理のリドの前まで追って行った。

「あの、これ……」

とようやくの想いで追いついて、渡された紙包をつき返した。するとその青年は、軽い微笑をみせたまま、手をふって大股にかけ出してしまった。その恰好《かっこう》がちょっと面白かったので、逃げて行く後姿を見送りながら、冴子は想わずぷっと、ふき出してしまった。

「あら、此処《ここ》まで迎えに来ていて下すったの」

和枝が眼の前に笑っていた。雨と云っても黄昏の銀座である。勤帰《つとめ》りの人々の群れで、もう逃げ出した男の姿など判らなかった。

「とうとう決心して買っちゃったのね……だったら早速《さっそく》着換えなさいよ、ね、せっかくの雨じゃなくって……」

と和枝は包を拡げて、油絹《オイルシルク》のコートをためらう冴子に羽織らせた。

「……似合う?」

赧《あか》くなりながら声をかけてみて、さて今の出来事を、この友達に話したものかと、唾《つば》をのみこみつつ考えた。

2

新聞をみると、昭和になって初めてだと云うが、雨の続く夏である。もう八月の半ば過ぎだと云うのに今日も降っている。

一時間ぐらいの道草ならと、ニュース映画をみに日劇の地下へ入った。休みなしの八巻が終って、吻《ほ》っとしたように外へ出ようとすると、

「……今日《こんにち》は」

いきなり、馴々《なれなれ》しく声をかけられた。誰かしら会社の同僚かと振向いた冴子は、思わず叫《あ》っと、驚

いてしまった。何時《いつ》かの浅黒い青年である。

「お茶のみませんか?」

『耕一路』の階段を指さした。あの時のレインコートを今日も着ている冴子は、顔を赧くしながら点頭《うなず》いた。どうもばつが悪かった。いま着ているのを脱いで、さっと返してしまおうかとも考えたが、裾《すそ》のところへ鉤裂きをつくって繕《つくろ》ってあるので気がひけた。なんだか心が咎めて、入口にある立鏡《たてかがみ》に映った自分の頬が青くみえた。

「僕、軽井沢へあれから行ってました、昨日帰って来たばかりです」

クリームソーダをストローで掻《か》き回しつつ、青年はゆっくり白い歯並みを覗かせた。

妙な話であるが、この時初めて冴子は青年のアクセントに気がついた。そして血走ったように赤い眼球に首を傾《かし》げた。夏なので、色の黒いのを別になんとも考えなかったが、どうも不審だとまじまじ相手を瞶《みつ》めたのである。すると、向うもそれに気がついたらしく、にっこり微笑んだ。

「僕、仏印……安南人です。御国《おくに》へ勉強しに来てまだ半年です」

「まあ。それにしては、ずいぶん日本語お上手ですわねえ」

初めて話の緒口《いとぐち》をみつけた冴子が、眼をぱちぱちさせた。

「お国が前から大好きなので、故国《くに》にいた時から日本語は一所懸命に勉強してきました」

相手の素性《すじょう》が判ったので冴子は吻っとした。いきなり他人《ひと》に贈物《おくりもの》するなんて無躾《ぶしつけ》だと考えていたが、これは国情の相違だったのだとひとりで解釈した。不良じみた行為も、南方人種の素直さだと想うと、妙に今迄《いままで》、相手を警戒したり疑っていた自分が恥しくなった。そして、その照れ隠しのように勤先《つとめさき》や家のことなどを、いろいろと自分でも驚くほどべらべらおしゃべりしてしまった。

一週間ほど経《た》つと電話が勤先へ掛ってきた。アルマイトクラブで待ち合せると、宝塚《づか》の切符を持ってきて呉れた。三日に一度ぐらいは、お茶をつき合ったり食事を共にするような間になった。

「冴子さん、別に生意気に忠告なんかする柄じゃないけれど……此頃《このごろ》よく貴女はアベックで銀座を歩いていいるんですってね。男の社員達が岡焼き半分にいろんな噂してるわよ」

ランチタイムに窓際に凭《もた》れていると、わざわざ和枝が心配そうに近づいてきた。

「まあ……なんでもないのよ。あの人仏印の青年よ、まだ日本へ来て間がないの……一人ぼっちで誰もお友達がいないの――」

「それで貴女がお付き合いしていてあげるって、訳なの」

「そうよ、仏印は日本と共同防衛の条約をしている国だし、東亜共栄圏の一国よ」

「それで国策的に交際しているって仰言《おっしゃ》るのね……あっさりやられた。冴ちゃん此頃しっかりしてきたわね」

肩をひとつ叩くと、緑色の事務服の裾をつまんで腰をかがめて、女官《スブレット》のようにお辞儀をして席へ戻って行った。

その話を、翌日、三原橋の門で逢ったリン青年に話すと、

「そんなに人目に立つようになっちゃ、貴女だって迷惑でしょう……どう、これから手紙にしな

い？」

と提案した。

「だって、そんな事したら、家でとても厳しいんですもの……」

冴子は年頃の娘をもつ母として、女友達の手紙でさえ、一々先《いちいちさ》きに開封してしまう家のことを想い出して、すこし憂鬱になった。

「大丈夫です。家でなくて会社へ、京橋区西銀座四丁目東亜工業内にしますよ」

「……そう、それなら好いんだけれど……」

同じタイピストの和枝からまた、よく手紙が来るわねえと冷《ひ》やかされるだろうと、それをちょっと苦にしながら冴子は点頭いた。そして、異邦人にしてはよく気がつくリン青年をすこし頼母《たのも》しそうに見あげた。

これが銀座のすぐ裏かと想えるような、お襁褓《むつ》の行列が川向うの屋根に続いているのが、なんだか妙に暑苦しそうだった。リン青年は、安南に在る彼の豪壮な邸《やしき》の話など聞かせてくれて、今日も愉《たの》しい南の夢を物語りつづけた。

3

「……見ちゃったわ、御免なさい」

「あらっ……」

耳の後《うしろ》まで赧くして、はっと詰《なじ》るように相手を睨《にら》むと、

「だって、仕事が一《ひ》と休みして、ほっとして床をみたら、風に吹かれて来て落ちていたんですもの」

「わたし机の中へ蔵《しま》ったつもりで忘れていたんだわ……まあいいや、学校時代からの先輩の和枝姉さんだもの」

すこし気まりの悪い声を、わざと明るく調子を持たせて、椅子に腰を下ろすと、

「片仮名が多くて子供の綴方《つづりかた》みたいだけど、相当のものね、……事によったら貴女、南進花嫁になるんじゃない？」

「……まさか」

と和枝は肘《ひじ》でそっとつつき乍《なが》ら、低い声で耳許に囁《ささや》いた。

すこし不機嫌そうに睨む真似をして否定はしてみたが、唇には満更でもなさそうな微笑みが、顔全体の表情を不自然にして浮いてきた。

「だけど、わたしの老婆心かも知れないんだけど、結婚ってまず経済が肝腎《かんじん》よ」

午後の二時である。正面の課長席もあいていたし、男の社員達も暑さにだれて無駄話をしているので、和枝も構わず冴子に話しかけていた。

「……どうして、そんな事云うの？」

眉の濃い相手の顔を見返すと、

「このひと、留学にきているから実家は好いように想うんだけど、この手紙みると物質的にはあまり恵《めぐま》れていないんじゃない？」

心配そうに、今しまった引出しの方を指さした。

「この手紙が反古《ほご》の裏に書いてあるからでしょう？」

と冴子は、なんの屈託もなく又《また》手紙を取り出して裏返してみせて、

「これ、あのひとが今行っている国際学院の講義のノートの書き反古よ……だけどこれが貧乏の証拠だなんてあんまりじゃない……これわざと使っているのよ」

とリン青年を庇《かば》って抗議した。

「だって金貸しの因業爺ならいざ知らず、まだ若い青年がそんなしみったれ、おかしくない？」

「あらそれは日本的な考えよ。国情の相違だわ……彼の国、安南はいま仏蘭西《フランス》の領土でしょ、なんとかして一日でも早く独立して、アジア人の亜細亜とするために、みんな云うに云われぬ苦労しているのよ」

「まあそれで、手紙まで反古に書くように倹約してるのね、えらいわ……詰《つま》んないお節介云って御免なさいね」

「いいのよ、そんなに謝られたら此方《こっち》が辛いわ……でも、どんな物でも粗末にせず大切に使うのにはわたし敬服していてよ」

「まあ、そんなにつつましい暮し方、貴女に将来できて……」

「わたし？　大丈夫よ。今まで家の母がとても厳しかったでしょう……恩給ぐらしの所為《せい》もあったけど、とても切りつめたやり方で仕込《しこ》まれたの……それがとても役に立ちそうよ。わたし今になって母さんに感謝してるわ」

「まあ、じゃ、安南へ貴女はお嫁に行く気なの……やっぱし本当？」

「いや……知らない」

周章《あわて》て冴子はぐるっと身体《からだ》をひねって、和枝の白のサンダルを机の下から軽くつついた。そして、ガチャガチャとわざと荒っぽく音をたてて、工場渡しの仕切書の数字を急いで叩いた。

「ねえ冴子さん、南へお嫁に行く、行かないは別にして……物を大切にすると云う事は好いことよ」

と姉のようにやさしい含み笑いで、和枝はまた話しかけた。

「え、ありがと……手紙だって、わたし初めは伊東屋へ行ってあれこれ便箋《びんせん》を選《よ》ったのよ。だけど彼がそんな事はいけないって云うもんだから、此頃は何《な》んにでも返事かくの……ほらこう云うタイプの打ち損《そこな》い、ちゃんと蔵って置いて使ってやるの……紙屑箱へ放り込むの使うって、初めはなんだかあの人に済まないような気がしたけど、反《かえ》ってその方が喜ばれるんですもの……豪《えら》い、感心ですねって
……とても嬉しがるわ」

和枝はリンがとても吝《けち》だと想っているらしいが、二人が親しくなったのは、あのレインコートを無《む》雑作《ぞうさ》に彼が贈物して呉れたのだと云うことを、ひとつ話して驚かしてやろうかと冴子は悪戯《いたずら》っぽくひとりで微笑みつつ考えてもみた。

机の上のグラジオラスが、残暑に疲れて紅い花を下の方から紫に褪《あ》せさせていた。白レースのカーテン越しに西陽《にしび》が机の上に流れてきて、青空の白雲だけが、涼《すず》しそうに隙間から覗けた。

4

暑いも寒いも彼岸までと云うが十月に入っても、この夏に雨が多かった所為か、妙にまだ暑さが残っていて、これから冬に向うのだなどとは、どうしても考えられぬ気候だった。これ見よがしの新調の合《あい》オーバーも、人々は辛《かろ》うじて腕に抱えて歩いていた。

久しぶりに落合って、溜《たま》った話でもしようと約束のエスキモーで待っていたが、どうした事か、リン青年が今日に限って現れなかった。遅れて来るのかと、表へ出て待っていたがどうも待ち呆《ぼう》けらしかった。服部の大時計はもう六時を過ぎていた。でも諦めて帰るのも気がさして、ぶらぶらとコロンバンからアザミの前までを往《ゆ》きつ戻りつしていた。こんな事なら、みつ豆を誘《さそわ》れた和枝と万年堂へ行けばよかったと、なんだか損をしたように後悔した。

どうせ今日は、仕事の都合で帰りが遅くなると母には云ってあるのだし、と尾張町まで出てきて考えた。早く帰れば反って怪しまれるから、一人でもう少し歩いていようと、車道を横切ってビアホールの前へ出た。

渡ってから七八軒歩いて、豪華な布《きれ》のハンドバックに飾窓越しに眼を吸われていると、

「……おい、君」

と背後《うしろ》から声をかけた男がいた。ぴったりした紺の両前《りょうまえ》の三十五六の紳士風だった。会社関係の上役かと、周章てお辞儀をして、冴子はすこし頬を赧くした。

「天野冴子……家は池袋だったね」

「……はい」と答えると、

「明日、勤《つとめ》があって気の毒だが、間違いなく来て貰いたい」

あっさりそれだけ云い残すと、籐《とう》のステッキを軽くふりつつ通り過ぎてしまった。なんの話だか、さっぱり訳《わ》けがわからなかったが、すこし薄気味わるくなってしまった。まだ七時には間もあるし、帰るのには少し時間が早やかったが、そのまま新橋の駅まで急いだ。

家にかえると、なんだかそわそわしたような空気だった。母が妙に落着かない様子で、茶の間に立っていた。

「……どうしたの?」

なんだか変に胸騒ぎがして直《す》ぐ部屋に駆けこむと、

「冴子や……これ」

詰るような調子で前につき出されたのは、憲兵隊の呼出状《よびだしじょう》だった。最前の銀座での出来事を想い出して、はっとした。

「わたしゃ、何かの人違いじゃないかと想うんだけど、お前心当りでもあるのかい?」

まるで吾《わ》が子が罪でも犯したように、すっかり脅えきっていらいらした声音《こわね》を響かせた。そして脂《あぶら》気《け》の抜けた額を、神経質にぴくぴく動かした。

「じゃ、きっとあのリンさんの事でしょう……お母さんにはまだなんにも話してなかったけど、安南人のお友達の事よ……なんでもないわ、心配しないでね――」

冴子は暫《しばら》く考えていたが、思い当った調子で何気《なにげ》なく呟くと、靴下をぬいで紺のワンピースを部屋着と取り変えた。

娘の態度が想ったより冷静なので安心はしたものの、安南人などと異邦人の名前が出たので、母は考え倦《あぐ》んで暫く冴子をじっと瞶めていたが、そっと勝手口へ出ると裏から何処《どこ》かへ出かけて行った。

そして三十分ほど経つと、黒モスの兵児帯《へこおび》姿の和枝をひっ張るように連れて来た。

「冴子さん……ほら御覧なさい。可哀そうにお母さん家へ来てお泣きになったのよ……仏印だって外国人よ。うちの会社が軍需品を作っていたから、タイピストの貴女は狙われたんだわ」

ひとがあんなに忠告したのに、それみた事かと云わんばかりの口吻《こうふん》である。

「そうだよお前、うっかりしてもし相手がスパイだったら、どうするんだい？　日本人として取り返しがつかないよ……死んだお父さんは日露戦争に出られた勇士なんだよ」

思いつめたように母は泣き声である。

「知ってるわ……それくらいの事は弁《わきま》えていてよ……大丈夫よ。わたし本当にやましい事なんかしていないから、その点だけは、ね、御願いだから信用して――」

必死になって冴子は弁解したが、和枝まで連れて来た母は未亡人にあり勝《がち》な一本気な表情で、瞳を熱っぽく霑《うる》おしていた。

「ね、和枝さん、証人になって聞いていて下さい……明日わたしゃこの娘《こ》に付き添って憲兵隊に出頭します。そして冴子がすこしでも御国の不為《ふため》になる事をしでかしていましたら、皆様への御詫びに、非国民の娘と一緒にわたしも立派に自決致します」

と冴子を睨みつけ乍ら云うと、茄子色《なすいろ》の袖口《そでぐち》を嚙んで、母は嗚咽《おえつ》した。和枝も貰い泣きしている。

ひっそりとした夜半の戸外に、遠くの省線の軋《きし》りがひびいて来た。

5

「防衛課から通達があったので出頭して貰ったのだが……貴女が天野冴子さん、此方がお母さんだね――」

昨夜の紳士態《てい》の男が、此処の主任の憲兵大尉で、今日も背広をきていた。

「……娘がとんだ事をしでかしまして、なんとも申訳《もうしわ》けありません――」

おろおろした声で、いきなり母が詫び初めた。すると、

「まあまあ……それより、此方でも調査はついているが、リンと云う男との交際を初めから、念の為《ため》に聴取書を作製するから話して下さい」

大尉は事務的に云い放った。すっかり固くなった冴子は、恥かしかったが油絹《オイルシルク》のレインコートの一件から、正直に一さいを陳述した。脇で聞いていた母は、呆《あき》れたように茫然として、孔《あな》があったら入りたいと云った様子で、焦茶《こげちゃ》の帯できちんと締めた身体《からだ》を、ますます小さくした。

「なる程《ほど》、そんな事をして彼奴《きやつ》は貴女のお近づきになったのですな……まあ、コートなら好い方でしょ。蜜豆一杯ぐらいで馴々しくするのもいるんですから……処《ところ》でリンですが、彼は安南人ではありません。本当はバタン半島生れの比《ひ》律賓人《りっぴんじん》です」

「えっ」

さすがの冴子もこれには面食《めんくら》った。

「昔は銀座へ出て来る色の黒い奴は、誰でも化けて比《ひ》律賓《りっぴん》と名乗ったものです、スウィングなどとハワイ音楽が流行《はや》ると、そう云う輩《やから》は臆面もなく布哇《ハワイ》人だとやに下った。それが国際情勢が変ると、春あたりは泰国《たいこく》人をかたり、秋になると仏印へ転向したのです。……これは在留外人の殆《ほとん》どがそうです。地方のホテルの宿泊名簿なんかみると、外人は全部国籍を独か伊にしてますよ。ハッハッハ」

軍人らしい屈託のない大きな声で、大尉はからから笑った。

「リンはマニラから日本へは四年前から来て、今まで神戸にいたのです」

「まあ道理で、日本語が巧《うま》すぎると想いました……そうなんでしたの」

笑顔にひきずられて、冴子も初めて固くなっていた表情を綻《ほころ》ばせた。

「貴女が軍需会社のタイピストなのを知っていて、わざと文通を多くしてその返事に会社のタイプの反古を、リンは使わせましたね？」

冴子はだまって点頭いた。聞いていた母は、これで事件のすべてが判ったと、絶望的な双眸《そうぼう》に露《つゆ》をやどして白い壁を虚ろな表情で眺めていた。これだけ防諜が叫ばれ、スパイ御用心が国民の合言葉になっている時代に、なんと云う情けない娘だろうか？　いくら女親一人の手で育て上げたとは云え、あまりに恨《うらめ》しいともう気が狂いだしそうだった。

「貴女が手紙に使ったタイプの反古は此方へ全部押収してあります。会社の帳簿とも引合せてみたのですが……」

「あの、数字が違うと仰言《おっしゃ》るのでしょうか」

もう冴子も蚊のなくような低い声だった。おずおず聞き返しながら、相手の顔を仰ぐと、それに大尉は大きく点頭いた。

「そうです。これが今日の話の鍵です」

「はい、それなら説明させて頂きます――工場から出来上る製品の数量を、わたしはよく打っています。その打ち損いの数字のある反古を、とてもリンが喜ぶらしいので、それを便箋代りに使いましたが……さて反古とは云え大切なものです。わたし考えに考え倦んだ結果、手紙に使う反古の数字は出《で》鱈目《たらめ》に二桁か三桁ぐらい増やして、それから使ってやりましたの」

「ふふん……成程《なるほど》ね。リンも喜ぶよう、日本の為にもなるよう、両方考えた結果だね。それでよく判った。だがタイプの反古をリンが欲しがるのを、貴女は、変に想わなかったかね？　ひとつ防諜精神から聞きたいが……」

「え、実は紙を大切にと云う話もありましたけど……わたしクリップがなくて困ると云うので、日本のかんじん縒《よ》りを教えてやりましたの。そうしたらかんじん縒りに好いからとタイプの反古を欲しがり、縒ってから数字が出る方が、普通の字よりも図案のようで綺麗だから——と云うもので、ついうっかりしまして、申訳けありませんでした」

「なる程ね、そう説明されるとよく判る……だがこれからはよく注意なさい——いやそんなに謝らなくても好い。今日来て貰ったのは叱るためじゃない……実は、貴女にお礼を云うために来て貰ったのだ」

「えっ、何《な》んでございます?」

母の方がびっくりして、伸び上るように大尉の顔を覗きこんだ。

「実はリンは米国系の間諜団の一人で文書諜報の収集に浮身《うきみ》をやつしていたんだ。それで娘さんからも巧くタイプの反古を集めたのだ。大きな声では云えぬが、娘さんの行っている会社は、海軍の特殊武器を一手に作っている。それでタイプの数字を加えて行くと日本の軍備の一部が判る計算になるのだ。リンはすっかり有頂天になって、その数字を計算して報告していたところ、さっき云ったように二桁も三桁も多いので出鱈目である。これで本人は熱心だが間諜団の本部からは怪しいとかえって睨まれてしまったのだ……その上、安南人と想い込んでいる貴女が、有色人種同士が手を握って東亜共栄の実《じつ》をと、逢う度《たび》や手紙であまり云ってやったので、本人も気が変になって、アジア人の一人としてようやく醒《さ》めたのだ。そして今までの事を後悔して、此方へ自訴して来たと云う始末だ。お庇《か》げで今まで詳細が判らなくて困っていた本拠が判って、間諜団は昨日一網打尽さ……一重《ひとえ》に貴女の陰《かげ》の力だ。厚く御礼を云います」

云われて冴子は嬉しそうに、にっこり微笑んだが、あまりの事に母は吻っとして、ふーっと溜息《ためいき》をつくと、椅子からすべり落ちて床の上に尻餅をついてしまった。

熱帯氷山

書誌

初出は『ユーモアクラブ』第五巻第二号（春陽堂文庫出版、一九四一〔昭和十六〕年二月）で、角書きは「海洋探偵」。後に、叢駿三編『傑作科学探偵小説集』（啓徳社、一九四一〔昭和十六〕年）、『大東亜海綺談』（鶴書房、一九四二〔昭和十七〕年）、『南の誘惑』（大東亜出版社［満洲］、一九四三〔康徳十〕年、作品名「赤道氷原」）に収録。

底本・校訂

『傑作科学探偵小説集』に収録された本文を底本にして、他を参照した。振り仮名はパラルビである底本に準拠した上で、総ルビである初出のルビを参考にして、適宜追加、削除した。なお、九十三ページ三行目の「爪哇《ジャワ》」は、初出、底本、ともに「布哇《ハワイ》」であるが、地理的に誤植と推測されるので変更した。

舞台解説

スンバ島

インドネシア南東部の小スンダ列島に属する島。サバンナ気候の土地で、小柄なスンバウマの産地として知られる。近隣の島は、チモール島、サヴ島、フロレス島、コモド島、リンチャ島など。当時はオランダ領東インドに属していた。

マカッサル

インドネシア中部のスラウェシ島（植民地時代の呼称はセレベス島）にある港湾都市。マカッサル海峡に面しており、香料貿易の拠点として栄えたが、後にオランダ領となる。

蘭印の劫火《ごうか》

「メリー号が戻って来たって？」

まさかと云う顔で石井は半信半疑だった。指折りかぞえて、ようやく今日あたりがマカッサル港へ入る予定である。帰港にしては、あまりに早すぎる。

「何か椿事《ちんじ》が起きたんじゃないか」

主任技師の片岡が青い顔をした。集っていた邦人達も、みんなすうっと顔の色を変えた。不吉な予感である。言い合せたように下唇を噛みしめたまま、黙りこんでしまった。

青白いサヴ海の波をかきわけて白塗りの船体が、ササール岬を回って来る。もうこのノワミーの港とは目と鼻である。近づいて来るメリー号を見つめながら、邦人達は息づまる想いで腕組していた。

「どうしたのかな？　積込んだ石油が無事であって呉《く》れたらよいが……」

誰かが低い声で吐息を洩《も》らした。石井もそれに大きく点頭《うなず》きながら、首を傾《かし》げた。

この蘭領東印度のスンダ列島、スンバの島に石油資源を求めて石井達が乗込んで来てから三ヶ月たった。馴《な》れぬ風土と戦い、食物《くいもの》の不自由をも我慢して、ようやくボーリングに成功したのは、このノワミーの山であった。文字通り血と汗の結晶である。第一回の噴油三百噸《とん》を祖国に向けて、メリー号は積込んだのであった。精製設備は資材の関係で早急には無理である。当分の間は原油のままセレベス島のマカッサルに寄港する南洋海運の邦船で出荷する事に手筈《てはず》がきまった。それで海峡を越してその港まで、不定期貨物船《トランプ》のメリー号を傭船《チャター》したのだった。

「おう、船が入った――」

片岡が先頭になって、船着場へ一散に駆けだした。船からはスラヴ人の船長が、大きな身体《からだ》を揺《ゆ》すぶりながら降りて来た。

「まことに申訳けありません《イズヴィニヤーユン》」

咥《くわ》えていたパイプを口から離して面目なさそうに頭を下げた。

「え……石油をまさか失《なく》したんじゃなかろうね」

心配そうに片岡が、その顔を覗きこんだ。

「左様です《ヴェールノ》……全部海中へ放り出してしまいました。勘弁してやって下さい」

「何っ……」聞き返す石井の声音《こわね》が震えている。

「待って下さい《ミヌートチク》。リンジャ島とコモド島の間を抜ける、丁度《ちょうど》印度洋からフロレス海へ入る狭い海峡で突然船尾から出火しました。船火事です。船の危険には換えられませんでした」

ブラシのように剛毛《こわげ》の生えた手首を、確《しっか》り抑えられたまま、船長はおろおろした。

「出火の原因はなんだ?」

「判りません《ニブニマイ》、誰もいない処《ところ》から火が出たのです。天災です。お許しを願います」

取り囲んだ邦人達はあまりの事に唖然としていた。

「そうか、災難は仕方がない。あれから噴出したのが二百五十噸ぐらい溜《たま》っている。これを直《す》ぐ輸送して呉れ。そうしないと月末にマカッサルに入港する邦船に、積換え出来なくなる。いいか、行って呉れるか?」

「宜しい《ホロシオー》、いま直ぐ積んで下さい。このままで出航します、お詫びです」

「そうか、それは有難い。……間に合って少しでも内地へ届けば、それで好いんだ。さあ皆、過ぎた事をくよくよせずに、手伝って積込んでやろうじゃないか」

石井は振返ると一同の顔を見渡した。

最初の努力の結晶が、文字通り水泡に帰してしまったと聞されて、泣くにも泣けない気持ですっかり落胆していた邦人達も、その言葉にすこし元気を出した。

「畜生、こんな不便な処なので海難保険のつけようもない。せっかくのお初穂の石油を……」片岡はまだいまいましそうに呟《つぶや》いている。

「そんな、未練を出すな。まあお初穂だから海神さまに捧げたと諦めるさ。……一度ぐらいの災難は、かえって厄落しになる。我慢して忘れてしまうんだ」

石井は陽《ひ》やけした顔をうなずかせながら、訓《さと》すような調子で言った。技師長の石井は此処《ここ》では所長である。しかたなく片岡は黙ってうなずいてみせた。しかしまだ忌々《いまいま》しそうに、船長の方を睨《にら》みつけていた。

「さあ気を揃えて、元気よく積みこんでしまおう。すこし位《くらい》は海へ流したって後がどんどん湧いて来るんだ。力を落さずに頑張ろう」

石井に励まされて邦人達は、船員と協力して積荷を始めた。麦酒《ビヤ》樽のように肥《ふと》った六尺豊な船長まで、恐縮しきって身体をこまめに働かせた。心を合せて急いだので作業は捗《はかど》った。普段なら二日がかりの仕事が、夕方までには片づいて、すっかり船底へ油槽《タンク》は全部積込んでしまった。

「はい《ダー》、これで荷がすっかり積めました。じゃ、直ぐ引返して行きます」

船長は直ぐ出航する考《かんがえ》らしく、石井の手を握った。そしてまだ睨んでいる片岡の視線に逢うと、面目なさそうに首を縮《すく》めた。

「責任感で言って呉れるのは好いが、すっかり船員達は疲れている。どうだね明日の朝にしちゃ……」

水平線の辺りは仄《ほの》かに明るいが、黄昏の海である。灰色の夕靄《ゆうもや》の中を船出させるほど、まだ日時は迫っていない。今度こそは間違いなく送荷しようと考えると、暗い海に送り出すのは、なんだか心細いような気もした。

「ですが《ホチャー》――お急ぎでしょう？」と遠慮気味に聞き返した。

「いや景気よく出航は朝にして呉れ。予定日までには十日ある。大丈夫、間に合うよ」

石井は船長の手を握ると元気よく言った。すると助かったと云う顔つきで吻《ほっ》として、ポケットからパイプを出して髯《ひげ》の間に啌えた。

「どうもなんだか気がかりになります。念の為《ため》と言っては可笑《おか》しいでしょうが、石油の番人として私をマカッサルへやって頂けませんか？」

横から片岡が口を出した。そして今積み込んだばかりのメリー号を不安そうな瞳で眺め回した。

「まだ君は諦めきれないいんだね。まさかそうそう間違いが続くとは考えられないが……それに君が船旅したら後の持場はどうなるんだね。油質分析は責任のある仕事だよ」

「いやそれなら大丈夫です。加東にやらせます。あれはまだ若い青年ですが、将来見所のある有望な男です」

「……そうかね、それほどに云うなら行ってみて下さい。まあ君がついて行けば、今度は初めから吾々《われわれ》も安心していられるからね」

忙《いそが》しい時にと初めは首を振っていたが、仕方なく石井は承知した。朝になると、片岡が乗組むのを知った邦人所員達はすっかり喜んで安心した。

「これは僕のお祖母《ばあ》さんが呉れた本願寺様のお守札です。石油の上へ載せて行って下さい」

臨時とは云え、分析主任に抜擢された加東は、すっかり嬉しそうだった。

「マカッサルから何か君のお土産《みやげ》を買って来よう。欲しい物は何だね」

弟のように可愛がっているまだ頬の赧《あか》い青年の肩を、片岡は微笑しながら軽く叩いた。

「こりゃ何より有難《エート、ルーチシエ、フシエゴー》い。貴方が乗って下されば、間違いが起きても儂《わし》の責任は救かると云うものじゃ」

昨日あれだけ睨みつけられたのも忘れたように、船長は片岡の手を握ってにこにこした。そして、コザック訛《なま》りの露西亜《ロシア》語を、盛んに甲板《かんぱん》へ響かせている。錨《いかり》が巻き上げられた。出港である。

油槽《タンク》の上には加東のお札の他に、所員達が内地から肌身離さずにつけて来た皇大神宮や成田山のお守りが並んでいる。海外同胞の赤誠の現れとして、無事に一日も早く精油されて、大陸の戦野へ届く日を祈った。スラヴ人の船長と片岡が甲板に並んで日章旗を振っている。

「片岡さん……お土産の代りに、マカッサルで無事に積換えたら電報を下さい」

加東の元気よい声が弾《はず》んで響いた。石井の音頭で愛国行進曲が、見送る邦人達から合唱された。次第に船影をかすれさせて行く海も、穏やかに凪《な》いでいる。今度こそは万事好都合に行きそうに見えた。

三日目に電報が入った。

セレベスに着いたにしては、すこし早過ぎると開いて見ると、またしてもメリー号はリンジャ島海で出火である。余りの事に石井を初め邦人達は茫然としてしまった。

スラヴ船長

この地方独特の豪州風は、すっかり乾燥した埃《ほこり》っぽい空《から》っ風である。涼《すず》しいどころか却《かえ》って顔や手足がざらついて気色が悪かった。海岸線の長い砂丘の上には、対岸の爪哇《ジャワ》へ送られるスンバ名物の水牛の群が、眼蔽《めおお》いをしたまま三列に並んでいる。積れた牧草の山から、風にのって枯葉が砂まじりに舞って来る。加東は腰の手拭を脱《はず》して襟首《えりくび》をふきながら、

「それじゃ今度出火した船首も、やはり全然人影がなかったのですね」

「そうだ、前の時にも無人の場所だが、今度もそうだった、全く妙な話だ。巨龍《ヴァルナス》で有名なコモド島とリンジャ島の間、探検隊がテロクサワから島へ登るにも命がけと云うくらい、潮流が急激で岩礁の多い難所だ」

「片岡さん、前の時もやはり其処《そこ》で火が出たと船長が云うんですね。その他に同じ共通点は……」

「うん、そうだ雨が降った」

「……雨が?」

変な顔をして、鸚鵡《おうむ》返しに聞き返した。

「このスンバ島は極めて降雨が少いが、彼処《あすこ》は非常に雨が多い。午後は殆《ほと》んど降っている。勿論《もちろん》たいした雨と云う訳じゃないが――」

「朝出帆《しゅっぱん》すれば翌日の午後に丁度《ちょうど》通る訳ですね。片岡さん、石油を又《また》なくして残念でしょう。積荷が他の物なら、雨中の船火事なんか怖しくないのに」

加東に慰められても、片岡は頭を抱えて考えこんでいた。何だか変な予感がして乗組を申出《もうしで》た時には、勝手な余計なと云った顔をしていた所長の石井が、帰って来ると、二度目の石油放棄事件を、まるで彼の責任のようにきめつけた。それも当然の事と云えばそれまでだが、石油を案じて付添《つきそ》って行った彼にすれば、ひとに責められるよりも自分で苦しかった。

「どう考えても、自然出火と云う事はない。放火だ。誰かが謀《たく》んだ仕事だ」

「そりゃ片岡さん、僕もそう想いますよ。だが犯人の心当りはありますか?」

「船長だ、あのスラヴ人だ。悪い事を考えそうなのは白人の彼だけだ。運転士が亜剌比亜《アラビヤ》人で火夫頭《かしら》がチモール人、後の船員は残らず間の抜けた此処のスンバ人――別に証拠もないが疑わしいのはあの露西亜《ロシア》人だけだ」

「そう云えば白人は船長だけですね、だがあの人懐《ひとなつ》っこい熊みたいな男が、そんな悪企《わるだく》みをするなんて考えられませんね」

五分刈《ごぶがり》の坊主頭を搔《か》きながら加東は首をふった、すると片岡は、

「だから君はまだ年が若いと云うんだ。人間なんて見かけだけでは判断が出来ない――」

と、きっぱりした口調で云い切った。

「そうかなあ――どうせ今日は僕は休暇だし、じゃ今からメリー号は碇泊中《ていはくちゅう》ですから、それとなく船

長を観察して来ます。……片岡さん、あんまりくよくよ考えこまないで、油田の方へ行って働いて下さい」

陽やけした顔から白い歯並を覗かせて、元気よく手をふると、船着場の方へ青年は駆けだして行った。

夕方になって石井達が宿舎へ引き揚げて来ると、それを追うように加東が港から帰って来た。そして部屋の隅に黙念と座っている片岡を探し出すと、

「メリー号で今まで遊んで来ました。あの船長は日露戦争の時に少年兵で出たんだそうですね。面白い爺さんですよ」

なんの屈託もない明るい調子で呼びかけた。

片岡が点頭いたまま、浮かぬ顔をしていると、そっと側《そば》へ近づいて来て、

「メリー号の出火の原因が判りました」と低い声で囁《ささや》いた。

「えっ……火事の原因」

思わず大声をたてて青年を見直した。

「なんだ加東、どうしたんだ?」

所長の石井がその声を聞きつけてやって来た。

「はい偶然でしたが、二度の出火の謎が判明したのです」とすこし照れたように顔を赧くした。

「ほう、それはお手柄だ。話して御覧!」

「最初は、船尾に生石灰《きせっかい》の袋が積んであったのです。生石灰の倉庫が雨天によく自然発火する――あれです……」

「それでは次の私が乗組んだ船首の時は？　甲板には何もそんな袋類は積み重ねてなかったよ――」

と側から片岡が膝《ひざ》をのりだして尋ねた。

「炭化カルシウム、俗に云うカーバイトです。水を注ぐと灯《ひ》になる。内地の露天商人がよく使うアセチレン瓦斯《ガス》です。だから容積もほんの木箱くらいで片岡さんのお目にはつかなかったのでしょう」

「そうだったか、カーバイトが隠してあって、それに雨がかかってつまり発火したわけなんだね」いまいましそうに舌打をした。

「いや雨ばかりでなく、舷側《げんそく》へ叩きつける波の飛沫《ひまつ》の関係もあったのでしょう。潮流の烈《はげ》しい海の荒れる処で出火しているんですから――焦《こ》げついた焼痕《しょうこん》が、どちらも海に接近した方で変だったし、それに甲板の木目をよく探したら、すこし滲《し》みこんでいてよく判りました」

事もなげに云うと、別に自慢顔をする様子もなく、自分の部屋へ戻って行こうとした。

「加東君、ちょっと待ち給《たま》え」

周章《あわ》てて石井が後《うしろ》から呼びとめた。

「君にすこし話がある。片岡君から噂は聞いていたがこれ程《ほど》の青年とは知らなかった。……知っての通り、どうあってもマカッサルまで原油を吾々は積出さねばならぬ。だが傭船《チャヤター》出来るのは、あのメリー号以外には一隻もない。今週中にもう一回、冒険だがまた積出す気だ。済まないが今度は君が番して行って欲しいと想うんだ。なあ片岡君――」

「そうだ、君なら三度目こそ無事に積出せるだろう。所長さんの仰言《おつしや》る通り、これもお国の為だ。俺の仇討ちをするためにも是非《ぜひ》行って呉れ」

石井が相談顔で振向いたので、片岡も急いで青年を口説いた。

「そうですか、だが失敗しても所長さん、片岡さんのように責めないで下さい」と大事をとって、念を押してから承諾した。

水瓦斯《みずガス》放火

「雨や波で、甲板から発火したのと違います。今度は船底でした。うっかりして僕は上の方ばかり気を配っていたので、申訳《もうしわけ》ありませんでした」

三度目の送油がまた失敗したのである。片岡の雪辱をする為に出掛《でかけ》て行った加東が、またリンジャ島海で劫火《ごうか》に見舞われてすごすごと戻って来たのだった。

「いや、年の若い君をやったのが誤りだった。この私が本来は行くべきだったのだ」

唇をまげて石井が考え込んでいる。片岡も残念そうに額に皺《しわ》をよせたまま考え込んでいた。「ニチェヴォー」と、支那語の没法子《メイファーズ》と同じ意味の言葉を呟きながら、連立《つれだ》って来た船長は、肩を揺ぶりながらひとりで戻って行った。

「おい、やっぱりあの露西亜人《ロシア》が臭いだろう。どうだ証拠はあげて来たか？」

その後姿を指さしながら、片岡が低い声で囁いた。すると意外にも加束は首をふった。

「まあ待って下さい。失敗はしましたが、その代り真犯人と、今度の発火原因をよく調べて来ました。今までは石油だけを海中へ棄《す》てさせるのが目的だったらしいが、今度は棄てる隙《ひま》もなく直ぐ引火して、手取《てっとり》早く船諸共《ふねもろとも》に爆沈させる計画だったのです……」

「ふん、あのメリー号一隻だけしか使える船がない事を知っていてだな──すると爆薬でも仕掛けてあったのか？」と言葉を挟んだのは石井だった。

「とんでもない、出帆する時に邦人一同が手分けして、今度は水夫の荷物まで片っ端から調べ上げたんじゃありませんか──水瓦斯《みずガス》です」

「水瓦斯？」と片岡が顎《あご》をつきだした。

「そうです。木炭やコークスを鉄管中で灼熱して、その中へ水蒸気を通すと、水素と一酸化炭素、どちらも燃える瓦斯になります。代用燃料として、近頃じゃ内地でも実用化している水瓦斯です。火夫頭が石灰釜を応用してやったのです──内緒にして置いて下さい」

「えっ、チモール人の火夫頭が、それじゃ真犯人だったのか」当《あて》がはずれたように呟くと、

「なあに真犯人と云っても唯《ただ》の手先ですよ、直接今まで放火したのは、このチモール人ですが、結局のところは、これは単なる傀儡《かいらい》に過ぎません、背後で糸をあやつっている者が、必らずいると考えられます」

「ふん、するとやっぱりあの船長が怪しいと云う事になるんだな」

片岡は合点が行ったと云うように、膝を叩いた。

「いや、あのスラヴ人は吾々も亜細亜人だと常日頃言ってますし、それに此処の石油を内地へ輸送するのを妨害するのは、勿論アングロ系の白人でしょう。しかし御本尊は無知な土人を嗾《けしか》けるだけで、なかなか自分の正体は現わさないと想います。……吾々は土人達がその魔手に踊らされぬようにするしか、仕方がないでしょう」と加東は、緩《ゆ》っくりした口調で語った。

「では結局、どうすれば好いんだ？　今度は君が用心して、石油の代りに海水を積んで行ったから好かったが……航海毎《ごと》に火災で投棄していては、一滴の原油だって祖国へ送れないじゃないか？　いくら地底から湧き出して来る油だって――海へ流すために吾々は苦労しているのじゃない」と所長はいらいらしている。

「判っています。大体今までの相手のやり口も分りましたから、この先は楽に石油が送れるように、徹底的にやってみます」

「そんな事を言って加東君……真犯人が別にいるとしたら、相手も判らぬのにどうしてやれる？　所長さんの前だし、あんまり言い過ぎない方が、好いんじゃないか……」

心配そうに片岡が肘《ひじ》をつついて注意した。

「え――ですが腹案があります。是非もう一度だけメリー号に乗込ませて下さい。勿論《もちろん》今度は石油を積んで行きます」

自信ありげに、濃い眉をぴんと張らせて加東は言い切った。

四度目の雨

メリー号は第四回目の出帆をした。

加東一人だけでは心細いと、所長が片岡と付添って乗船した。

「今度は大丈夫だ《チエビエーリ、スコポコーイストヴイーイエ》――」

船長も大きな腹を揺ぶってにこにこしていた。静かな航海である。

しかし甲板に働いている土人達は、なんだか喧《やかま》しく騒いでいる。続けて三度も災難があった後を、無理に出港させたのが原因かと、初めは考えていた。だがそれにしても妙である。仕事も手につかない様子で、舷側から海面をじろじろ睨み通しである。それが一人二人でなくて船員全部である。

「船長、何を皆が騒いでいるんだ」

耐《たま》りかねて石井が心配そうに尋ねた。

「判りません《ニープニマイ》、退屈しのぎに遊んでいるんでしょう」

土人達が何を喚《わめ》いていようと、この石油だけ無事に届けばと云った顔付で、スラヴ人は悠然と油槽《タンク》の上に立って、首をふっている。

「何か土人達の迷信なのかも知れない……だが薄気味わるい。ひとつ訊《き》いてみましょう」

片岡が脇を通りすぎて行く土人船員を呼びとめた。

「おや、お前は火夫頭のチモール人じゃないか……船長、どうして此奴《こいつ》を馘首《くび》にしなかったのだ？」

顔を見ると三度の火災の直接の下手人である。驚いた片岡は詰《なじ》るように大声で叫んだ。

「彼の事《イエゴー》――即座に海へ放り込んでやろうとしましたが、カトーさんが待てと仰言って救けてやりました。馘首にしないようにとのことで、まあ我慢して使っているんです。日本人《ヤポンスキー》って本当に情け深いんですなあ」

此方《こっち》が呆《あき》れるより船長の方が呆れている。どうもとぼけたような態度である。船長も怪しいが不可解なのは加東の処置である。片岡と石井は顔を見合せたまま諒解《りょうかい》に苦しんだ。おかしいと云えば、昨日この船に乗込んでからも、殆んど二人の前に姿を現わさなかった。

「お許し下さい、息がとまります……海を皆が覗いている話ですか――致します致します、手を離して下さい……」

気早な片岡が、その火夫の頸筋《くびすじ》を癪《しゃく》にさわったらしく、いきなり締めつけて責めた。

「あんまり船火事が続くので、それを食い止める為に、南極から氷山を流して来る。……出火の原因がこの赤道の暑熱の関係らしいから、気温を冷却させる――」

「待て、誰がそんなばかげた事を言いふらした？」

話の途中で、あまりの事に石井が疑わしそうに言葉をはさんだ。

「私は自然発火だとは考えませんが――カトーさんがはっきりそう仰言るのです」

流石《さすが》に自分が放火犯人であるので、すこしどぎまぎしながら答えた。

「南極から氷山を持って来る——そんな話をお前達は信じているのか？」

「とんでもない、そんなおかしな話はないと想うんですが、カトーさんの話に船長さんも点頭かれたので、他の船員達はみな本気にしています」

狡猾そうな土人火夫は痛そうに、いま締めつけられた襟首を撫《な》ぜ回しながら、片岡の顔を覗きこんだ。

「若い者は無茶だな、そんな荒唐無稽のことを云いふらして、あとの始末はどうする考《かんがえ》だろう」と迷惑そうに石井が腕組をした。

その翌日、航海第三日目である。熱帯氷山の喧しい噂をのせたまま、メリー号は青白い海を進んで来た。やがてリンジャ島の陸影《りくえい》が見えるあたりから、海が灰色に変って飛沫《しぶき》が甲板に散って来た。やがて霧のような煙った雨が来た。礁海なので船の速度はぐっと落ちた。海面に露出した巌頭に怒濤《どとう》が白く食いさがっている。潮流の激しさに追われて、水鳥が泡立った漣《さざなみ》の上を散って行く。

この辺ではきっと雨に逢う。そして船火事に遭う。人々の顔には暗い翳《かげ》がさっと掠《かす》めた。雨はすこしずつ強くなって来る。火夫の犯行を加東が内密にしているらしく誰も知っていない。それで船員達はまた火事が起きて疑われでもしたら——と考えてそっと一人ずつ、雨を避けて下へ降りて行ってしまった。

船長は機関室へ見回りに行っているので、甲板の上に残っているのは、邦人三名だけである。片岡も石井も、不安そうな眼付きでぐるぐる歩き回っている。第四回目のこの五百噸の原油だけは、死を賭《と》しても日本人として、祖国へ送らねばならぬのだ。

「上は大丈夫のようです」

加東も悲壮な声音である。彼だけに甲板をまかせるのは心細いが、下の方には片岡がまだ胡散《うさん》臭く想っている船長がいる。放火犯人の火夫もいる。二人は点頭いて青年を残すと船梯《タラップ》を降りて行った。

「氷山だ。……氷海だぞぉ――」

しばらくすると、加東のけたたましい絶叫が、甲板から割鐘《われがね》のように響いて来た。

「えっ！」転《ころが》るように邦人二人は、土人船員達と飛び出して来た。真っ先に駆け上って来た火夫は、犬のように舌をみせて、ぜいぜい喘《あえ》いでいる。

「雪原《スニエーグボーレ》……」円《まる》く眼を見張って船長は怯《おび》えている。

赤道の海上が雨にけむったまま、純白な雪に埋《うずま》って氷塊が漂っていた。氷山同士が激突したのか、氷片が舷側にばらばら飛んで来る。吹きつける風が凍りつくように感ぜられる。熱帯に挑戦するように氷塊は、湯気に似た水蒸気を撒《ま》き散らす。――怒《いか》れる氷海……人々はもう、生きた心地もなく、ただあれよあれよと騒いでいる。土人ばかりでなく、石井や片岡まで、熱帯に現れた氷山に胆《きも》を奪われていた。

加東青年だけ、この怪異な現象を平然と微笑したまま眺めていた。甲板へ氷塊が一破片《ひとかけら》はぜて来ると、素早く手帛《はんかち》に包んで、青ざめて海面を眺めている土人達の頬に押しつけて回った。「冷たい」「冷たい」と彼等が飛び回るのを、悪戯《いたずら》っぽそうに眺めていた。

「訝《カカーヤ》っ、船だ」船長が左舷を指さした。

白い雪海の中へ小型の船が入って来た。いきなりライフル銃を取り上げた加東が、まるで人が変ったような真剣な顔付きで、狙撃し始めた。船長もそれにひきずられたように二連銃で乱射しだした。

やがて小銃で撃ったにしては不思議な程もの凄い爆音と火炎をあげて、その謎の船は沈んで行った。その時である。隙を狙っていた火夫が、不審そうに手帛の氷に手を延《のば》した。そして握ると、あっと悲鳴をあげて海中へ、爆沈した船を逐《お》うように墜ちて行った。


「どうしたんだね、この訳は?」

まるで叱《しか》りつけるような石井を、加東は船尾の備品納庫まで案内した。蓋《ふた》をあけると、妙な器具が装置してあった。彼が首を傾げると、

「御覧の通り窒素の固定装置です。ドライアイスは何処《どこ》でも簡単に製造できます。温い海面に浮かせると跳《は》ね返るのが欠点ですが、人造氷山としては、まあ思いつきでしょう」

得意そうにと云うより、まるで子供が悪戯を見つかった時のように、頭を搔いている。

「え――そうだったか、火夫の奴が海中へ落ちたのは、熱帯氷山で焼傷《やけど》した訳か――だが最前の怪しい船は?」気がかりらしく片岡が訊いた。

「魚雷発射管を備えたVボートです。雨で海上が煙って、此方《こちら》の視野が利かなくなった処を狙いに来

たのですが、メリケン粉を二十袋も流して海面を白くして置いたので、間一髪とまどっている隙に魚雷管を狙ったのです。もうこれで黒幕の処分もついたし、土人は怖しがっているし、石油輸送路《ルート》はこれから絶対安全です」

「そうか、有難う」所長と片岡が感激しながら手を握ると、

「礼を云うならあの船長に言って下さい。白人でもスラヴ人は亜細亜人だって……今日、Vボートが出現する事まであの火夫を籠絡《ろうらく》して、うまく調べ出して呉れたのです。まったく命がけで陰《かげ》ながら手伝って呉れた大恩人です」と加東は指さして、青年らしい純情さで声がかすれて震えている。船はしずかなフロレス海に入っている。日章旗の下に立って、にこにこしている船長の大きな身体が、三人の眼には朧《おぼろ》にかすんで見えなかった。

笑う地球

書誌

初出は『ユーモアクラブ』第五巻第五号（春陽堂文庫出版、一九四一〔昭和十六〕年五月）。後に、『太平洋部隊』（新正堂、一九四二〔昭和十七〕年）、『南の誘惑』（大東亜出版社〔満洲〕、一九四三〔康徳十〕年、作品名「笑うスマトラ」）に収録。

底本・校訂

『太平洋部隊』に収録された本文を底本にして、他を参照した。振り仮名は総ルビである底本に準拠した上で、適宜追加、削除した。

舞台解説

スマトラ島

インドネシア西部に位置する大島。在住する民族の種類が多く、その一つであるバタック族という農耕民はトバ湖周辺の高地に住む。各部族はオランダの侵攻に抵抗していたが、二十世紀初頭にはスマトラ島全体が支配され、それをもって広大なオランダ領東インドが完成した。日本人は早くからその領域に渡っていたが、多くが商業を営んでおり、小規模の日本商店はインドネシア語でトコ・ジュパンと呼ばれていた。やがて第二次世界大戦が始まり、ドイツの侵攻によってオランダ本国は降伏したが、オランダ政府はイギリスに亡命して存続していたため、オランダ領東インドは引き続きオランダの総督府によって統治されていた。

スマトラの俘虜《ふりょ》

「……ニ、ッ、ポ、ン……」

妙な尻上りの発音である。

立ち止って振返ってみると、鉄柵の向うに一人の男が蹲《うずくま》っている。覗きこむと、素知《そし》らぬ顔で黝《くろ》い地面に何か描いている。いまのは空耳かなと歩きだすと、

「……ニッポンカ?」

まるで駄物《だもの》の九官鳥の覚え初めみたいな、頼りない声が耳に入って来る。

薄気味悪くなってまた後戻りしたが、その男は知らぬ顔でうつむいたままである。近づいて此方《こっち》の首を伸ばすと、地面に四角をかいている。そしてその中へ小さな円を入れると、折釘《おれくぎ》で丸を塗りつぶしていた。

描きあげると素早く手で消した。そして屈《かが》みこんでいた身体《からだ》を起して、初めて顔をあげた。その瞬間緑色の眼が、さーっと機敏に輝いた。横から見ても後《うしろ》から見ても、どうやら今の絵は日章旗らしい。いま更《さら》ながら祖国の国旗の簡明さに感心しつつ、阿部はこっくりと点頭《うなず》いてみせた。

すると相手は吻《ほ》っとしたように、人懐《ひとなつ》こい微笑をみせた。支那人と間違えて念の入った合図をしたのかと、すこし癪《しゃく》にさわったが、仔細《しさい》ありげな様子に、

「——何か用事ですか？」

とやさしく話しかけてやった。

「お願いが、有ります……」

金髪の色がすこし枯草みたいにくすんでいるが、なかなか押出《おしだ》しの好い美青年である。それが泣きそうな顔をして、うわずった熱《ねつ》っぽい口のきき方をした。

立って並ぶと向うの方が上背《うわぜい》は一尺高い。阿部は背伸びをしてすこし威厳をつくりながら、相手を仰いで鷹揚にうなずいた。

その時こつこつと、低いが規則的な跫音《あしおと》がした。すると青年は話しかけた口をはっと噤《つ》ぐんで、鉄柵から身体を離した。そして呆《あき》れている間に、建物の陰《かげ》へ横飛びに姿を消してしまった。どうしたものかと暫《しばら》く待っていたが、なかなか金髪青年は現われなかった。

トバ湖畔のピソピソの瀧から八里の道を、バタック住民の部落《カンポン》を抜けて歩き通して来た阿部である。なんだか狐につままれたような感じがして、ぼんやりしてしまった。陽《ひ》は暮れかかっているし初めて

の町である。すこし気掛《きが》かりにはなったが急ぎの旅である。幸い通りかかった二輪馬車《サド》を呼びとめて、カバンジャエの町へ向った。

ネムとビンロウ樹《じゅ》の並木を抜けると、陸稲《おかぼ》が見事に波うっていた。魔除けに水牛の頭を型どった内地の神楽殿のような部落《カンポン》の建物が棟を連ねている。この村を通って町へ入るともう夜になっていた。

『河田《トコ・カダ》商店』と看板が出ている邦人の家は、直《す》ぐ見つかった。もっとも、人口二千の電気もない町である。

「よく来て下すった。疲れたでしょう。当分ゆっくり家で遊んでいてお呉《く》んなさい」

トバ湖に浮いているサモシール島で漁業をしていたが、最近ひどくなった邦人圧迫で蘭人の検察官《コンドレール》と衝突して、此処《ここ》を頼って来た阿部である。

「何《な》にしろ寂しい所で邦人は儂《わし》一人だったが、若い貴方《あんた》が来て呉れて本当に嬉しいですよ。すこし酸《す》っぱいが味噌が残っている、内地みたいにお汁つくりますぜ」

久しぶりに日本語が喋舌《しゃべ》れて、河田老人は嬉しそうである。

「妙なことをお訊《たず》ねしますがの……部落《カンポン》先にある学校みたいな鉄柵のある建物、あれ何です?」と先刻《さっき》からの疑問をきいてみた。

「あ、あれですか、独逸《ドイツ》の俘虜《ふりょ》収容所ですよ。裏を通って来ましたな、表門なら警邏《けいら》兵《へい》が張番《はりばん》してますから、直ぐ判りましたに――」

「……俘虜って言いますと?」

「ほら戦争が初まった当座、印度洋や太平洋にいた独逸《ドイツ》船舶が、英領をさけてみな此方《こっち》へ避難して来ましたろ。安全だと思っていたら和蘭《オランダ》侵入が初まったので、みんな船が押《おさ》えられて船員が俘虜にさせられたんですよ」

「独逸《ドイツ》人でしたか……道理で――」

初めて腑に落ちたような顔付をして阿部は点頭いた。

「災難だけど仕様がありませんよ。なんでも近くコタテンガの山奥、ここから三十五里も離れた田舎へ、本格的に収容所を建てて隔離するそうですがね」

爪哇《ジャワ》初め蘭印各地の独逸《ドイツ》人が、このスマトラに集められて監禁されている。あの建物も仮収容所の一つだと云う。事情を聞くと先刻《さっき》の金髪青年のことが、よけいまた気がかりになり出した。

「……そんなに食いますか？」

阿部がそわそわしているのを蚊と間違えて、老人は親切に団扇《うちわ》であおって呉れる。

世紀の謎

メロンのような月が夜空にのんびり転《ころが》っている。木綿《カポック》の樹《き》が長い影を曳《ひ》いている他は、何も視《み》えない。忍びこむのにはお誂向《あつらえむ》きの晩である。顔を見せないように、くるっと手拭で頰冠《ほほかぶ》りをした。しかし、これはよく考えたら日本独特の風俗なので、かえって怪《あやし》まれてはとやめにした。

残念なことに名前を聞いて置かなかった。金髪だけが唯一の憶《おぼ》えだが、日本人の白ッ子じゃあるまいし、独逸人《ドイツ》ならざらにある。口笛でも吹こうものなら、こんな静かな晩である。あの番兵の靴音が、どかどか駆けて来るに決っている。ドンと一発やられたらそれでお終《しま》い。日本人の持って生れた義侠心で、相手を独逸人《ドイツ》と聞いて先刻《さっき》の話を聞きに来たものの、まだ二十八の若さである。ここで死ぬのは早過ぎると、阿部は鉄柵に跨ったまま腕組みをした。

「……ニ、ッ、ポ、ン、ニ、ッ、ポ、ン……」

考えこんだ挙句《あげく》、唯一の信号法を発見した。まるで電鍵《キイ》でも叩くように呟《つぶや》きつづけた。終いに口がすこしだるくなって、お経を読むような長回しになった時、建物の向うからかさこそ音がした。

警邏兵かと周章《あわ》て身体を叢《くさむら》にふせると、

「……ひるの日本人ですか?」

近づいた影は興奮した声をだした。

「そうだよ、話ってのを早く聞こうじゃないか……」

いま胆《きも》を冷《ひ》やしたばかりなので、阿部は、出て来た相手をせきたてた。

「僕、横浜にいた事あります、日本語話せます……貴方《あなた》、エドッコか」

「江戸っ子? 花川戸じゃなくて六郷だ。だが川の此方だから蒲田だって東京だ、何故《なぜ》だい?」

「まあ準江戸っ子ですね……ボク貴方を見込んで、是非《ぜひ》お願いあるんです、引受けて呉れますね」

やけに思わせぶりな言い方である。ぽんぽん言っている手前、それに此方から買って出るように忍びこんでいるので、阿部はうんと大きく点頭いてやった。

「もう五分で警邏の時刻です。此処で話できません、夜中にボク貴方の処《ところ》へ相談に行きます、それ迄《まで》待ってて下さい」

道順をきくと、さーっと右手をあげてナチス型の敬礼をした。嬉しそうに戻って行く後姿をみるともう善根を施したように吻っとした。阿部が家へ帰って来ると、

「どうなされましたな。うっかり散歩に出られて迷児《まいご》にでもなったかと、えろ心配してましたに
……」

河田老人はまだ起きて待っていた。その横に十八九の少女が、阿部が道で破いて来たズボンの綻《ほころび》を縫っている。

「夕方から使いに行ってましてな、お紹介《ひきあわ》せをまだしませんでしたが、ハルって儂の一人娘です。なにしろ土地の女に生れたんで恥《はずか》しながら山出《やまだ》しですわい」

成程《なるほど》云われてみると野性な処がある。混血児特有な美貌だが、初対面の阿部に平気でにこにこ笑っている。座り馴《な》れないとみえて、すんなり伸びた肢《あし》を持て余し気味に横に出している。

「さあお疲れでしょう、寝《やす》んで下さい」

親娘《おやこ》で床をとって呉れたが、あの独逸《ドイツ》青年が逢いに来るのかと思うと、昼の疲れも忘れて阿部は耳を澄《すま》していた。

「……ニ、ッ、ポ、ン、エ、ド、ッ、コ。ニ、ッ、ポ、ン、エ、ド、ッ、コ……」

呟いているのを聞いていると、まるで子供の汽車ごっこである。噴きだしたくなったが、相手の真剣な表情を想像すると直ぐ飛び起きた。隣室の親娘はよく眠っているらしい。腕時計をみると丁度《ちょうど》二時である。

「ボク達二三日すると、山奥の鉄条網のはった収容所へ入れられます。そうなると脱け出して御相談にも来られません」

夜風が冷たくなった所為《せい》か、タコの梢《こずえ》にかかった月も冴えて来た。

「日本人の貴方を信頼して打明けますが、ボク達二人は他の船員と違って本当は軍人なんです。此方がイリッヒ大尉、ボクはハンス少尉、独逸《ドイツ》海軍参謀本部付《づき》です」

金髪青年少尉は、伴って来た大柄な男と自分をあきらかにした。

「軍務に在る貴方達が特殊な任務を帯びて平服で商船に乗組中この災難に逢われたわけですね……」

「そうです……この敵性の土地で不幸捕われの身となった吾々《われわれ》に取って、唯一の味方――命の綱は貴方だけです。これ、口にすべき性質のものでは有りませんが……世界の秘密、ある真相をいま打ち明けます」

大尉は重々しい口を開いた。

「昨年から英本土上陸作戦が叫ばれながら何故独逸《ドイツ》軍は決行しないのか？　時期を待つと云いながら長距離砲のお見舞いだけで何故ヒットラー総統はドーバー海峡を渡らないか……曰く、吾々二名が帰国しないからです」

「……」

さすがの阿部も、あまりの話に言葉が出なかった。正直なところ息がつまったような気がして、唾《つば》を周章てごくりと飲みこんだ。

「現在水陸両用の戦車がありますね。しかしあれでは河ぐらいしか渉《わた》れませんが、大尉殿の発明した海洋戦車は、ドーバーを楽に越せます。アベサン、隠さずに云うと総統が仄《ほの》めかされる秘密武器とはこの事です。これの発明が出来たから、吾《わ》が独逸断乎《ドイツだんこ》としてイギリスを討つことになったのです」

「このハンス少尉は儂の研究助手を勤めていて呉れたが、戦前今日《こんにち》あるを予想して、海峡の最短距離、敵前上陸地帯のハイズ、フォークトン間の地勢を綿密に調べて、海洋戦車のコースまで作ってある」

「……貴方達は此処にいらっしゃっても、その海洋戦車は既に設計済みなんでしょう？」

驚くべき二人の熱弁に圧倒されて、世紀の謎に、ものも云えなかった阿部が、ふと言葉を挿《はさ》んだ。

「数量は発表できないが、海峡横断に充分なだけは建造済みの筈《はず》である……実はブレメールからフーズム迄の国内試験を秘密に行ったところ、それが見事成功したので、吾々は矢継ぎ早に第二の指命を受取った——」

「……と云いますと」

「大西洋、印度洋に於《お》ける援英船舶の徹底的殲滅……前大戦でも吾《わ》が潜水艦は縦横に活躍したが、今回はこれをもっと科学的に……或《あ》る特殊な性能を持った秘密武器を……」

「方向探知器のような物ですか、それとも磁気機雷の進んだ奴ですか？」

「いや待って下さい。それはいま申上《もうしあ》げられません。その実験の為《ため》に軍艦に乗って印度洋に出動中ですな、海洋戦車に故障あり至急帰国せよと命令を受けたのです。軍艦、はっきり申せば潜水艦ですが、それより早く帰れると思って、帰航中の独商船に乗り換えたのです」

「そうしたら貴方達の急務も知らず、宣戦の為に船がこのスマトラに避難したと云う訳ですね」

「別の中立船舶か、飛行機でと気をあせらしている裡《うち》に、和蘭《オランダ》が敵国に回って捕虜にされてしまったのです。吾々が迂闊《うかつ》だったのです、武人として祖国の急に間に合わず、まして重大な任務を帯びる身です、ヒットラー総統に、独逸《ドイツ》の国に、民族の一人として申訳《もうしわけ》ありません」

「海洋戦車の故障は、吾々さえ行けば直ぐなおるのだ、それなのにこうして一年近く……」

言葉もつきて大尉が泣いている。少尉は拳《こぶし》を嚙《かじ》りながら嗚咽《おえつ》している。すっかり二人に同情した阿部は、手をかけて慰めたいにも相手の背が高すぎるので、せっかく伸ばした手を腕組して月を仰ぎながら見得《みえ》をきった。

郷愁高原

爪哇《ジャワ》人やボルネオのダイヤ族と違って、ここに住むバタック族は熱帯人のくせに洗濯はしない。衣類があまり汚れて来ると、面倒臭がって染めてしまう、その染料になるタイム草。内地のよもぎに似た青草が丘には茂っていた。

「随分《ずいぶん》生えてるわねえ、すこし摘んで行って貴方のワイシャツ染めてあげましょうか？　とっても綺麗な藍色になるわ」

「いや結構です、今日また汚したが、帰ってから自分で洗います」

阿部は周章て遠慮した。ここはスマトラの軽井沢、ブラスタギーの高原である。ユーカリ樹の大木の茂みを越して、赤や青の別荘の家根《やね》が並んでみえる。

「涼《すず》しいでしょう……内地もこんな気候ですってね。ほら白菊や黄菊、朝顔まで咲いてましょう。うちの父さんは何時《いつ》来ても内地の秋にそっくりだって……寂しい時や気分のすぐれぬ時は、ひとりでこの丘へ来てますわ」

仰ぐとシバヤック火山は、山腹にまで濛々と硫黄の噴煙を流している。ここはフィリッピンのバギオと共に名高い、海抜千四百米《メートル》の避暑地である。麓《ふもと》のドライブウェイを、外人の車が続けて登って来るのがみえる。

「……郷愁？　ここへ来て貴方も内地が恋しくなった？」

長い睫毛《まつげ》をふせて、ハルは浅黒い貌《かお》を侘《わび》しげにして聞いた。

「いや……」

阿部が浅間に似た火山を仰ぎながら首をふると、

「そう……妾《わたし》の知らない内地を、父さんや貴方が恋しがるの――わたし一番怖《おそろ》しいわ。なんだか自分だけ取り残されて、棄《す》てられてしまうみたいな気がするのです……ね、地獄谷まで登ってみる？」

輪郭の整った貌をほっそり見せていたが、気を変えてハルは弾《はず》んだような声をかけた。

ハルと連立《つれだ》って来たのは人目を眩《くらま》す手段で、別に、一緒に遊びに来た訳ではない。さっさと阿部は手をふって先に歩きだした。このブラスタギーの町は、人口は二千だが邦人が三十名いる。その中の河田老人の知合いの雑貨店へ行って自動車を一台借り出した。

「リュックサックにこんなにお弁当やお菓子をつめて来たのに……此処で食べずに何処《どこ》まで行くの?」

自動車《くるま》の中に押しこめられると、ハルは不服そうにおちょぼ口をして云った。

「コタチアネの町さ」

阿部は平気な顔をして車を走らせた。

「随分《ずいぶん》遠いのね……何か面白いものでもあって?」

別に怒りもせずハルは甘えるように訊《き》いた。だが阿部は黙りこんで車の速度《スピード》をだしていた。二時間三時間と経《た》つと、初めは内緒で口をもぐもぐさせていた少女も、何時の間にか凭《もた》れてぐっすり寝込んでしまった。

「いやだな、キャラメルがべったり肩についてる……さあ起きるんだよ」

昼寝から眼を覚ましたハルは、真赧《まっか》になって唇をこすっていたが、

「ここ何処《アパイン》なの?」

不審そうに円《まる》い瞳を動かして土語を口ばしった。山境《さんきょう》に囲れた窪《くぼ》地が、見渡す限り見すぼらしい

亜鉛《トタン》のバラックで埋められている。その四五十戸《こ》の建物を取り巻いて、太い鉄条網が幾重《いくえ》にも施されている。

「さあリュックを背負って、ハイキングに来た若人のように手を組むんだ。そんなにおどおどしたら、反《かえ》って怪《あや》しまれるじゃないか」

「だって阿部さん、わたし怖《おっ》かないわ……コタチの町だなんて言ったけど、これ町はずれのコタテンガの村でしょう?」

「気がついた?……如何《いか》にもあの急造バラックは、全蘭印から集められた独逸《ドイツ》人の収容所だ」

「……で、どうするって云うの?」

「ハルちゃん、君は仲良さそうに僕と歩けば好い。そして僕が合図したら、リュックを下して何処かへ隠すんだ。そして車で逃げるんだ」

「……道理でつめて来た食物が、一日分にしちゃ多過ぎると思ったわ。妾達《わたしたち》が食べるんじゃなかったのね。……損した、こんな事なら車の内でもっと摘《つま》み食いしとけば好かった……」

背中のリュックに手を回して、恨めしそうに云った。

「じゃ勇気を出してやって呉れるんだね」

「わたし何だか事情は判らないんだけど、貴方を信じて云われた通りやるわ……わたしだって父さんの子よ、女ですけど勇ましい日本人の血が流れているのよ」

銃を構えて一町置きに立っている警邏兵を、きっと瞶《みつ》めながらハルは、朱《あか》い唇をしずかに動かした。

阿部は腹を撫《な》でてお臍《へそ》のところへ力を入れると、番兵の銃をみないように空を向いて深呼吸した。

原始的通信

——丘ノ上ニ貴方ヲ発見シタ時、嬉シクテ泪《ナミダ》ガデタ。危険ヲ冒《オカ》シテコンナ山奥マデ来テ呉レタ、信義ニ厚イ日本人ノ偉大サニハ、ナント云ッテ神ニ感謝シテヨイカ判リマセン。リュックヲ二袋、楡《ニレ》ノ樹《キ》蔭《カゲ》ニ隠シテイッテ呉レテ有難ウ。ダガ我々ハ残念ナガラソレニ手ガ出ナイ。町ノ仮収容所ノ時ト違ッテ、今度ハ見張リガ厳重スギテ、一歩モ動ケナイノデアル。君ハ日本人デモ江戸ッ子ダカラ、特ニ弱キヲ助ケル高邁《コウマイ》ナ精神ト偉大ナ武勇ノ持主ダロウ、四十六人ノ番兵ヲ頼ム。ハンス——

生半可の日本通は困る。ハンスは横浜に滞在中剣戟《けんげき》映画か侠客小説で日本精神を研究したらしい。四十六人右や左に斬り倒して、あの二人を救い出したら痛快には違いないが、学校時代から内地にいた間は研究所で試験管ばかり握って暮した阿部である。青年らしい覇気のある生活をしようと、薬学士の肩書を放り出してこの南洋で漁業を初めたが、まだ刀どころか竹刀も振った事はない。柔道なら二級で黒帯に近かったがと、首をひねって考え込んだ。

「どうした？　元気がないじゃないの……手紙よめた？」

頭のリボンに紅薔薇《べにばら》を一輪さしたハルが、微笑《ほほえ》みながら覗きこんだ。

あの日帰って来てから、ハルの従弟《いとこ》にあたるバタックの少年を毎日気になるので見にやっていた。二日経っても三日過ぎても、樹蔭のリュックがその儘《まま》である。心配していると今日、俘虜の散歩の時間に芋の葉を、風をはかって楡の樹の方へ放ってよこした男がいた。拾ってみると虫が食ったにしては変な穴が、無数にあいている。少年が首を傾《かし》げながら、急いで阿部の処へ持帰って来たと云う次第である。

「木の葉に針で書くなんて、随分《ずいぶん》原始的な手紙だわねえ……きっと困っているのよ、可哀そうだから早く救けてあげましょうよね」

すこし事情を知っているハルは、低い声で阿部の耳許《みみもと》に囁《ささや》いた。

「うん、だがね、このことは何処までもお父さんには内緒だよ、年寄に心配させたり気を使わせちゃいけないからね」

「いいわ、二人っきりの秘密を持つッて、愉《たの》しいことよ」

「妙な言い方をするなよ……それよりリュックを置いておいても脈がないんだから、他人《ひと》に発見されぬうちに早く引揚げさせて呉れ」

「まだその辺で遊んでいると思うから、あの子に直ぐ取りにやるわ……おかげで今晩の仕度《したく》助かっちゃった」

リュックに入っていたハムや牛缶に未練があったらしく、ハルは元気よく従弟を呼びに行った。

一日も早く救い出して、あの二人を独逸《ドイツ》へ帰さねばならぬ。だが尋常な手段では、その冒険はできそうにない。根は楽天的な素質を持っている男だが、さすがに頭を悩まして阿部は渋い顔をしていた。

「阿部さん、なんぞ悪い事をしたのかね、いまお役人がお前さんを呼びに来たよ」

河田老人が青い顔をして店から駆けこんで来た。

「……えっ、役人が？」

しまった。もう露見したのかとはっとした。裏口から逃げ出そうとしたが、よく考えると狭い島の中である。何時かは捉《つかま》るものなら、ここで厄介になっている老人に迷惑をかけてはならぬと決心した。

ずんぐり肥《ふと》った酒飲みらしい、鼻の赤い和蘭《オランダ》人の警官である。その片手にぶら提《さ》げた二つのリュックを見ると、阿部はもうすっかり観念の眼を瞠《みは》った。

「一《ひ》と足違いだったわね、いまさっきあの子を取りにやったんだけど……」

震えながらハルが低い声で呟いた。

「怪《け》しからんじゃないか、君達だろう……」

警官はどんと床の上にリュックを投げ出すと、二人を睨《にら》みつけて一喝した。

「僕です……この娘さんは知りません……」

覚悟をきめた阿部がハルを庇《かば》って、自分から前へ進み出すと、

「莫迦《ばか》云え、そんな事はどうでも好い……落したにしろ紛《な》くしたにしろ、何故警察へ届けておかん……この暑いのに持主を尋ねる為、儂や二時間も町中を探したぞ」

心配してこの場の様子を眺めていた老人が吻っとして、気を利かしてウイスキーの瓶を持って行った。それを三四杯たて続けにのむとすっかり機嫌をよくして愛想笑いしながら、

「儂や和蘭《オランダ》本国から避難して来て、まだ奉職したばかりだから、勤《つとめ》が馴れんで大儀じゃよ……そうそう、さっき昼飯の菜《さい》にこの中のハムと牛缶を馳走になった……またちょいちょい儂の受持区域へ食物を落として呉れ給《たま》え……戦争以来食い意地がはってな。ハッハッハ……」

それを聞くとハルは、夕飯のあてが外れたので、前より余計に悲しい顔をした。

釜と焜炉《コンロ》

「わたし、あんな警官を喜ばせる為に、お肉をリュックにつめて行くのもう嫌よ」

「違うよ、これを持って行くんだ」

「石灰《いしばい》みたいなその白い砂なあに?」

「……智利《チリ》硝石《しょうせき》の名で南米では硝酸《しょうさん》ナトリウムが夥《おびただ》しく産出されるが、この裏山一帯からは硝酸アンモニウムが出るのだ。偶然の発見だが一昨日みつけたんだ、素晴らしい鉱物資源だ、実にスマトラは南洋の宝庫だね」

「……だけどお釜や石油焜炉《コンロ》まで持出してどうするの? あの警官が癪だから自分で猟して、勝手にハムや牛缶作るようにと一杯計画にかけてやるって寸法ね」

「よしよし好い子だから、黙っておいで――」

阿部はハルの口を押える真似して、車にのせるとコタテンガの俘虜収容所へ急いだ。サオの実を啄《ついば》む蝙蝠《こうもり》の群が、魔物のようにヘッドライトの前を横切る。しんとした夜気が車の中まで流れて来る。眠っている処を起されて来た所為か、ハルは薄気味悪そうに阿部に寄り添っていた。

「ね、夜中に父さん眼をさましたら妾達が駆落ちでもしたとびっくりするわ」

「まさか……」

「だって世帯《しょたい》道具つんで来たんですもの」

と背後を指さして悪戯《いたずら》っぽく笑っている。

「起きて水でも飲みに行ったら、大釜がないのには驚くね……嘸《さぞ》かしぷんぷん憤《おこ》るだろう」

「怒りなんかしないわ、かえって妾の為に……」

自分が混血娘なのを知っているハルは、快活ないつもの調子と変って、泪ぐむようにいい澱《よど》んでしまった。プスパや樫《かし》の叢林《そうりん》が道を狭めて生い茂っている。

「やっと着いた。好い按配《あんばい》に今晩は風もない」

車を駐めて灯を消すと、阿部はハルの手を曳《ひ》いてそっと収容所の入口に回った。

「今晩僕達が来ることを、あの少年から知らせてあるね?」

低い声で尋ねるとそれに点頭いたが、

「あら大変よ……」と本能的に夜目がきくハルは、闇を透《す》かして指さした。

じっと叢に身体を伏せて瞶めていると、それは先日の蘭人警官だった。見回りを終えたところらしく、懐中電灯をふりながら門の中へ消えた。阿部はひとりで逼《は》うようにして覗きに行った。

真中《まんなか》に酒瓶を置いてみんな酔っている。数えると番兵が四十六人に警官二名、酒に夢中で幸い誰も見回りには出ていないらしい。しかし鉄条網に電流が通っている以上、どうしてもここの関門を抜けねばならぬ。

「さあ急いで火を起して呉れ」

戻って来てマスクを冠《かぶ》ると、ハルの言う白砂を、どんどん熱しはじめた。用意して来た亜鉛《トタン》の円筒をつけると、焜炉ごと抱えて阿部はそっと門の衛兵所へ近づいた。酔っているので硝子《ガラス》戸の下から放射口が出ても気づかない。

クックッと擽《くす》ぐられるように、まず蘭人巡査が笑いだした。『諸君愉快じゃよ』と云った身振りで、皆の肩を叩き回って鬚《ひげ》の厳《いかめ》しい番兵長が、カラカラ哄笑した。それに釣られたように、酔いも手伝って一同がゲラゲラ笑いこけた。腹を抱えて苦しそうに転っている者もいた。爆笑の坩堝《るつぼ》である。涎《よだれ》を垂らして泣き笑いして、わらい疲れてもう眠りこけ初めた連中もいる。

マスクの中から円い瞳をぱちぱちさせて、ハルがあまりな光景にびっくりしていた。

阿部は様子を見計《みはか》って、笑い潰れた番兵の間を通り抜けると奥へ進んだ。そして興奮した眼の熱っぽいハンスとイリッヒを救い出して来た。四人を乗せて車はまた闇の道を疾走した。

「さあメダンの飛行場へ急ぎましょう、彼処《あすこ》からバンコックまでは千三百五十粁《キロ》、三四時間で泰国《タイこく》の首都へ着きます。泰へ出たら日本回りでもイラン回りでも、楽に独逸《ドイツ》へ帰れます」

「アベさん、貴方は独逸《ドイツ》の救世主です……だが飛行機は大丈夫でしょうか」

ハンス少尉が感謝の瞳を向けながら心配そうに尋ねた。

「こちらの娘さんの従弟に調べさせたら、ホーカーやダグラス、スーパーまでお好み次第に揃ってい
るそうです」

「だが警備兵がいましょう?」

「まあ任せて置きなさい。ほらあれが航空標識灯です、もう直《じ》きですよ」

やがて飛行場の真中へ自動車は一直線に滑《すべ》りこんだ。ばらばらと銃を構えた人間が取り囲んできた。

それが車の窓から出た円筒で、またクックッ、カラカラとやり出したのである。

噴笑、絶笑、高笑、悲笑、爆笑、哄笑、微笑、苦笑……まるで笑いの百面相、コンクールである。

集って来た百名近くが銃も投げだして、揃ってゲラゲラ笑いの五百羅漢を並べてしまった。

「これは、どうしたって事です?」

機上に乗り移ったハンス少尉が、あまりの出来事に呆然《ぼうぜん》として口を開いた。

「……判りませんか、N_2Oのすこし作用を強くした奴ですよ」

「N_2O……亜酸化窒素――お、あれですか。催涙弾の向うをはるように我が邦《くに》でも、秘密に催笑弾の研
究はしてますが……ああ日本人は偉大な科学的素質を持っている」

大尉は笑い狂っている警備兵の群を見回しながら、さも感に堪《た》えぬといった顔で阿部に呟いた。

「……何《な》んのこと？」ハルにはまだ判らぬらしい。

「あの白い砂、硝酸アンモニウムを熱すると出来る無色の瓦斯体《がすたい》は、吸った人間が自然可笑《おか》しくなるから笑気《わらいげ》とも云うんだ。時に魔酔剤に使うこともあるのを憶《おも》い出して、他のもので作用を強くさせて使ったのさ」

阿部は薬学士に戻った口調で説明してやった。

「アベさん、行きがけの駄賃と云っちゃ可笑しいが、一年近く監禁されたお礼に、幸い風速も少ないし鬱憤をはらしたいんだが……」

ハンス少尉は悪戯っぽく白い歯をみせた。

「これを撒《ま》いて、スマトラを笑わせて行くって云うんですね……まあ醒《さ》めれば毒にもならないんだから、好いでしょう」

「済《す》みません、本当にいろいろと有難う存じました。もしこの真相の判る日が来たら、我が民族は一人だって足を日本に向けては寝ませんよ……近い裡に英本土上陸のニュースをお知らせします。じゃ準江戸ッ子に準日本ムスメさん、吾等の恩人二人の御幸福を祈ります……」

釜と焜炉を抱えて、少尉と大尉は手を振っている。狂いじみた笑声《わらいごえ》のなかできらきら泪を光らせた独逸人《ドイツ》は、やがて爆音と共に空に昇った。

……クスクス、ウフフ、オホッホ、エッヘへ——

ハンス少尉が機上から、盛んに渋団扇《しぶうちわ》で煽《あお》っているらしい。道の両側から朗《ほが》らかな声が車内に洩《も》れて来る。仰いでも夜の明けぬ暗い空に機体は見えないのだが、人々の笑いはだんだん高潮して来る。肩の荷を降ろして吻っとした若い二人は、しっかり寄り添ったまま笑う地球を愉しそうに家路に急いでいた。

曲線街の謎

書誌

初出は『観光東亜』第八巻第六号（日本国際観光局《ジャパン・ツーリスト・ビューロー》満洲支部〔満洲〕、一九四一〔昭和十六〕年六月）。後に、『南方探偵局』（大東亜出版社〔満洲〕、一九四二〔康徳九〕年）に収録。

底本・校訂

『南方探偵局』に収録された本文を底本にして、初出を参照した。振り仮名は総ルビである底本に準拠した上で、適宜追加、削除した。

舞台解説

満洲国

日露戦争後、日本は中国・遼東半島の一部と鉄道の付属地を拠点にして植民地経営を開始。満洲事変の後には、日本が占領した中国東北部を中心に満洲国が造られた。清朝の宣統帝溥儀を執政に迎え、「民族協和」をスローガンにしていた国家であったが、実際は日本人官吏と関東軍によって管理、運営されており、日本の敗戦にともない崩壊した。

哈爾濱《ハルビン》

当初は帝政ロシアの東清鉄道の基地であったが、ロシア革命後は本国から逃れた白系ロシア人が多く住む都市となり、満洲国期になっても変わらなかった。

兜形塔《とうけいとう》の影

「惜《お》しいことをしちゃったよ……せっかくの傑作がこれじゃすっかり当《あ》てはずれだ」

四つ切に引伸ばしたのを透《すか》して眺めながら、水谷は残念そうに舌打ちをしていた。

「まだ展覧会には間があるのだから、撮《うつ》し直して出品するさ。だがこの傷は勿体《もったい》ないね、脇の方なら暗影でも通るが。真中《まんなか》じゃね……」

側《そば》から片桐も首を傾《かし》げながら慰めた。

構図はハルピン市の代表的な寺として知られた、シェトゥー・イソフィー僧院である。帝政露西亜《ロシア》のビザチン様式を現した兜形塔《とうけいとう》を、北満の夕映えに浮かした情緒的な構成だった。汎満カメラマン大会の一等賞を克《か》ち得るために、水谷が苦心を重ねた野心作だった。

「引伸ばす前に、フィルムじゃ判らなかったのかい?」

「そりゃ無理だよ、こんな微《かす》かな傷だもの——」

まだ諦められぬ印画紙を覗きこみながら、水谷は怒ったように答えた。

「うん、そう云えばそうだね……だが傷、傷って、これはフィルムのかい、それともレンズの加減かい？」

兜形塔には正面に向って五つの長方形の窓がみえる。そのイズバ建築の長窓の択《よ》りもよって中央の硝子《がらす》に、痣《あざ》のような影が浮いている。他の窓が水晶のように夕陽《ゆうひ》に煌《かがや》いているだけに、余計に見苦しく目立つのである。

「フィルムは他の処《ところ》だって変りがないんだ。それに写真機のレンズはこの通り……こんな莫迦《ばか》げた話ってないよ」

「成程《なるほど》、可訝《おか》しいね……埃《ほこり》でも運悪くついたんだよ、せっかく佳《よ》く撮れたんだがまあ災難だ、な、諦めろ——」

「そう言ったって……恥《はずか》しいがこいつは紛《まぐ》れ当りみたいによく出来たんだ、実は正直なところ、これだけまた撮せる自信は僕にはないんだ」

「ちぇ、拓満の健児が、そんな事で泣面《なきづら》するなよ、さあ散歩がてら飯でも食いに行って、モデルンかアジアへ行ってニュース映画でもみないか？」

片桐は協和服の釦《ぼたん》をかけると、外出の仕度《したく》をした。

「昨日撮してね、自信が有ったから写真屋に無理させて、せっかく大至急伸ばさせたんだが……この始末じゃな」

まだ湿気《しつき》が残っていそうに、光沢を侘《わ》びしく輝かせた印画紙を、未練そうに水谷は袋へ入れると引出しに蔵《しま》った。

南馬路《なんまろ》の社宅を出たが、水谷はすっかり元気がなかった。みかねた片桐が取って置きの小遣いの予備金で、外国五道街の料理店《レストラン》を奢ってみたが駄目だった。食うだけは腹一杯つめこんだらしいが、やはりふさぎ込んでいた。そして映画をみるどころの騒ぎではないと云った顔付きで、溜息《ためいき》ばかり洩《も》らしていた。

「仕様のない奴だな、俺とお前は同じ学校を出て一つ船で渡満して、毎日机を並べて働いている仲じゃないか、確《しつか》りしろや……此方《こつち》まで憂鬱になるじゃないか。祖国日本が東亜安定の為《ため》に聖戦をしている今日《いま》、たかが写真の一枚でなんだ……情けない奴だ」

堪《たま》りかねて片桐が呶鳴《どな》りつけると、

「うん、俺だって、此方の飯を二年食ったって、そんなに人間がぼやけやしないよ、だが、考えて呉《く》れよ、道楽と云ってしまえばそれまでだが、酒も莨《たばこ》もやらない俺は、カメラだけが唯一の娯《たの》しみなんだからな……」

水谷は吐息でもつくように細い声を出した。

「そう云われると怒《おこ》るにも憤れんが、まあ好いじゃないか……この哈爾濱《ハルピン》の特色を現す寺は彼処《あそこ》だけじゃなくて、駅の近くの中央寺院《サボール》でも、下町のチャリコフ寺院《スリスタン》でもいくらでも名所はあるんだぞ」

ぽんと肩を叩いてやると、振返って初めて水谷は笑ってみせた。春だと云っても、まだ夜の空気は底冷えするように感じる。長く影を曳《ひ》いた並木の蔭《かげ》を満人や露人も足早やに歩いて行った。

「おい、下町《スリスタン》へなんか何か用事があるのかい？　もう家へ帰って本でも読もうよ」

先に歩いて行く水谷に声をかけたが、返事もしない。追いついて肩へ手を回しながら、

「どうした、まだ御機嫌斜めか？　何処《どこ》まで行く気だい」

と尋ねると、

「シェトゥー・イソフィー寺院さ」

ぶっきら棒に答えた。

「カメラの恨みでもはらしに行くと云うのかい……執念深い奴だな」

呆《あき》れたように片桐は微笑《ほほえ》んだが、仕方なくその後からついて行った。

やがて淡い三日月に照し出された葱《ねぎ》の頭に似た兜形塔が、青白く夜空に浮いて見えて来た。あたりがしんとしているだけに、古風な寺院は厳しく聳《そび》えて視《み》える。

破風板《はふいた》や棟飾板《とうしょくいた》の装飾の透彫《すかしぼり》や浮彫《うきぼり》が、はっきり見える側まで近づいた水谷は、いまいましそうな顔付きで咳をした。

「よせよ、何もこのお寺が悪い訳《わ》けじゃないんだから……」

気が弱い癖《くせ》に無鉄砲な彼の気性である。もし乱暴でも口惜《くや》しまぎれにしたらと、片桐は心配そうに声をかけて引き戻した。

「……あの三枚目の硝子だな、畜生」

本当に石ころでも投げつけそうな権幕で、立ち止ったまま睨《にら》みつけている。

「おい、よしてもう帰ろうや」

持て余し気味に片桐が促した時である。雲の断層に吸いこまれたように日が流れた。夜の陰翳がはっきりして急に周囲が闇に溶けはじめた。

「訝《あ》っ……」

指さしながら水谷が、悲鳴のような肝高《かんだか》い声を迸《ほと》ばしらせた。

三枚目の硝子、写真に傷の浮いた兜形塔の中央の窓が、緑色の炎、まるで鬼火のような煌きで妖《あや》しく光り出した。

思いがけぬ闇の異変に、片桐も想わず唸《うな》りながら、じっと瞳をこらした。

猿と楡《にれ》の木

「まあ入《い》らっしゃい、今晩は《ドーフリイイ　ヴエーチエル　ゴスポジーン》……」

ニーナは皓《しろ》い歯並を覗かせながら、にっこり微笑んで挨拶した。何時《いつ》みても快活そうな娘である。

「如何かなさったの？《チトウ・ス・ワーミ》　顔色が悪いったらありゃしないわ《ウ・ワース・ニエ・ズドローヴイイ　ヴイード》……」

判りやすいように、緩《ゆ》っくり発音した露西亜《ロシア》娘は、両手を後ろへ回したまま首を傾げた。そして青い瞳をぱちぱちさせた。

「日本じゃよく墓場から人魂《ひとだま》が出るって云うけれど……ロシアのお寺からも本当に出るかい？」

「……何故《ポチエムー》？」

ニーナは不審そうに聞き返した。

ロシアケーキの美味《おいし》いので知られている噴水茶房《フォンターン》。連立《つれだ》って入って来た水谷と片桐は、常連の心易さで昨夜の奇怪な体験をうち明けた。

「それが妙なんだよ、今日は朝から雨なんだろう、月も星もないんだから昨夜《ゆうべ》よりもっと瞭《は》っきり視えるだろうと、今また探見《たんけん》に出かけたのさ……すると今夜は、いくら睨みつけても光らないんだ」

「まるで狐につままれたような話さ……誰に話《はな》ししても本気にして呉れないが昨夜《ゆうべ》は間違いなく二人で見たんだからね……」

片桐もいまいましそうに、水谷に相槌《あいづち》をうつのである。

「お化け……いやよ脅《おど》かしたら、怖《こわ》くって今晩寝られやしないじゃないの」

ニーナは唇をとがらせて泣きそうな顔をした。

「冗談じゃないんだよ、科学的にみてあれは燐光だと想うんだが……彼処の塔は納骨堂になっているのかい？」

と珈琲《コーヒー》を啜《すす》りながら、水谷が低い声で尋ねかけた。

墓場から出る鬼火は、人骨の燐分解だと聞されていたので、昨夜の謎を、それで解決しようと考えていらしかった。

「トト――いらっしゃい――ねえ水谷さん、もうそんな話やめにしない……塔に骨なんかある筈《はず》ないじゃないの」

可愛がっている小猿を抱きあげると、ニーナは頬ずりしながら首をふってみせた。

「……そうかねえ」

腑に落ちぬ顔で片桐と二人は点頭《うなず》きあった。

その翌日である。雨は夜明けまでにおさまって、からりと晴れた日曜日だった。

すっかり気を腐らせた上に、変な謎まで押付けられた形の水谷は、ますます憂鬱そうな顔付きで寝たまま本を読んでいた。

「おいカメラを今日借りるぜ」

もう顔を洗って着変《きかえ》をすました片桐が、やけに元気な声をかけた。

「どうしたんだい?」

「嫉《や》くなよ、ニーナさんが猿を抱いている処を撮してやるって、実は昨夜約束したんだ」

「あの店は今日は夜まで休みなんだな……」

「そうさ、だから何処か景色の好い所を物色して撮しに行くんだ……巧《うま》くとれたら引伸ばして俺が出品するよ」

「他人《ひと》のカメラで一石二鳥なんてずるいぞ。よし連れて行け、断じて寝てなんかいられるか」

と水谷もいきなり本を伏せると飛び起きた。そして手早く仕度をすませると、まるで昨夜までの事を一度に忘れてしまったように、すっかり元気を呼び戻した。

青年らしい屈託のない足取りで二人は、ニーナと待合せの約束がしてある上町、南崗《なんごう》へ急いで行った。

鉄道局の庁舎の裏側にある曲線街《きょくせんがい》。道の両側には大きな楡《にれ》の樹《き》が並木になっていて、百米《メートル》ずつの幅でこんもりした森林地帯ができている。

爽《さわ》やかな朝の空気が、散ばって建っている家根《やね》を越して、みどりの青空を軽く抱きしめていた。その静かな空気を破《さ》いて口笛が聴《きこ》えてきた。

「あ、ニーナだ、もう来ている」

指さした彼方《かなた》に純白なスーツを着た彼女がしきりに手をふっている。

「……駆《イジーチエ》けて来て！」

悲鳴に驚いて二人が走って行くと、

「……トトが――いくら呼んでも降りて来ないのよ」

楡の樹に登ってしまった猿を、ニーナは泣きそうな顔をして呼んでいる。口笛を吹いても手招きしても、鎖が脱《はず》れて自由になった小猿は、有頂天になって枝から枝をはね回っている。そして追えば追うほど、きゃっきゃと騒ぎながら木の葉を散らして、上の方へあがって行ってしまった。

「意地の悪い奴だな、よし見て居《お》れ」

片桐はいまいましそうに幹をよじ登った。小猿は狼狽《あわ》て、梢《こずえ》のてっぺんまで這《は》いあがった。そして樹を揺すぶられると悲鳴をあげて、牙を鳴らして困っていたが、やにわに隣の樹に見事に跳躍した。またその梢まで登って下を見渡していたが、すこし悪戯《いたずら》が怖くなったのか、頭を下に向けるといきなり転《ころ》がるように滑《すべ》り降りた。そして地上につくと横飛《よこっと》びにニーナの胸にとびついた。

「何処《クジエ》へ行《ヴィ》ってたの《ブイーリ》？　いやな児《こ》ねえ」

赤い小さな顔からふーふっと息をはずませている小猿を、吻《ほ》っとしたように抱きしめたニーナは、指先で軽く撫《な》ぜてやった。

「おや、これは……」

脇に立っていた水谷が異様な物を拾いあげた。それは薄いアルミニュームの蓋《ふた》のような物だった。

「なんだい？　猿が持って来たのかい」

やっと樹の幹から降りて来た片桐が、手を出して匂いを嗅いでみた。

「薬品臭い……何《な》んだろう」

と二人が訝《いぶか》しそうに顔を見合せた時、

「片桐さん大変よ、トトがどうかしたらしいわ」

とニーナが、ヒステリックな声をあげた。

怪しい円筒を握りしめながら二人は思わずきっとなって、鬱蒼と茂っている楡の梢をふり仰いだ。

消えた外人

写真どころの騒ぎではない、奇妙な日曜が終った。その翌日会社が退《ひ》けると、満人ボーイの李少年を連れて片桐は何処かへ出掛けてしまった。謎の連続で頭を悩ました水谷が、ひとりで寄宿舎で寝転《ねころ》んでいると、

「直《チエーニー》ぐ来《クワイチコ》て下さい《テニイルン》、片桐さんが呼んでます」

李が周章《あわ》て駆けこんで来た。彼の話によると、あの円筒をわざと枝にぶら下げたまま、曲線街の怪しい楡並木を、李の兄が見張っていたところ、案の定、変な人間が現れたと云うのだった。

そしてその男のあとを、李の兄が追跡して家を見届けて来たと、道々かいつまんで報告した。片桐が待っている鉄道庁舎の裏門まで急いで車を駛《はし》らせた。

「来て呉れたかい――」

闇の中から興奮した声が聞えた。

「一体どうしたってんだい?」

「うん、昨日あれから役所方面に問合せてみたが、誰も楡並木にそんな装置はしないと云うんだ、それであの付着していた薬品を鑑定して貰ったら、驚くじゃないか、夜光塗料なんだ……今朝早く身軽なこの李少年に調べて貰ったら、まだ他の樹にも仕掛がしてある……」

「へえ……随分《ずいぶん》念の入った悪戯をするもんだね、この曲線街を哈爾濱《ハルピン》の隠れた名所として紹介するなら、照明灯でもつけた方が気が利いているのに……電力節約か？」

「うん、そう簡単に考えてしまえば好いんだがね……」

と片桐は苦笑して首をふった。

「僕に話すと話が大袈裟になって他人《ひと》にでも喋舌《しゃべ》ったらと、君が懸念して単独行動をとった事は許すが……一体何か話の裏があるのかい？」

と水谷は訝しそうに聞き返した。

「英国人《インリオレエン》か米国人《メイゴオレエン》か知りませんが、樹の様子を調べに来たのは、外国人《ウアイゴオレエン》です」

李の兄が側から説明を加えた。

「えっ、外人だって……」

これには水谷も驚いたらしかった。

「なんでもつい最近の話だが、この李青年の家の近くで蛍《ほたる》を見たものがあるそうだ。いくら此頃《このごろ》陽気がよくなったと云っても、花の狂い咲きじゃあるまいし、蛍が出るってのは可笑《おか》しい……その時の事情を聞き直してみると、やはり樹の上からららしい……」

「うん、そいつも夜光塗料のからくりだな」

経緯《いきさつ》がのみこめた水谷は、想わず唸った。

「場所は市外だ、顧郷屯《こきょうとん》の登萊街《とうらいがい》だそうだ。幸い夜で人目にもつかぬし、李の兄さんが一緒に案内して呉れるから、今から行かないか」

「その外人の隠家《かくれが》だね、よかろう直《す》ぐ行こう。なんだか大事件のようだ、一刻も早い方が好い。様子を確めて来よう」

元気よく水谷は点頭きながら言った。

何《な》んの為に楡の梢に夜光塗料を、わざわざアルミの蓋までして仕掛けたか、これは写真の翳《かげ》より窓の妖光よりも、解き難い謎である。その当事者が外人らしいと聞かされると、いよいよもって奇怪になる。緊張している所為《せい》か、日満四人の青年の頬には夜風がしみるように肌寒く感ぜられる。

登莱街のひっそりした町外れに車は駐《とま》った。

「ほら彼処にみえる灯、あの木立《こだち》に囲れた平家《バンガロー》の洋館に入りました」

李の兄に指されて、ごくりと唾《つば》を呑《の》みこんだ。そして生い茂っている雑草をかき分けながら、青年達は跫音《あしおと》を忍ばせて進んだ。

「キッキキ……」聞き覚えのある鳴声がした。

「あ、トトだ」

片桐は低い声で呟《つぶや》くと立ち止った。ニーナが何時も手離さずに可愛いがっているあの小猿である。

その時、怪しい洋館の前のユーカリ樹《じゅ》の蔭から、夜目にもはっきり見える白服のニーナの姿が視えた。そして此方に人影があるのに気付いたか、一散に闇の彼方に駆け込んでしまった。

「――外人って……」露西亜《ロシア》人のことか、と言いかけたまま水谷は、はっとして口を噤《つぐ》んだ。そしてあのニーナとかねて相思の仲である片桐の、青くなった横顔をそっと覗いた。

解かれた謎

その夜そのまま帰って来た水谷は、事件にニーナが関連しているのかと想うと、片桐への友情でせっかくの意気込みも忘れたように黙っていた。そしてその翌日から片桐は毎夜遅く帰って来た。ひとりで調べを続けているらしい事は判っていたが、どうも悪いような気がして何も聞き出さないことにしていた。

しかし事件が事件だけに、どうしても気掛《きがか》りだった。今夜こそ、それとなく当り触りのないように聞き出そうと、三日目の晩、水谷は決心して部屋に起きて待っていた。

すると意外にも、十二時過ぎに帰って来る筈の片桐がまだ九時だと云うのに何時もと違って、元気な発音をさせて戻って来た。

「おい、まだ早いから、噴水茶房《フォンターン》へロシアケーキでも食いに行こう」

「……え?」水谷が面食《めんくら》ったような顔をすると、

「事件はお庇《か》げさまで解決したよ、全部検挙されて警察に行ってる……そのお祝いを兼ねて真相を発表しよう、此処《ここ》でも話せるんだが、久し振りにお茶を喫《の》みに行かないか」

頗《すこぶ》る上機嫌な片桐をみて、すこし変な感じがしたが、事件が解決したと聞くと吻っとした。そして誘われるままに喫茶店へ行った。

「ほら例の君の写真、あの不思議な陰影もやっぱり関係があったのさ、君はファインダーを覗いて、構図をきめるのに夢中だったから気付かなかったが、あの時、塔には一人の男がそっと登っていたんだよ」

「へえ、じゃあの傷は、カメラの所為ではなくて、やはり投影だったんだね……」

「そうだ、その晩僕達はあの窓で怪しい光を発見したろう……あれを塔の内部からと考えたので、話が判らなくなったのさ」

「……と云うとどうなるんだね」

「あの兜形塔の頂上を、楡の梢と同様に利用しようとしたんだ……夜中にでも登ればよいものを、足場が危ないから大胆にも人通りの少ない夕方を利用したんだ、夜光剤を塗ろうと巧く上へ登ったところを、君が写真機を振舞《ふりまわ》した、相手はまさか展覧会出品の芸術写真とは知らないから、あまり執拗にカメラを向けられるので、狼狽《ろうばい》してしまったんだ……」

「はは、自分が狙われていると想って周章てた結果、夜光剤を落すかこぼすかしたんだね、それが窓にかかって光っているのを、あの晩僕達が薄気味わるがったと云うのだろう」

「そうさ、それが次の日の雨で洗われたもんだから、二度目の時には判らなくて、狐につままれたみたいに、ぽかんとしたのさ」

と片桐は他人事《ひとごと》みたいに愉快そうに笑った。

「……だが何《な》んの為に、寺院の頂上や楡の樹や、李の近所に夜光剤なんか付けたんだい？」

「うん、それは僕も警察で教わってびっくりしたんだが、あの三点を結びつけて見《み》給《たま》え、こう哈爾濱《ハルピン》の最も重要な箇所に当るじゃないか……それに夜光剤が普通の物と違って、三、四千米《メートル》位《ぐらい》からも見える強力なものだそうだ」

「地上からは気付かれないように……ははん、空爆の指標だね、うむ」

と水谷は思わず唸った。

「犯人共《ども》が今まで白状した処に依《よ》ると、重慶側の抗日宣伝に躍《おど》ってやったと云うのだが、どうも卓越した科学知識なんかみると、東亜共栄圏を猜《そね》む某第三国が王士を狙っての魔手だと想うんだ」

片桐の話が終ったので吻っとして横を向くと、ニーナが微笑しながらトトを抱いている。

「いやよ誤解なさったら、妾達《わたしたち》も五族協和の満洲国民よ……あの時お店に来た客で変な事を口走ったのがいたの、貴方達の妙な話を聞いた後だしこれは訝《おか》しいと、登莱街まで尾行したの、そしてあの洋館の様子をそっと窺っていたら犬がいて、このトトが急に脅えて泣きだした、それで気取られては大変だと逃げだした時、貴方達が来たのよ」

「なんだ、あの露西亜《ロシア》寺院まで関係あると聞かされたので、僕はてっきり貴女《あなた》も一味でもう縛られていることと想ってましたよ」

と水谷は苦笑しながら、てれたように頭を掻《か》いた。

「いやねえ、妾は目の色は青くたってやはり日本人と同じ国防婦人会の会員の一人よ。これでも王士満洲国を護る銃後の女性の一人だわ……ねえ」

　片桐に同意を求めてニーナは、脣をとがらせたまま彼の側へ甘えるように寄り添った。水谷の肩へは、まるで嗾《けし》かけられたみたいにトトが、爪を伸ばしてニーナの腕から飛んで来た。

ボルネオ怪談

書誌

初出は未詳。『南方探偵局』（大東亜出版社〔満洲〕、一九四二〔康徳九〕年）に収録。

底本・校訂

『南方探偵局』に収録された本文を底本にした。振り仮名は総ルビである底本に準拠した上で、適宜追加、削除した。

舞台解説

ボルネオ島

マレー諸島で最大の島。インドネシア語ではカリマンタン島。島の南側はオランダ領東インドであったが、北側はイギリスが保護国にしていた。第二次世界大戦の際には、島全体を日本が占領のうえ統治した。熱帯雨林地帯で森林資源に恵まれており、生息する動物も種類が多い。

シンガポール

マレー半島の南端にある島で、かつてはイギリスの植民地であった。第二次世界大戦時に日本に占領された後は、昭南島と呼ばれた。本作品の前作にあたる「南方探偵局」（藤田知浩編『外地探偵小説集　南方篇』に収録）も、この島から話が始まる。

不気味な女中

「世の中にお可訝《かし》な話があればあるのですよ……ねえ、お嬢さま」

新しく傭《やと》い入《い》れた島民《とうみん》女中《バブ》が、すっかり道江《みちえ》に馴染《なじ》むと、南方人種らしい開けっ放しの話方《はなしかた》で、突然不気味な話をしだした。

「まるで二十世紀の怪談ね、そんな事、本当にあるかしら?」

どうしても信じられないように、道江は皓《しろ》い歯をにこっと出すと、兄のセーターのレース編みを続けていた。

「わたしの話が嘘だと仰言《おっしゃ》るんですか、お嬢さま……もしお疑いになるんなら、わたしのとって置きの嫁入用のサロン腰巻をお賭けしますだ。これはわたしにゃ首より大事なものですから」

とデイリは茶色の顔を赤くして力みかえった。

「だって謎の殺人事件がそんなに続くなんて、ちょっと常識じゃ考えられないわよ」

どうも真面目に取合う気にはなれないので道江は横を向いたままお茶を濁《にご》していた。

「お嬢さまはお兄さまの会社の手伝いで、毎日タイプライターばかり打っていらっしゃるが、本当は探偵さんでしょうが……」

黒い娘は鉾先《ほこさき》を変えて話をまた向けて来た。云われてみると、なる程《ほど》、『南方探偵局』と云う看板も、内地から持って来てトランクには入っている。だが天晴《あっぱ》れ南方で名探偵になるつもりで、東京の興信所をやめて来た彼女だが、この処《ところ》、事志《ことこころざし》と違いタイプばかり打っているのである。ちょっとした事件なら暇をみてと、食指も動くのだが、こんな荒唐無稽みたいな噂では話にもならない。

デイリはマレー族だが、両親がボルネオに移住していたので其方《そちら》で生れ、十九の五月、初めて日章旗ひらめくこの馬来《マレー》半島の故郷へ戻って来たのである。そして新生の昭南島で道江の家へ女中として住み込み、日本語や内地風の作法を教《おそわ》って少女らしい新しい希望に胸をふくらませているのである。

「ねえデイリ、お前は何時《いつ》もハイハイと云う素直な娘なんだけど、どうして今日に限ってそんなに強情をはるの?」

すこし呆《あき》れ気味に、道江は手を休めると振返った。

「でもお嬢さま、本当の事って一つしきゃありません。此方《こちら》へ船で渡って来るつい三日前にもあったのです。現にわたしがその屍体《したい》をみて来たんですもの」

子供が駄々をこねるように、飽迄《あくまで》デイリが云いはる事件と云うのは、ボルネオに於《お》ける奇怪な殺人だった。ここ三年足らずの間に三十五回、即ち月一回の割りで起ると云うのである。デイリ達一家も、実はこれに恐れをなして、今まで築いて来た地盤も棄《す》て放々《ほうほう》の態《てい》で引揚げて来たのだそうである。

「いくらボルネオが未開の世界第二の島だって、そんな謎みたいな事、小説じゃあるまいしとても信じられっこないわ」

「だってお嬢さま、太陽《マタハリ》が東から昇るように事実なら仕方がありません……彼地《かのち》には妾《わたし》の親類やなんかがまだ沢山残ってます。どうかお情けを持って救って下さい……日本の方は女でも兵隊さんみたいに強くって情《なさけ》深いんでしょう」

「お世辞はいいわ。だけどデイリ、お前わたしの家へ女中に来たの、事件を頼みに来たの、一体どちら？」

あんまり執拗なのに降参して、道江はとうとう悲鳴をあげてしまった。

「……ただこの事件をお願いに来たら、場所がボルネオだし、とてもお忙《いそが》しいお嬢さまには無理だから、あっさり断られると想いました。ですから折をみて巧《うま》くお願いできるようにと実は御奉公に伺ったのです」

「まあ道理で給料の安い割によく働いて呉《く》れると想ったら……お前はまるで第五列ね」

流石《さすが》の女探偵も、デイリに打ち明けられると眼を円《まる》くして開いた口が塞がらなかった。すっかり薄気味わるくなって、なんだか拳銃でもつきつけられているようにぞーっとした。

するとその時、まるで救いの神のように表戸をがらっと開ける音がした。

「兄さんだわ……」

蘇《よみがえ》ったように道江は声をたてた。早速《さっそく》兄に相談して、この不気味な女中に暇を出そうと考えたのである。しかしこの切迫した部屋の中へ、進吾《しんご》はにこにこしながら入って来た。

「……そのセーターは内地から持ち越しだから、かれこれ三月《みつき》の余もかかっているんだね。面倒臭さいから腹巻にでも方向転換させろよ——処でな道江、お前に散々《さんざん》手伝わせたお礼にとても素晴らしいお土産《みやげ》をやる」

上衣《うわぎ》とシャツを脱ぐと浴衣に着変《きか》えながら、進吾は微笑《ほほえ》みかけた。

「なんなの？」

話に釣りこまれてしまって、彼女はデイリの事を忘れたように明るい顔をした。

「官費の空中旅行さ」

「まあ、飛行機」

道江は子供のように弾《はず》んだ声をだしてしまった。

「調査に行くんだが大型の飛行艇なので席の余裕があるんだ。どうだ、乗って行きたいだろう？」

「勿論《もちろん》よ。何日《いつ》行くの？」

「明日の朝だよ」

進吾は紙巻《かみまき》に火をつけると、微笑《ほほえみ》ながら紫の輪をふーっと重ねさせた。

「で、何処《どこ》へ行きますの?」

「マカッサル海峡のサマリンダ……つまりボルネオさ」

「……え」とまるで自分の耳を疑うように呟《つぶや》いたまま、道江はそれを聞くと茫然としてしまった。

有尾人の謎

ニッパ椰子《やし》の茂みから銀蛇《ぎんだ》のような河がみえて来た。マハカム河である。この河を挟んでサマリンダの町はあった。着水すると、電気や水道もあるかなり文化的な町だった。ボルネオの東岸では昔から有名な船着場だけに、沢山の船が纏《もつ》れていた。

「あれはみな、奥地からの木材を積み出す船なんです」

デイリが遊覧バスの車掌のように、一々《いちいち》指さして得意そうに説明する。これではまるで、この馬来《マレー》娘に連れられてボルネオ見物に来たようなものである。

ボルネオのサマリンダと話が出ると、バリクパパンと其処《そこ》の間が謎の事件の発生地だと、まるで鬼の首でも獲《と》ったようにデイリは騒いだ。それを進吾が、そう云う出来事は島民の宣撫の上から云っても、一日も早く片付けた方がよかろうと、丁度《ちょうど》よい機会だとばかりデイリまで道案内に連れて、此処《ここ》へ来たのである。だから馬来《マレー》娘はすっかり得意の絶頂で、道江が渋い顔をしているのにもお構いなしである。

この町には二十数年の歴史を持つ、ベニヤ板のボルネオ林産や物産の邦人会社もあり、邦人の家屋もあるのだが、デイリは自分の伯父に当るというナニイ家へ、無理矢理に案内してしまった。

「ようこそお出《い》で下さいました」

黒いソンコ帽が、太くて黒い眉によく似合う男が、兄妹を丁寧に迎えた。

「……面白そうな話ですね、貴方《あなた》からひとつ詳しく教えて下さい」

進吾が女探偵のお株を奪《と》って、あっさり聞き出しにかかった。

「それが、何からお話しましてよいやら、どうも大変でして前には月一度ぐらいでしたが、今月はもう三回もある始末……」

すっかり脅えきった口調である。

「なにしろ紫色に身体《からだ》が腫《は》れあがって、息切《ことき》れていますが、さっぱり死因は判りません。熱病《アモック》に罹《かか》ったか何かの中毒だろうと噂しあっています。屍体を解剖《かいぼう》しても正体が摑《つか》めぬそうでして……」

「じゃ別に殺人と云う訳ではないんですね」

張り合いが抜けたように進吾が呟くと、

「だって……話ってすこし大袈裟でないと、ぴんと来ませんもの」

横からデイリが弁解するようにつけ加えた。

「この姪がなんと申上《もうしあ》げましたか存じませんが、私共《ども》は煙風人《クーナンバトウ》の所為《しわざ》だと考えているのでございます」

「……クーナン・バトウ?」

進吾が首を傾《かし》げて不審そうに聞返すと、

「半猿人……一《ひ》と頃《ころ》学界で有名だった有尾人の事よ」と道江が脇から口をそえた。

「さようでございます。このコプアース河の上流の人跡未踏の密林地帯に住む化物《ばけもの》……幾重《いくえ》にもかさなった山また山の中の瘴気が凝り塊《かたま》って、それで産れ出た煙の風のような人間でございます。里の者がこれに逢うと、その毒気に当てられて必ず熱病《アモツク》になって死ぬと云い伝えて居《お》りますが、多分これが謎の正体でございましょう」

「あの、薄気味わるい赤毛を身体中《からだじゅう》に生やして、素裸《すっぱだか》で密林の中を飛び歩き錦蛇《にしきへび》や野猿《やえん》を、生のままむしって食うと云う野獣のようなお化けが犯人なの……」

それみた事か、来るのではなかったと云った顔で、道江は兄と馬来《マレー》娘を等分に見比べて呟いた。

「……素裸って云ったって、木葉《このは》をすこし前につけているからには、やっぱし相手は人間ですわ」

デイリは殺人だとどうしても云い張った。

「こりゃ大変な事件だね……いくら向うが有尾人でも、尻っぽを摑むのは難かしい」

流石に進吾も面食《めんくら》ったらしく、ちょっと当惑したような声を響かせて、笑いに紛《まぎ》らせた。しかし笑えたのも束の間だった。

「……旦那《トウワン》」とナニイ家の下男が駆け込んで来た。

そして真っ青な顔をして唇を紫色に震わせながら、

「また……やられました」

「ええ、戦争以来もう六人目だ」

ナニイは、ソンコ帽が、ずり落ちそうになるくらい、のけぞった。だが彼より驚《おどろ》いたのは、この怪奇な話の現実にぶっつかった道江と進吾だった。

「して、その屍体は？」

「へえ、いま山でダイヤ族が発見して担《かつ》いで来たので、病院へは入れましたが、もうとっくにお陀仏で……」

「あの山は魔の山です。殆《ほと》んどあそこで皆やられています。だからこの町の者は恐れをなして殆んどよりつかないのに。どうしてまた山へ行ったのだろう。まるで命を棄てに行ったようなものだ」

下男に代って、ナニイが唸《うな》った。

「その山って？」

すかさず道江が聞いた。

「ペナって山なんです」

「じゃデイリ、わたし達をその山へ案内して頂戴」

「まあ、お嬢さま、そんな無茶な」と馬来《マレー》娘もびっくりした。

「いいのよ。目の前でやられては放ってても置けないもの、貴方の頼み通りその有尾人を逮捕してきてあげる」

きっぱりした口調で女探偵は云った。

「お前、本気かい？　紫色に腫上《はれあが》ったらお嫁さんの貰手《もらいて》がなくなるぜ」

進吾は冷《ひ》やかすように囁《ささや》いた。

「あら、島民宣撫の目的からいっても、と嫌がる私を説き伏せたの、兄さんじゃなくって」

今度は兄への面当てのように叫んだ。

「女って、すぐ感情的になるからやりきれん。俺は会社の仕事があるから今度は手伝えんぞ。まあよせ。危ない真似はするなよ」

進吾とデイリは、興奮した彼女を鎮《しず》めるのに苦労した。

密林の一夜

「大きな羊歯《しだ》だね、物凄い叢林《そうりん》だ」

山刀《やまがたな》を左右に振回して、密生した木や枝を、伐《き》り払って進むデイリの後《うしろ》から、棘《いばら》にやられて顔から血を流した進吾が、耐《たま》り兼ねたように悲鳴をあげた。天狗猿、尾長猿が、脅《おび》えたように梢《こずえ》から飛び去って行った。風の吹き込んで来る隙もない。むーっとする汗臭い息ぎれである。これでは有尾人に逢う前に、熱病《アモック》にやられてしまいそうだ。

「わたしが悪いのです。町の者を救いたいばっかりに、お嬢さまに、とんだ無理なお願いをして、はるばるボルネオまで来て頂いた挙句《あげく》が、この始末です、申訳《もうしわけ》ありません」

「彼奴《あいつ》は強情だからな……子供の時からだよ。絶対に云い出したら聞かない。今度だってお前と二人であれだけ宥《なだ》めたのだから、真逆《まさか》一人でこんな無茶をするとは思わなかったなあ——」

会社の方の仕事にかかって二日ばかり帰らなかったら、デイリが今朝泣きながら出張所の方へ来た。道江が一人で山へ行ったらしく、夜が明けても戻って来ないと云うのである。

とんだ事をして呉れたと、今更《いまさら》後悔しても始まらない。仕方がないので、早速デイリと二人で彼女の行方を探しに密林地帯へ飛び込んで来た始末である。

磁石を頼りに進むのだが行けども行けども背の高い灌木《かんぼく》ばかりで、視野も開けなかった。鰐《わに》がうようよしている川を、蔓草《つるくさ》に摑まってようやく渉《わた》った頃には、陽《ひ》はすでにとっぷり暮れ、それでなくてさえ薄暗い山中は、もう闇の中に融《と》けこみかけていた。

「仕方がない、野宿だ」

諦めたように呟くと、デイリは何処からともなく、野生のバナナやマンゴスチンを採《も》いで来た。この辺はバイソン蟒《うわばみ》や丸太ぐらいある錦蛇が多いので、うっかり樹《き》に登っても睡《ね》られない。仕方がないのでどんどん火を燃やして、交替で寝《やす》む事にした。

「わたしの責任ですから、どんな事があってもお嬢さまをお探《さが》しします。もしお嬢さまが熱病《アモック》にやられていらっしたら、お詫びにわたしも毒に当てられます」

ぷすぷす煙る生木の枝を燃やしながら、馬来《マレー》娘は泪《なみだ》ぐんだ。

このデイリは黒いから、紫色に腫れ上ってもたいして目立つまいが、うちの妹は白いから弱ったものだと考え込んだ。

「だが仕方がないさ。君と云う者がいなくて、何も知らず偶然に此方《こっち》へ来たのだって、ああ云う事件が起れば、必ず妹は自分から首をつっこむよ。ありゃ探偵少女だからね……それはそうとして腹ができたら先《さ》きに睡て呉れ。君は疲れているだろう」

遠慮する娘を先に寝かしつけると、進吾は火を絶やさないようにして、野獣の用意をしつつ起きていた。

一人になると急にしんとして、夜気だけが冷《ひ》んやりと湿っぽくかかって来た。

二時間か三時間経《た》ったであろうか。歩き通して来た疲労が出て、脚を投げだしている裡《うち》につい うとうとしてしまった。

かさこそと音がするのを、夢うつつに聞いていた。毛むくじゃらな人間の顔が、焚火《たきび》に照し出されて瞼《まぶた》にちらっと、映ったような気もした。しかしどうしても眼が開かなかった。幻でもみているように、ぼんやり寝呆《ねぼ》けてしまったのである。

はっと眼がさめた時はもう遅かった。

焚火の向側《むこうがわ》に横になっていた筈《はず》の馬来《マレー》娘の姿が見当らなかった。そう云えば（助けて）と云う悲鳴が、何処か遠くの方から聞えて来たような憶《おぼえ》もある。失敗《しま》ったと、早速炬火《さっそくたいまつ》を作って大声でデイリの名前を呼び回ったが、もう後の祭だった。

南海牡丹灯籠《ぼたんどうろう》

「日本の旦那《だんな》がそんなに眠たくなられたのは、睡木《すいぼく》を知らずに燃やしてその煙を吸われたからでしょう」

ナニイは、血塗《ちまみ》れになって密林から脱け出して来た進吾を劬《いたわ》った。そして、

「何事もアラーの神の思召《おぼしめし》です。わたしも姪の事は諦めましたから、旦那もひとつ妹さんの菩提《ぼだい》を葬《とむら》ってあげて下さい。今から救援隊をくり出しても、もう間に合いません。なまじこれ以上に死人を出すだけの話です。あれは毒気の山だから近寄るなとは、前の和蘭《オランダ》の役人衆も云って居《お》られました」

眼を瞑《つぶ》ると胸に手を当てて、ナニイは深く息をした。惧《おそ》らくこの分では屍体も見つかるまい。どうせ死んでいるものなら、一刻も早く葬式をしてやって、早く成仏させた方が功徳《くどく》になると、日馬《にちマ》二人娘の合同葬の準備をし始めた。

妹を喜ばせる為《ため》の空中旅行が、この結果となってしまった進吾は、黙然として項垂《うなだ》れていた。明日は葬式、日本流で云えばお通夜に当る、やがて侘《わ》びしい夜が来た。

ひっそりと皆がしている処へ、慌《あわただ》しい跫音《あしおと》をさせて走って来た下男を、ナニイは進吾の手前もあって、いきなり頭ごなしに「莫迦野郎《ドング》」と叱《しか》りつけた。

すると下男は、泣きそうな顔をしながら、

「……お化け」と背後《うしろ》を指さして、まるで恐い物の挟打《はさみう》ちにあったように震えた。

お通夜の晩の怪談である。さては有尾人が、毒気を吹きつけに此処まで降りて来たのかと、家中《うちじゅう》の者はみな真っ青になってしまった。

逃げ仕度《じたく》をしながら息を殺していると、庭の植え込みから現れたのは、女中を伴った主従二人の牡《ぼ》丹灯籠《たんどうろう》の幽霊だった。

「あっ、デイリにお嬢さま……」

有尾人よりお通夜の御本尊の幽霊の方が凄かった。南国と云え冷水三斗以上である。ぶるぶるっとみな震えると、その儘《まま》べったり座り込んで頭をすりつけてしまった。

×　　×　　×

「とんだボルネオ怪談ね……此方《こちら》こそびっくりしちゃった。あんなにぺこぺこお辞儀されたの、わたし生れてから初めてよ。お化けって案外豪《えら》いのね……」

道江は冷たいレモネードを啜《すす》りつつ、悪戯《いたずら》っぽく微笑んだ。そして、

「やっぱり私が睨《にら》んだ通り、犯人は有尾人じゃやなくて無尾人、つまり普通の人間だったわ。しかも女よ。ダイヤ族の女だけど貞婦、まあ烈婦ね」

「そう自分一人が呑《の》みこみ顔をせず、皆にも判るように説明したら」と進吾が微笑みかけると、

「じゃ初めから話すわ。ナニイさん。この大東亜戦争の始まる三年ほど前、有尾人の探検だと云って、和蘭《オランダ》人があの山へ入って行ったの知っている?」

「ええ覚えています。和蘭《オランダ》の役人衆がダイヤ部落の人夫を連れて行きました」

「その探検って云うのは大きな嘘なの。前から魔の山と島民達に恐れられているのを幸《さいわい》に、彼処《あそこ》へ、万一の用意に強力電波の無線電信を備えに行ったのよ。そして戻って来てからは、あれは毒気の山だと、絶対に住民が近寄らぬよう、秘密を守るためにまた大きく宣伝したんだわ」

「へえ!」

ナニイ初め一同は吃驚《びっくり》した。

「途中でダイヤ部落の者は帰す事になったが、機械が重いので一人だけ残して連れて行ったの、そして据付《すえつけ》が終ると後日の漏洩を惧《おそ》れて、残酷にもその場で銃殺してしまった……さてその男の妻は、待てど暮せど夫が戻らないので、仲間から聞いた話を唯一の手掛《てが》りにして、密林の中を彷徨《さまよ》い探し続けたの、そして飲まず食わず一ヶ月の間、半気狂いになってようやく見つけたのは、変りはてた亡骸《なきがら》だったのよ。屍体はすでに腐っていたが、その何発も撃ち込まれている鉛の弾丸《たま》をみると、はっきり死因も判ったので、固く彼女は夫の復讐をしようと決心したのです」

このダイヤの貞婦の気持にひかされて、聞いている女達の中には泪ぐんでいる者もあった。

「彼女は夫をもとの場所に葬ると、自分も此処で一生を送ろうと覚悟をきめた。幸い二匹の大きな

類人猿《オランウータン》が何時《いつ》とはなしに彼女の家来《けらい》になって、食物も探して来て呉れるので、すこしも不自由はしなかったの。さて無線電信機がどう云う機械か判らないが、これが夫の仇と関係があるのは気付いていたので、これに近づく者を狙う事にして、そして毒矢に塗るのより強烈なのを、毒草の中から苦心して探しだすと、それを鋭い竹串につけて類人猿《オランウータン》に使わせて、毎月一人、夫の命日前後に現れる人間を襲わせていた。普通の人間には用のない密林の中、狙われるのはみな自分の一味なので、和蘭《オランダ》人もすっかり弱ってしまった。紫色に腫れあがって死ぬのは大変だから、あまり山へ近寄らないようにしていたが、やがて戦争が始まるとそうは行かぬ。豪州やサモアと諜報交換の為に恐る恐る前のが殺されても秘密の無電局へ近づいたの」

「それで最近は余計に被害があったんだね」

「そうなの、日本軍に占領されてからも、密林で判らぬのを幸に此方の情報を打ちに行って、先日も殺されたんだわ」

「じゃ今まで紫色にされたのは、みんなスパイなんだね」と進吾が笑った。

「残酷な事をした罰ね」道江も微笑んだ。

「処でデイリは?」

「わたしそのダイヤの女を見つけると、今度の大東亜戦争の話をよくしてやったの。そして今までの事は何分《なにぶん》相手がスパイなので許してやるが、これからは不可《いけ》ないとその毒薬を取上げてしまったの。なにも知らぬ類人猿《オランウータン》氏は習慣通り見張りに出かけて、デイリと兄さんを見つけたが、さて今日は毒を渡されていないので途方にくれた挙句、軽い方のデイリを運んで相談に戻って来た訳なの」

「それでデイリは救かったのか。僕は寝呆けていたので、類人猿《オランウータン》氏を有尾人と間違えたよ」

「有尾人《クーナンバトウ》はいるにしても、本当はもっとずっと奥地らしいのよ。そのダイヤの女の話によると、クーナン・ロマと呼ぶ尾のない全裸の蛮族は、時々あの山へも現れるそうだけど……」

道江が、すこし喋《しゃべ》り疲れて口を噤《つぐ》むと、

「お嬢さま、じゃない、先生は素敵ですわ。わたしも馬来《マレー》の女探偵になれるよう、密林の中で先生の南方探偵局へ改めて入れて頂きましたのよ」と女中から探偵助手に昇進したデイリがにこにこした。

漂う星座

書誌

初出は『読物たより』（海軍省恤兵《じゅっぺい》部監修、興亜日本社、一九四二〔昭和十七〕年三月）で、角書きは「海洋科学小説」。後に、『太平洋部隊』（新正堂、一九四二〔昭和十七〕年）、『南の誘惑』（大東亜出版社〔満洲〕、一九四三〔康徳十〕年、作品名「海底星座」）に収録。

底本・校訂

『太平洋部隊』に収録された本文を底本にして、他を参照した。振り仮名は総ルビである底本に準拠した上で、適宜追加、削除した。

舞台解説

モロタイ島

インドネシア東部にあるモルッカ（マルク）諸島のうち、北部に位置する島。オランダ領東インドに属していた。

ハルマヘラ島

モルッカ諸島北部の島で、同諸島では最大。オランダ領東インドに属していた。ジャイロロ島とも呼ばれる。

パラオ諸島

ミクロネシアの島々でドイツの植民地であったが、第一次世界大戦後は国際連盟委任による日本統治領となる。なかでもコロール島には南洋庁が置かれ、日本の南洋開発の中心となった。

養子の新さん

「……馴《な》れねえ商売《しょうべえ》って、まったく骨が折れらあ」

鰯《いわし》の臓腑《はら》をむしって皿に盛りながら、新さんはふーっとお腹《なか》で息をした。

「お前さん、まさか三日や五日で飽きが来たんじゃあるまいね……本当にさ」

艶《なま》めかしい紅手柄《べにてがら》の大丸髷《おおまるまげ》をゆすって、確《しっか》りしろと云わんばかりにお春さんが、後《うしろ》から腰をつついた。

「よせやい、まだ今日で婿に来て一週間だぜ。誰がお前に……」

「妾《わたし》じゃないさ、お店だよ。長い間の船乗りが、いきなり陸《おか》へ上っての商売だもの、そりゃ河童《かっぱ》みたいに見当違いなのは判っているよ」

「察しているんなら、そんなにがみがみ云わずに同情しろよ……こんな海の中にうようよいる物を一つずつ肚《はら》をさいて細かく目方を量るなんて、だいたい俺の性にゃ合わねえ」

新さんは情けない顔をして振返った。

「と云ったって家は御一新前、なんでもこのお江戸の初まりからの、何百年来の魚屋で……死んだお祖父《じい》さんの話だと、魚太《うおた》ってこの店は、有名な一心太助さんが御先祖だそうだよ」

「へえ、祖父さんは知らねえが、いまの阿父《とっ》つぁんの禿げ頭じゃ、太助じゃなくて彦左の後裔《こうえい》だろう……まあ好いさ、考えてみりゃ船にいた時から魚と水にゃ縁があったんだ。これも前世のなんとかさ……」

諦めたように云うと新さんは、出刃を握り直して赤黒い鯨の肉を切り初めた。お春さんは気の弱い夫を励ます様に皓《しろ》い歯をにっこり見せながら、切ったのを片っ端から皿に盛って、百匁《もんめ》三十五銭の札をたてた。

「……よう、新さん」

聞き覚えのある声に、はっとして顔をあげると、思いがけない男が店先に立っていた。

「やあ、水夫長《ボースン》……」

面食《めんくら》ったように頓狂な声をかけると、

「随分《ずいぶん》探したぜ、二つ先の停留所から、ずーっと歩き回って来た」

兄弟同様に一つ船で暮して来た水夫長《ボースン》の栄蔵は、生臭い新さんの手で引張り込まれるように座敷へ通された。

「よく来てくれましたなあ……休暇ですかい？　まあ十日でも一月《ひとつき》でも、是非《ぜひ》ゆっくりしてって下さい」

商売物の刺身で酒を云いつけようと、新さんが立ち上りかけると、

「冗談じゃやねえ、そんな暢気《のんき》な話じゃやねえ、俺は迎えに来ただけさ」

と栄蔵は周章《あわ》て潮《しお》やけした手をふった。

「……えっ、誰を？」

「誰って……藪《やぶ》から棒の話だが、新さん一つ頼まれて呉《く》れないか？　勿論《もちろん》、無理は承知で迎えに来たんだが……」

いきなり新さんを見据えて切り出した。

「今度は遠く蘭領印度まで行くことになったんだが、応召や病気で四人急に欠けたんだ。補充に臨時の若いもんが来たんだが、それじゃ心細いんだ。なあ新さん、もう一《ひ》と航海だけ付きあって呉れないか？」

「蘭印は初航路だし、四人も変っちゃ大変ですな……だが水夫長《ポースン》、新婚早々と云う訳じゃなく、実は明後日《あさって》からの防空演習に、わしゃ警防団員で……」

と新さんは、忙《いそが》しそうに店で働いているお春さんの方を気にしながら、困ったように云い澱《よど》んだ。

「其処《そこ》だ新さん。今度の航海は云わば御用船だ。どちらにしても御奉公に変りはないんだ。見込んでこうして頼みに来ているんだから、一つ気持よく、うんと承知してくれ。船長から呉々《くれぐれ》もと頼まれて

来たんだ」

云われて新さんは当惑して腕組をした。

「どうしたい？　確りしろよ。高《たか》が一週間で意気地《いくじ》がなくなったな、それくらいの決心が自分でつかないか？」

十年近く同じ釜の飯を食った花咲丸の水夫長《ボースン》にきめつけられて、すっかり弱りはてた新さんは、おろおろと泣きそうな顔をした。

波に散る妖光

黄褐色に濁《にご》った品川沖の水が、横須賀の金沢沖では緑に変り、観音崎を越えると漸《ようや》く海らしい青味を持ってくる。

今日で三日目、八丈島を過ぎると黒潮らしく、群青色《コバルト》に波は拡がって来た。日が暮れると、もう内海《うち》と違った波のうねりが、魔物のように激しく舷側《げんそく》を噛《うみ》んだ。

「誰だ？　防空演習中だぞ」

怒鳴《どな》りつけると、甲板《カンパン》の人影は周章てて海へ煙草《たばこ》を棄《す》てた。

「船長でしたか――警防団員だもんですから、つい癖《くせ》がでまして――」

新さんは照れ隠しのように笑ってみせた。

「無理して君に乗船して貰った御陰《おかげ》でとても助かるよ……水夫長《ボースン》の話によると、留守中は確り護るからと健気《けなげ》に送り出したそうじゃないか。下町っ子だけあって、甲斐甲斐《かいがい》しいお嫁さんだね」

「え、それがですねえ……実は弱っているんです。あとは引受けたから出征したつもりで、天晴《あっぱ》れ手《て》功《がら》を立《た》て来い。でないと養子を離縁するって云うのです」

「ほう、相当強気だね。だがまさか船ではそうも行くまい。帰ったら儂《わし》が一緒について行ってあげよう」

船長は微笑して慰めながら後甲板《こうカンパン》へ降りて行った。残った新さんは舷側に凭《もた》れたまま、ぼんやり一人で考えこんでいた。すると、

「どうしたい……泣いているのか、ほら、海がちかちか光っているぞ」

冷《ひ》やかすように、忍び足で近づいて来た栄蔵が、ぽーんと肩を叩いた。笑いながら指さした海面には、なるほど眩《まぶ》しい煌《かがや》きで光っている物があった。

「ありゃ、船長が先刻《さっき》すてた莨《たばこ》の火だ」

ちらりと横目を使っただけで、新さんは気のない返事をした。

「冗談じゃない、水の上だぜ。莨じゃなくって星が映っているんだろ。おや今夜は闇夜か……するとさては夜光虫かな」

真顔になって栄蔵は海面を覗きこんだ。新さんも釣られて、舷側から顔をつきだした。

「水夫長《ボースン》、夜光虫じゃない。光も強いが第一大きすぎる……」

「じゃあ、ありゃ何《な》んだい？　まさか懐中電灯が海に浮いてる訳でもあるめえ」

栄蔵が唇をとがらせた時、さーっと横波が来た。そのうねりに浚《さら》われて、妖光は精籠流しのように何処《どこ》かへ運び去られた。

淡い三日月に翳《かげ》ったほの暗い海面を透《すか》しながらその晩二人は云い争ったが、その翌夜になると、また海面には不気味な光が漂って来た。全国防空演習の期間なので、船も灯火は完全遮蔽である。その所為《せい》か、波間に散る光には、一種凄惨な感じさえ出る。船室が暗いので甲板へ集って来た他の水夫達にも問題になった。

「……夜光虫だ、違うって、いくら二人が此処《ここ》で云い争ったって水掛け論だ。此処にいる皆に立会って貰って、新さん、どうだい掬《すく》いあげて調べてみたら――」

水夫長《ボースン》に云われて新さんは、意地を張った手前仕方なく、バケツにロープを結びつけて来た。黒《くろ》天鵞絨《ビロード》に散《ちり》ばめられた宝石のような謎の光は、案外雑作なく汲み上げられた。

「ほれ、みろ――」

バケツを覗きこんだ水夫長《ボースン》は勝ち誇ったように云った。しかし新さんには、どうしても夜光虫とは思えなかった。

「あっ、船長。好い所です。ちょっと来て見て下さい」

がやがや騒いでいる水夫の群に、近づいて来た船長の白い帽子を目敏《めざと》く見つけると、新さんは救いを求めるように審判を仰いだ。

「どうしたんだね……海中の防空違反か。なる程《ほど》これはよく光っとる。灯火管制中に煌《きら》めくとは怪《け》しからん奴だ。警防団の新さんに叱《しか》られるのは当り前だ」

船長はバケツを持ち上げて、にこにこした。

「いま二人で云い争っている処《ところ》ですが、船長、これは夜光虫でしょう？」

同意を求めるように、横から水夫長《ボースン》が口を入れた。すると船長は太い髭《ひげ》を撫《な》ぜあげながら向き直って、

「いかんよ君達は──海で光る物はなんでも夜光虫と頭から決めているが、オホーツク海やベーリング海の北洋から、冬期に流下して来るコペポーダ、あの動物プランクトンだって発光現象を起すのは知ってるだろ……この船は長年近海航路ばかりだが、印度洋なんかじゃ発光バクテリアで火柱が見える事さえある」

「──へえ、じゃこれも……」

水夫長《ボースン》は肩すかしを食ったような顔をした。

「いや、こりゃ大きいから、事によったら海月《くらげ》かも知れん……」

「えっ、あの海月？」

今度は新さんが奇妙な顔をした。

「君達は、余り南洋航路に馴れないから無理もないが……黒潮や珊瑚礁の中では、大型プランクトンが海月の仔《こ》に寄生して光るんだ。だからよく視《み》ると、波の運動と一致して周期的に明滅して斑《まだ》らに

光っている……」

「それじゃ船長……これは海月じゃありません」

自信ありげな口吻《こうふん》で新さんが否定するので、逆に船長の方が怪訝《けげん》そうに、

「──どうして判るね？」と聞き返した。

「実は昨夜《ゆうべ》、寝られなかったので一《ひ》と晩中甲板から睨《にら》んでいましたが、疎《まばら》じゃなくて瞭《はっき》り光り続けていました」

「ほう、そうかね。じゃゆっくり後程《のちほど》研究してみよう。だが新さん……察しはするが、そんなに夜も寝ないでいると、終《しま》いには風邪をひいて反《かえ》って花嫁を心配させるぞ」

水夫達の含み笑いが爆発した。新さんは水夫長《ボースン》に冷やかされつつ、その晩は早目に床についた。

夜があけて顔を洗いに甲板へ出ると、

「おい、昨夜《ゆうべ》は寝られたか？　処で判ったぞ。ありゃ海蛍《うみほたる》だ……」

朝の早い船長が、昨夜《ゆうべ》の続きの微笑を浮べたまま、上甲板から元気よく呼びかけた。

「……海月じゃなくて、蛍《ほたる》ですって？」

「そうだ。体内の分泌腺から粘液と一緒に発光物質を出して、それを海水中の酸素と結合させて光る、海蛍だよ」

「酸素と結び合って光る──へえ、まるで普通の燃える火みたいですな」

新さんはすっかり感心して腕組みをした。

「うん、海蛍って奴は南支那海に多いが、赤道近くのこの辺に漂っているのは稀《めず》らしい……潮流の関係かも知れんが、そんなに大群で流れているのは奇妙だね」

船長は腑に落ちない様子で青白い水平線を眺めていたが、夜光虫でなかったのに気をよくした新さんは、一人でにこにこしていた。

花咲丸はその翌朝、邦領委任統治領の最後の寄港地としてパラオに入港した。

海蛍の謎

最南端のトビ島を抜けた船は、蘭印のモルッカへ向った。澄碧《ちょうへき》な熱帯海は、夜になるとやはり底知れぬ気味悪さで、また妖《あや》しい光を湛《たた》え続けた。

南十字星《サザンクロース》を波に撒《ま》いたような海蛍の群は、モロタイ島の近くまで来るとめっきり増えてまるで金波《きんぱ》銀波《ぎんぱ》の彩られた海に変った。しかし島の沿岸には殆《ほとん》ど漂っていなかった。

そして三日経《た》ってジロロ島のマパ港に入ったが、この辺りにも海蛍は一匹も輝いていないのである。

「さては海蛍め、モロタイの先の海上が巣だったんだな」

闇一色に戻った海面を眺めながら、水夫長《ボースン》が感慨深げに呟《つぶや》いていると、

「ちょっと」と、新さんが近づいて来た。

マパの波止場は古々椰子《ココやし》の林に包まれている。船員相手と云うより土人向きの白ペンキの臭いパー

ラーへ入ると、二人は熱い珈琲《コーヒー》を注文した。檳榔樹《びんろうじゅ》の実で歯を赤く染めた縮れ毛の給仕女が、にたにた笑いながら肝高《かんだか》いスウィングのレコードをたて続けに奏でている。

「……話って?」

と水夫長《ボースン》が聞き返すと、新さんは周囲を見回してから、

「実は海蛍の一件だが……俺はパラオへ寄港した時、あれを瓶《びん》につめて水産研究所へ持って行ったんだ。船長さんにいくら説明されても、唯《ただ》の海蛍だけじゃやなんだか虫が納まらなかったんだ」

「うん、それで――」

「そうしたらな、大変なんだ。技師さんがいきなり、このつめて来た瓶は何かと聞くんだ。ビールの瓶でよく洗って来ましたと云ったら、フォルマリンやアンモニヤ、青酸加里《セイサンカリ》の反応がある。これは普通の海水の成分じゃないと云うんだ」

「ほう、そりゃ妙だ。して海蛍とそれとはどんな関係があったかね?」

「其処だ。それ等は海蛍の培養体になる。つまり今云った物を試験管に入れて、海蛍を封じこむと新聞ぐらいは読めるんだそうだ」

「へぇー、つまり豆電気になる訳だな……だが海蛍を実験するのなら試験管で沢山なのに、どうしてそんな危険な毒薬と一緒に海へ流すんだ? まさか魚に恨みがある訳でもあるまい。誰かの悪戯《いたずら》かな?」

「話が変だろ、なあ水夫長《ボースン》……だから俺は海蛍の謎をつき止めてやろうと決心したんだ。此処からモ

ルッカへ行って本船が戻って来るまで十日はあるだろう。それまでの間に、モロタイ迄《まで》戻って調べて来ようと思うんだ」

新さんは真剣な表情で顔を硬《こわば》らせた。

「君の凝り性は昔からだ……よしっ、船長の方は引受けた。どうせ客分の乗組だし、あとの事は心配するな。だが一人で大丈夫かい？」

水夫長《ボースン》は気がかりらしく顔を覗きこんだが、新さんは顎《あご》を撫ぜ回しつつ、

「養子とは云え、これでも一心太助の後裔だぜ」と嘯《うそぶ》いてみせた。

暗黒同孔《どうけつ》

モロタイの先、一二八度、北緯三度の点は、北赤道海流と赤道逆流の衝突する所に当っていた。海蛍の群は、サンギー島寄りの南西南の海面から発生して来るのが判った。

水夫長《ボースン》の栄蔵に後を託して、マパ港を出て七日目、探し倦《あぐ》んでいる裡《うち》に、糧食は大丈夫だったが肝心な飲料水を切らしてしまった。小さな孤島が点在しているこの辺りが、どうも目的の蛍の巣らしいので、夜になるまで海上で待とうと考えたが、灼《やき》つく暑熱《しょねつ》と渇《かつ》に閉口して、手近な島に上陸しようとした。

聳《そび》えている椰子の実で咽喉《のど》を癒《い》やそうと近づいたが、一《ひ》と回り十町もない小島のくせに、登る足場

もないごつごつした巌石《がんせき》の断崖である。海中に茂っている紅樹林《マングローブ》に舟を結びつけて、ようやくにして逼《は》い上ると、背丈《せたけ》より伸びた灌木《かんぼく》が身体《からだ》を入れる隙もないくらい密生していた。辛《かろ》うじて椰子樹《やしじゅ》に辿《たど》りつくと、新さんはよじ登って、片っ端から実を叩き落した。そして家から持って来た出刃包丁で、鮪《まぐろ》の頭を叩き割る要領で殻《から》を切った。唐黍《とうきび》の汁のように青臭いが、乾《かわ》いた舌には甘露である。ついでに脂っこい周りの果肉まで鱈腹《たらふく》食べた。すっかり満腹すると、今までの疲れが出て、そのまま大きな芋の葉を陽除《ひよ》けに冠《かぶ》って、ぐっすり新さんは寝込んでしまった。

　眼を醒《さ》ますともう真っ暗だった。これは大変だと跳《は》ね起きたが、思わず眼下の海面を眺めて、訝《あ》っと驚いた。眼をこすりながら足許《あしもと》に注意して、芭蕉の樹《き》に捉《つかま》って見下《みおろ》したが、それは実に意外な光景である。断崖の下から、海蛍の大群が打揚《うちあ》げ花火のように噴き出していた。

　錯覚かなとじっと瞳《ひとみ》をこらしたが、間違いなくこの島が長い間探し回っていた蛍の巣らしいのである。すっかり興奮した新さんは、明々《あかあか》と煌めく海の星座へ、藤蔓《ふじづる》に摑《つか》まりながら降りて行った。

「不思議だ……」護身用に持って来た刺身包丁と出刃を両手に握りながら、独語《ひとりごと》を洩《もら》した。

　島の下、水底から海蛍は奔流《ほんりゅう》して来るのである。潜って調べてみようと考えたが、青酸加里が気になるので、海中に隠れている岩肌をつついてみた。島の周囲をぐるりと回って、また元の所へ戻りかけた時である。

　龕灯《がんどう》返しのように、窪《くぼ》んだ個所が押した瞬間、さーっとバネ仕掛けみたいに開《あ》いた。

あっ、と思う間もなく、その拍子に開かれた岩洞《がんどう》へ水圧で、すーっと吸い込まれた。下水道のような洞坑《どうこう》である。海面はあんなに眩《まぶ》く煌めいていたが、此処は文字通り真の闇である。吸い込まれた時に岩に当ってモーターは故障を起したので、ただ流されるままである。烈《はげ》しい潮流に曳《ひ》きずられて行くが、何処まで押し流されるか見当もつかない。それにこの洞孔《ほらあな》は何なのか、それも判らぬ。

しかし新さんは、奇怪な島の海底へ閉じこめられながら、別に狼狽《あわて》もしなかった。

「まかり間違ったって死ぬだけだ……うっかり魚太の店へ帰って、手柄だのなんのと、あのお春から口やかましく責められるよりは、此処でお陀仏した方が増しかも知れん……」

妙な悟りをひらいて悠然と流されて行った。

どうせ真っ暗で何も見えないのだから、諦めて眼を瞑《つむ》った。万一の時は男らしくと、臍《へそ》の辺りに力を入れて、座禅を組むように座り直した。

だが困った事に洞坑が狭くて、左右の岸壁がボートにぶっつかる。そして新さんの顔や肩を、いやと云う程《ほど》痛い目に逢わせるのである。これではかしこまって行儀よく座っていられないので、左右に腕を伸ばして岩肌と衝突しないように、身体を庇《かば》って突っ張った。

すると、岩角か何かにシャツの袖《そで》が絡《から》んだ。どうしたのか、漆黒の闇なので見当がつかぬ。面倒臭いからそのままシャツが破れるのを承知で、新さんは力まかせに引っ張った。

その時である。

いきなり、バガーンと爆鳴《ばくめい》がした。

火山が爆発したように地鳴りがした。前が真紅《まつか》になった。岩壁が揺れ崩れて来た。その煽《あお》りを食ってボートごと新さんは、宙に噴き上げられた。しかし運よく天井に体当りしただけで別に怪我もせず、また水面へ投げ出された。しかし坑流は、どうしたのか今度は逆になった。新さんは後向きに盲目滅法に逆流に押し流された。

火炎に照し出されて洞窟は明るくなって来たが、眼の回るような逆流である。断続して爆音は響く。紅蓮の炎の海が津波のように襲って来る。追い掛けるように落盤して、天井が岩壁が砲弾のように落ちて来る。

壊れたボートの縁《へり》を確り押《おさ》えて、腹這《はらば》いになったが次第に浸水してくる。もう深呼吸どころの騒ぎではない。火の子が髪や襟首《えりくび》を焦《こが》す。爆鳴がする度《たび》に岩の塊《かたまり》が容赦なく跳ね返って来る。煙で息さえ出来ぬ。真っ赤な噴煙を睨みつけながら、歯を食いしばった新さんは、次第に気が遠くなりつつ濁流に呑《の》まれて行った。

仮装夜光虫

「気がついたかい新さん——俺だよ」

ピンボケの写真みたいに、水夫長《ボースン》の顔が朦朧《もうろう》と瞼《まぶた》に映って来た。

「軽い脳震盪《のうしんとう》とちょっとした火傷《やけど》だ、もう大丈夫らしいな……またマパ港に戻って来たが姿が見えないので、手分けして大騒ぎしたがよかったなあ」

栄蔵に代って船長の髭面が覗きこんだ。

「済《す》みません、勝手な真似をして――」

ボートを壊したばかりでなく、商売道具の大事な出刃と刺身包丁まで失《なく》して来た事を憶《おも》い出すと、新さんは蘇生したものの、すっかり青くなってひとりで恐縮しきっていた。

「そんな事より、新さん天晴れ大手功《おおてがら》だ……いま、アンモニヤやフォルマリンの缶と一緒に、記録薬が流れて来たんだ。それで仔細《しさい》が判ったが、恐ろしい事を謀《たくら》んだものだね――」

云われて新さんは、まだ痺《しび》れる頭を抱えながら、妙な顔をした。

「島国の日本を空襲する際、完全な灯火管制をやられては、陸と海との爆撃目標がつかぬ。それに我国の大都会は殆ど海岸線に在る……それで考えたのが仮装夜光虫の海蛍さ。種々な薬品で光度を強烈に培養させて、赤道海流を利用して委任統治領から太平洋へ放流する計画をたてたのだ――」

「なる程、いくら真っ暗にしても、縁《ふち》をとるように海岸が光れば、空から日本の地形はすぐ覗《うかが》えるって寸法ですね」

「そうだ。それで日本の全国防空演習を悪用して、爪哇《ジャバ》あたりの飛行隊に高度から偵察させる為《ため》に、試験放流していた処が意外にも放射口に、突然故障が起きた。記録の日付をみると、それを発見したのは先週の金曜日だ……」

「それで、あんなにどんどん流れ出ていたんですか」

と脇から、また水夫長《ボースン》が口を出した。

「うん、船か何かで実験したら好いのに、こんな蘭領印度の孤島へ図々《ずうずう》しく根拠地を構えたので、さあと云っても修理が巧《うま》く行かん。夥《おびただ》しく培養海蛍が流れ出すのに狼狽《ろうばい》した技師達が、発見でもされたら大変と、面食って善後策を講じにジロロの基地へ行った……」

「するとその留守中に、知らずに私は乗込んだ訳ですね」

新さんは初めて口を開いた。

「そうなんだ。そして万一を慮《おもんばか》って施してあった島の爆発装置を発見すると、君は一命を棄《す》ててそのスウィッチを入れた——巧く隙を狙って、決死の覚悟で相手の鼻をあかした大殊勲だ。よくやって呉れた、祖国になり代って儂《わし》からも、厚く礼を述べさせて貰う」

好奇心に駆られて調べに行ったものの、これ程の陰謀とは最後まで気づかなかった。それに、まさかシャツの袖が引っ掛《かか》っての功名とも云えないので、船長に賞《ほ》められると新さんは、擽《くすぐ》ったい顔をして黙ってうなずいた。

「こりゃ大手柄だ。船に乗っても防護団のお役は果した。これで大手をふって魚太の店へ帰れるな」

栄蔵が側《そば》からニコニコして、痛む新さんの肩をぽーんと叩いた。

異変潮流

書誌

初出は三回に分けて掲載。第一回の掲載誌は未詳。第二回は『黒潮』第六巻第一号（英語通信社、一九四三〔昭和十八〕年一月）、第三回は同誌第六巻第二号（同年二月）に掲載。後に『異変潮流』（大東亜出版社〔満洲〕、一九四三〔康徳十〕年）に収録。

底本・校訂

『異変潮流』に収録された本文を底本にして、初出の第二回、第三回を参照した。振り仮名はパラルビである底本に準拠した上で、適宜追加、削除した（初出の第二回、第三回もパラルビ）。

なお、二十六ページ一行目の「東経百七十三度、北緯五十五度」は、底本では「北緯百七十三度、東経五十五度」であるが、北緯と東経が逆と推測されるので入れ替えた。

舞台解説

オホーツク海

太平洋の北西、カムチャッカ半島、千島列島、樺太（サハリン）、北海道に囲まれた海域。

千島列島

北海道東端からカムチャッカ半島までの火山性列島。北海道側から国後《くなしり》島、択捉《えとろふ》島、得撫《うるつぷ》島、捨子古丹《しやすこたん》島、温禰古丹《おねこたん》島、占守《しゆむしゆ》島など。一八七五〔明治八〕年にロシアとの間で締結された樺太千島交換条約以降、全域が日本領となった。

アリューシャン列島

アラスカ半島からカムチャッカ半島の間にある弧状の列島。大部分がアメリカ領であるが、メドヌイ島を含むコマンドル諸島はロシア領。

青い帽子の男

軒並に映画館や劇場の続いている新開地の雑沓《ざっとう》である。

「……栗林さんじゃないか」

ぽんと肩を叩かれて振返ると、声をかけたのは同じ春風丸の佐山だった。

「えらい人混みだね、福原に続いているだけあって、これじゃ六区より人出が凄い……」

まだ神戸に来たばかりの栗林は、浅草の灯を憶《おも》い出したように呟《つぶや》いた。

「横町へ折れましょう――」

佐山が先に立った。映画館通《どおり》の横町は食物屋の露店である。

「寿司でもつまもうか」

暖簾《のれん》を指さして栗林が呼びかけた。

神戸の寿司は、初めから握って並べてある。寿司の既成品《レディーメイド》と云いたい処《ところ》だ。

「鮪《まぐろ》がないね？」

黒塗りの盤台の上を見回してから、すこし物足らなそうに呟くと、

「へえ……此頃《このごろ》は不漁《しけ》でね」

と親爺は奈良漬の寿司を作っていた。

「戦争だ。贅沢は云えないよ。鮪がなくたって、寿司は食えるさ」

屈託のない顔で佐山は、おぼろを一つ摘《つま》んで口へ入れた。

「ああ、旦那は海洋観測船の方でしたっけね」

寿司屋の親爺は、佐山の顔を覚えていたらしく笑ってみせた。

「ほう、知ってるのかい」

栗林が顔を見比べてにんまりすると、

「何日《いつ》でしたか、えらい酔っぱらい方でみえた時、御自分で喋舌《しゃべ》っていらっしゃったのをいま憶い出したんでさあ」

「そうかね、そんな事があったかなあ……」

照れたように答えると、

「此方も同じ船の方で？」と愛想笑いをした。

「うん、一昨日から海洋気象台へ転勤されてみえた技師さんだ」

「へえ……技師さんですかい。それじゃ、ちょっと妙な事をお伺い致しやすが、此頃の魚不足の原因

はなんでしょう?」

握った帆立貝にたれをつけながら、親爺は面長な顔を糸瓜《へちま》のように揺《ゆす》ぶってみせた。

「そりゃ人手の少《すく》なくなってる事や、漁船のガソリンの関係さ。だがそう云った原因は間もなく解消されるから、別に気にやむ事はないぜ」

商売柄心配しているのかと、脇から佐山が慰めるように話かけた。すると、

「それがねえ……」とあたりを憚《はば》かるように暖簾の下から表を透《す》かして眺めつつ、

「その外《ほか》に根本的な原因があるような話なんですぜ……」と声を落して息をのんだ。

「――原因って?」

「――日本の近海から魚が減って行くって……」

「そんな莫迦《ばか》な。一体誰が云ったんだね」

「へえ、いま先刻《さっき》、入ってみえたお客さんで、背の高い青い帽子の……」

狼狽《うろた》えたように親爺は吃った。

「出鱈目《でたらめ》な事を云う奴だ。そんな途方もない事を真《ま》にうけて聞くなんて、親爺もどうかしているな、常識で考えてみろ、漁場によって豊漁不漁はあるが、海から魚が減少して行くなんて、そんな莫迦げた話があるもんか。好い加減にしろよ」

呆《あき》れ返ったように佐山が訓《さと》すと、

「それでも、真相はそうなんだって、今のお客さんは教えて呉《く》れましたぜ」

寿司屋の親爺は、すこし意地になったように、客からの受売りを主張した。

「違うったら……詰《つま》らぬ事を云い触《ふ》らすと流言になるぞ、よせよ親爺？」

と佐山が怒ったように脅してみせたが、

「だって、それが本当なんだって云いましたぜ」

飽迄《あくまで》も云い張って首をふった。

「荒唐無稽な話だよ。だがそれを真にうけて、吾々《われわれ》は好いが、他の客なんかにお喋りすると、人心攪乱になってとんでもない事になってしまうよ」

仕方がないので栗林が苦笑しながら云い聞かせた。

「そうですかい、技師さんが仰言《おっしゃ》るんなら御尤《ごもっとも》でしょう……」

とは点頭《うなず》いたものの、まだ腑に落ちぬような顔で茶を淹《い》れて出した。

「ちぇッ、俺じゃ本当にしないのか」

ぶりぶりしながら勘定を済ませると、佐山は熱い茶をがぶっと一《ひ》と息に飲んで先に出た。そして、

「くだらん話を寿司屋の親爺なんかに、たきつける怪《け》しからん奴がいるもんですね」

とまだ肚立《はらだた》しそうに栗林に話かけた。

「うん、青い帽子の男とか云ったね」

点頭きながらお茶屋の角を折れて電車通りへ出ようとした時である。

「ああ、あれじゃありませんか？」

伸び上るようにして佐山が、前を行く男の後姿を嚙みつくように指さした。

「成程《なるほど》、背も高い……」

胡乱《うろん》臭そうに栗林もそれに答えた。

「ひとつ摑《つか》まえて、何故あんな詰らぬ事を諜舌ったか、取っちめてやりましょうか」

寿司屋の親爺にやられたのがまだ無性に癪《しゃく》にさわっているらしく、佐山はいまにも飛びかかりそうな権幕だった。

「でも、青い帽子で、只《ただ》背が高いだけじゃあ、もし……」

人違いでもあったら困ると、流石《さすが》に栗林は渋った。すると、

「よろしい、それじゃ私一人で後をつけてみましょう」

低い声で佐山は耳打ちをした。

海洋観測船

メリケン波止場には、五六十噸《トン》の発動機艇が、今朝も一列に並んでいる。検査場と郵船の建物の間に、白雲がふんわり掛橋のようにかかっていた。青味の冴えた滑《なめ》らかな空である。

「どうしたい、眼が真っ赤じゃないか?」

「いや、あれから跟《つ》けて行ったところ灘へ行き、それから六甲山の方へ行かれてしまったんで、暗さ

は暗いしとうとう見失ってしまったんで……」

「それで一《ひ》と晩中、寝ずに探し回っていたって訳《わ》けか?」

「どうも面目ない始末で、あんな事なら途中で摑えてしまえば好かったんですが、とんだ草疲《くたび》れ儲けでした」

間の悪い顔をして佐山は頭を掻《か》いてみせた。戦争以来沖で釘づけになっている独逸《ドイツ》船の白塗の船体を、すーっと鷗が斜めに横切って行った。

「まあ好いさ、正午に出帆《しゅっぱん》と云うのに夜が明けても戻って来ないので、心配して此処《ここ》まで見に来た処なんだ。さあ春風丸へ戻ろう」

「だが、いくら帽子を目当で追い回したにしても、シャッポになったんじゃどうも気まりが悪くって……」

今日出帆でなかったら、もう一日ぐらいは探したいらしい未練気《みれんげ》な佐山は、口惜《くや》しそうに唇を噛んでいた。

「それ程《ほど》気になるんなら、誰か海員宿にいる者にでも頼んで置いたら好いじゃあないか」

腕時計を覗きこみながら、気になるので栗林はせかした。

「それに抜かりはありません。人相までよく話して、あの青帽子を見つけ次第、どうしてあんな詰らん出まかせを云ったかとっちめてやるよう、心当りの者には、みな頼んで来ましたから大丈夫です」

二人が戻って来た春風丸は百二十五噸で九ノットと云う小型船だが、神戸海洋気象台専属の世界的に名高い海洋観測船である。

八点鐘《しょう》。

錨《いかり》が巻き上げられると東北に向けて航路はとられた。今回の観測地点は三陸の沿岸だが、途中で採水は続けて定時観測は行ってゆくのである。

潮岬灯台から、漁火《いさりび》が夜光虫のように煌《きら》めく熊野灘へ出て、翌《あ》け方《がた》には天王崎を左舷に、夜明けの明星のような神島灯台を過ぎて、伊良湖水道へ近づき伊勢湾へ向って行った。渥美半島を抜けると駿河湾、御前崎《おまえざき》灯台や天龍川口の掛塚灯台を過ぎて神子元島《みこもとじま》灯台、伊豆半島へ出ると大島の灯台が右舷にみえやがて東京湾になる。

犬吠岬を回って北上し、目的の観測点である三陸沖合へ出たのは、神戸を出てから五日目だった。

この一帯は日本海溝として知られ、深度は八千四百九十一米《メートルまで》迄記録されている所である。

「……一八〇〇、一八五〇、一九〇〇、一九五〇、はい二千米ジャスト」

目盛りを読んでいた助手が手を上げると、電動巻揚機《まきあげき》からするする海中に降りていた鉄索《ワイヤア》が、ぴたっと静止した。そして今度は急降下した海底の重錘《メッセンジャア》が、ぐるぐる巻き揚げられた。ナンセン型の顚倒採水器である。

深海の水温を測《はか》るのには、温度変化と断熱膨脹を考えて、水圧を蒙《こうむ》らないように作られた寒暖計を適当な装置で顚倒させ、その温度を固定させた儘《まま》水面まで引揚げるのが、最も当を得ている。北極探検で知られているナンセンが考案したこの顚倒採水器には、その顚倒寒暖計まで装置されてあるので、広く吾国《わがくに》でも採用されているのである。

海洋観測船の重要な仕事の一つは、海水密度の測定である。これは塩分の定量で測《は》かられ、海水一瓩《キログラム》中のグラム数を何パーミルとして現わす。この塩分、水温、深度によって海水密度は決定されるのだが、これにもやはりナンセンの全潜比重計が重宝がられている。

鉄索《ワイヤア》に五百米置きにつけられていた、四個のナンセン型顚倒採水器が甲板《かんぱん》へ上げられると、付属の寒暖計の目盛りが素早く記録され、採水器の海水は分析の為《ため》に試験管に移されて行った。

栗林技師は佐山に手伝わせて、フォーレル水色標準液で、直上より見降した海の色を比較して、熱心に細い硝子《ガラス》管《かん》の標準色と照し合せていた。

それが終ると、透明度を測るため、白塗の円板が徐《おも》ろに吊り降された。鉄索《ワイヤア》によって目盛はついているから、それが見えなくなる時の深度を測れば、透明度数は出るのである。

「……栗林さん、手が空いたらプランクトンの方にかかって下さい」

声をかけたのは、採水器からの海水を分析していた主任の成瀬だった。

プランクトンを採取するのに使われる北原式定量網は、虫捕《むしと》りの網のように円錘型になっていて、これを五十米から百米に沈めて、一秒一米位《くらい》の速度で徐ろに曳《ひ》きあげて、溜《たま》ったプランクトンを集めるのである。

引揚げた定量網の底に溜ったプランクトンの入った海水を、直《ただ》ちに硝子《ガラス》瓶《びん》へ移すと栗林は肉眼で、その特徴や色調を書きつけて、それから実験室に入って行った。

「……早く調べてみて下さい」

成瀬主任は、顔をみるとせかすように云った。

「どうかしたんですか?」

不審そうに尋ね返すと、

「採水器から揚げた海水を分析したら、下の方のは異状はありませんが、上層の五百米に装置されたのが、どうも訝《おか》しい点があるのです」

顕微鏡の前の椅子を譲りながら、すこし首をまげてみせた。

急いで栗林も、いま採取したばかりのプランクトンの海水を試験管にあけ換えて、その種類と量の検査にかかった。

拡大された鏡面に蠢《うご》めくプランクトンは、意想外に少《す》くなかった。

「どうした訳《わ》けでしょう? 死滅しているのが多いのです」

嗄《しゃが》れたような声で栗林は呟いた。

驚いて成瀬主任も奪うように顕微鏡に手をかけて覗き込んだが、

「……本当だ」

とこれも喘《あえ》ぐように呟いた。奇怪な現象である。

「この三陸沖合は、黒潮と親潮が合流する極前線、即《すなわ》ち暖流と寒流の交錯点ですから、その関係ではないでしょうか」

「いや親潮寒流は一部は逆戻りするが、大部分はこの極前線から下に潜ったまま、亜寒帯中層流として黒潮直下を反対に流れて行くんだから……これが若《も》し黒潮の上に湧き上ると所謂《いわゆる》、黒潮異変になって、東北から北海道にかけての夏の気候を寒冷にして、凶作にしてしまうんだが——」

「東北地方冷害の原因ですね。併《しか》し親潮寒流が地上の気候に影響するのは判りますが、それがプランクトンに関係するとは考えられませんね」

古来、（水清ければ魚すまず）と云う言葉があるが、それは澄《す》んだ水にはプランクトンが少ないから、つまり餌がないから、魚が棲《す》まないと云う事である。

だから黒潮流域の澄明《ちょうめい》な海より、親潮流域の濁《にご》った緑色の水面の方が、プランクトンが多く、わが国の有名な漁場は此《こ》の方に偏しているのである。北海道沖合の如きは、世界三大漁場の一つとなっている。

冬期オホーツク海、ベーリング海に生じた寒冷な海水が、氷結されている間に優勢な対流で海底に栄養をため、それがプランクトンを多量に発生させて春になって氷が溶けると南下して来て多くの魚類の棲息海流となるのが、親潮寒流の起源である。六月頃になると、水上の空気より低温なので海面に濃霧を作り、オホーツク海の高気圧を停滞させて、あのうっとうしい雨をわが国に齎《もた》らすが、その運んで来れる魚の事を考えると、黒潮に比べて地味な存在だが、親潮はわが国にとって有難い潮流である。

親潮寒流

「実は栗林さん……急に貴方《あなた》に神戸の海洋気象台へ転勤して貰って、この船に乗組んで頂いたのは、これが原因なんです」

成瀬主任は試験管を握りしめた儘、真剣な表情でじっと若い技師の顔を瞶《みつ》めた。

「それでは、前からこの現象に気づかれていたんですか？」

「海水密度の測定から調査が初められて、この恐るべき傾向には気象台では全力をあげて掛っているのです。今度でも第一観測点をこの三陸の沖合に選んだのは、その為なんです。今日の実験をする迄《まで》に、神戸を出てから定時観測は、御承知のように毎日二回ずつやって来ました。これがその一覧表です。伊勢湾、駿河湾、東京湾、沿岸の採水実験によるプランクトンの分類分量はこの通りです。北上するにつれて少しずつ変化はみえて来ましたが、親潮寒流と交錯する此処で測定したら遂《つ》いにこんな結果に到達したのです」

書き込れたグラフの線は急速度にカーブしていた。

「どうあってもこの異変の原因を探究しなければなりませんね」

若い技師は腕組をして答えた。

「そうです。それが吾々に課せられた使命です。全力を尽《つく》してやってみて下さい」

「よろしい。一命を賭してもやり遂《と》げます」

熱っぽい主任の声に、弾《はず》んだように答えながら、ふと栗林は、神戸の新開地で佐山が見失った青い帽子の男の事を憶い出して慄然《りつぜん》とした。

「成瀬さん、妙な事をお伺いしますが、この話は既に外部に洩れているんですか？」

「断じてそんな事はありませんよ。この異変に気づいて内情を知っている者は、内部でもごく僅《わず》かな限られた人間だけです。真逆《まさか》そこから洩れる気遣《きづか》いはありません」

「そりゃ、そうですね。併しそうなると変だなあ、実はね主任……」

と栗林は、寿司屋の親爺から聞いた話と、佐山が六甲の山手の住宅地域で撒《ま》かれてしまった、青い帽子の男の話をした。

「妙ですな、佐山が知らぬ顔と云えば此方の内部の者ではないし……瓢簞《ひょうたん》から出る駒で、冗談の単なる偶然の符合かも知れないが――」

眉をくもらせて成瀬主任は腕組みをして考え込んでしまった。

「……なんだかこの潮流異変の原因が、私には人為的なものに想えます。いやそんな予感がするんですが……」と口を滑《すべ》らして自分の所懐を述べると、

「莫迦な、そんな途方もない事があるもんですか……人間が勝手に潮流を変化させるなんて――栗林さん、青年と夢はつきものかも知れんが、君も科学者だったらそんな夢想はよし給《たま》え」成瀬主任はすっかり苦りきって、濃い顎鬚《あごひげ》を逆撫《さかな》でした。

いらいらしている所為《せい》もあるが、最後は、怒ったような口吻《くちぶ》りだった。

それ以上逆らっても仕方がないので、実験室から出ると、

「どうしたんです技師さん、喧嘩でもしたんですか？」

声が高くなったので心配していたらしい佐山が、扉の外に案じ顔で佇《たたず》んでいた。

「なあに、ちょっとした意見の衝突さ、それより例の青い帽子の男について、何か憶出《おもいだ》したような事はないかね」

「そう云われると、あの男はなんだか私らと同じように、潮の香が体にしみ込んでいたような記憶もするんですけれど……」

不意に何を云い出したのかと、すこし怪訝《けげん》そうな表情をみせて佐山は眉を曲げた。

「例の寿司屋の話、あれがどうやら本物らしいんだ」

「えっ、担《かつ》ぐんじゃありませんか？」

半信半疑な顔をした。佐山でさえ初耳であるとすると、この異変潮流は成瀬主任の云う通り、全然幹部だけしか知らぬ秘密で、内部から洩れるような事実はあり得ない事だった。

「栗林さん」

扉を開けて主任が手招きした。入らぬ訳《わ》けにも行かないので、また実験室の中へ戻ると、

「仕事は仕事ですよ……」とすこし作ったような無理な微笑を浮べながら、

「人為的な原因だと先刻主張されたが、青い帽子とか云う童話みたいな話は別にして、貴方には何か

確証があるのですか?」訊問でもするような尋ね方をした。

「さあ、そう云う風に仰言られると困るんですが……」

と栗林もすこし戸惑って言葉尻を濁した。

「それなら今迄《いままで》通り、主任としての私の意見を尊重して頂きたい……念の為に採泥器による海底の統計もあげさせてあるが――」

すこし威厳をみせるような勿体《もったい》ぶった云い方をした。

「主任のお考《かんがえ》は? これからの観測は……」

「そりゃ君、この極前線に主力を注ぎますよ。北緯四十一度から三十六度迄《まで》の沿岸線を徹底的に調べるんですね」

「じゃ四十度以北の親潮流域は?」

「其処《そこ》までは、この船一隻では手が回りませんよ。青年の意気は壮とすべきだが、オホーツク海やベーリング海までは無理ですね」

「併し主任、其処まで行って、親潮寒流の源を探らねば、この異変の根本原因は判らんでしょう?」

「青い帽子を追い駆ける式ですか、まあ君はこの目的の為に乗組んで来た客員だ。よかったら佐山は貸すから、まあ適当な船でも外《ほか》に見つけて追って行くんですね」

成瀬主任は、自分の意見を尊重しそうにもない若い技師に冷やかな態度をとった。

宝山丸北航

幸い千島行《ゆき》の宝山丸と云う船が碇泊中だったので、栗林技師は佐山を連れてそれに移乗する事になった。

「おや、海流板から流速計まで一《ひ》と揃い持ち込んで来てしまって、成瀬主任に知れたら後が大変だぞ」

面食《めんくら》ったように栗林が呟くと、

「大丈夫ですよ。予備の方を持って来たんですから……それから参考に今迄の統計表コッピーも持って来ました」

佐山はにっこり笑って、抱えて来た鞄を開けてみせた。

「だが、勝手に単独行動をとったり、大切な観測器具を持ち出して来ては、神戸へ戻ってから成瀬主任が責任を問われるかも知れん」

意見の衝突と云う感情問題はあるが、気になるので心配そうに呟いた。

「……その点は覚悟している、後の事は何も考える必要はないから、飽迄も初志を貫徹して調査して呉るよう——そう主任さんは云っていましたよ」

「えっ、じゃ成瀬さんが皆揃えて君に持たせて寄越したのか……」

「実はこの宝山丸に交渉して呉れたのも主任さんです。お互いの主張はあるが、自分の思う所を何処《どこ》迄《まで》も探求して行くのが吾々の使命だ。孰《いず》れが成功しても海洋気象台の、いや日本の為になる仕事だ。個人の感情や対立に捉《とら》われている場合ではない。総てを擲《なげう》ってお国へ尽すのが今日の最高の義務だ……すこし強く云い過ぎた点もあるが、それは若い栗林君を励す気持からだ――そう云っていられました」

遠ざかって行く観測船の百葉箱の所に、佇《たたず》んでいる成瀬主任の姿を見つけると、栗林は熱いものを胸に感じながら、両手をふって何時《いつ》までも名残りを惜《お》しんで見送った。そして、

「……常識的に云えば、主任の意見の方が正しいんだ。北上して親潮の源をつきとめるなんて云い出した俺の方が、青くさくてすこし無茶なんだ。併し、なんだか常識以上のものがこの問題には在《あ》るような気がして、強引に自分の主張を通してしまったんだ」

若い水産技師は弁解するように低い声で呟いた。

「まあ、乗りかかった船だ、それにこうなると既にルビコン河は渡ってしまっているんです。やれる所までやってみましょう……だが、こんな事になるんならあの青い帽子を、なにがなんでも摑えてしまって置けば好かったですねえ」

すこし口惜しそうに歯がみをした。

「……何分《なにぶん》汚ねえぼろ船でお気に召さないでしょうが、その代り御自分の船のつもりで遠慮なく、わし等を使ってやって下さい」

潮やけのした赭《あか》ら顔の船長が上って来た。

「いや、今度は飛んだ御無理を願って……」

と会釈《えしゃく》をすると、

「飛んでもねえ、御苦労さまでと此方で御礼を云いたいくらいで……わし等には難しい事は判りませんが、流れている海水を追い駆けて行くなんて大変でやすね。まあこれも日本の為なんだから、わし等も出来るだけのお手伝いはしますから、ひとつ頑張ってやって下さい」

「……有難う」

激励されて栗林がすこし霑《う》るんだような声を出すと、

「そうそう、貴方達の前で、若い者にもよく云い聞かせて置きましょう……」

と船長は甲板へ船員達を呼び集めた。

「おーい皆、此方は今日から乗組まれた海洋気象台の栗林さんと佐山さんだ。船長の俺の云う事をきくように、今日からはこの方達の云いつけを守って、ちゃんと命令通りお手伝《てつだい》をするんだぜ……」

神妙に船長の話を聞いている北海の男の群を、何気《なにげ》なく見回していた栗林は、最後の列に立っている男を見つけると、

(訝《あ》つ)と思わず低いうめき声をあげてしまった。

人違いかも知れないと危ぶんで、その顔を隠すように俯向《うつむ》いている男をじっと瞶めていると、船長の話の途切れに顔をあげたので、ばったり視線を合せる事ができた。間違いなく大野だった。

水産講習所の卒業間際に、突然姿を消してしまった旧友である。あれから五年どうしているのかと案じていたら、変りはてた姿でこの蟹工船《かにこうせん》まがいの千島通いの船に、水夫に身をやつしていた。

声をかけて犇《ひ》しと飛びついて行きたいような衝動に駆られたが、彼が失踪した原因が自分にある事を考えると、栗林はじっと下唇を噛んだまま、もどかしいような焦燥にいら立ちつつ自分も眼を伏せて、五年前のあの日の事を考えてみた。

船長は、成瀬主任からの受売りらしい海洋調査の話を皆に喋舌っていた。

五年目の旧友

その頃、探偵小説を愛好していた栗林は、隠しインキと云う字を書いても直《す》ぐ消えるインキを、他所《よそ》から手に入れて得意になっていた。

少年の日の、罪のない悪戯《いたずら》のつもりで、一番仲の好い大野をまず驚かしてやろうと考えた。だから秘密インキの事は内緒にして置いて、彼の誕生日の祝いだと云って、そのインキを入れた万年筆を一本贈った。

直ぐ使って面食うだろうと愉《たの》しみにしていた処、何時下宿へ行っても、その万年筆は箱に入れた儘《まま》本箱の上に載せてあった。さては此方の悪戯にもう気付いてしまったのかと、すこし栗林は力を落してとうとう種明しをせずに済んでしまった。そして照れ臭いので、あまり彼の下宿へも行かなくなってしまった。

その裡《うち》に、学期末の卒業試験が初まった。大野が首席で栗林が次席と云うのがそれ迄の成績だった。これは入学した時からの順位で、別に栗林は彼を追い抜こうと云う野心もなかった。初めは焦《あ》せってみた事もあるが、大野の頭の方が好いのが判って来ると、無駄だと云う気もして毎学期次席で通って来たのである。そして、大野と自分の順位だけは他の者に荒されまいと云う気持で、試験の時には互《たがい》によく教えあって、問題のやま等をかけあっていた。

こう云う間柄なので栗林がすこし遠のいていても、試験となると大野の方で遠慮なく彼の下宿の方へノートを抱えてやって来た。そして日によっては一緒に勉強して行った。今度の卒業試験は、最初の日が栗林には一番難関の数学だった。併しその前日、大野が来てこの辺が出るだろうと、見当をつけて教えて行って呉れた所が運好く出たので、栗林はどうにか無難に答案を書く事が出来た。彼が帰途、また下宿へ寄って呉れたので、

「……お庇《か》げで救かったよ」

と、泌々《しみじみ》した感謝の声で改めて礼を云った。すると、

「うん」と点頭きながら、

「僕も今日、君のお庇げで助かったよ」と彼も云うのであった。

「……えっ?・」

不審そうに聞き返すと、

「今朝どうした訳《わ》けか何時も使っているペンが見つからないんだ。だから君の友情の記念に保存して置くつもりで蔵《しま》って置いた、あの取って置きの万年筆をおろして学校へ持って行ったんだ。インキ迄《まで》入れて置いて呉れて本当に助かった……」

大野は本当に何も知らなかったらしく、すこし声をうるませて呟いた。

返答に詰って栗林が机の上の本を重ね直していると、ころりと畳の上へ転《ころ》がり落ちた物があった。

「あっ、僕の万年筆だ。じゃ昨日置き忘れて行ったのか」

屈託のない調子で拾い上げると大野は頭をかき乍《なが》ら、照れ隠しのようにくっくっ一人で笑った。そのくつろいだ気持の緩《ゆる》みに吻《ほ》っと救われたようになって、

「……実は君、困った事になってしまった。まさか択《よ》りに選《よ》って試験の日に使うなんて、夢にも想っていなかったけれどあの万年筆のインキは……」

と隠しても置けないので、相手の顔を見ながら恐る恐る打ち明けた。

「すぐ消えてしまうと云えば、せっかく書いた僕の答案は、白紙になっている訳《わ》けだね」

見る見る裡に大野の表情は蒼白になった。

「いま変だと思ったが、僕は昨日此処《ここ》へ万年筆を置き忘れた覚えはない。君の企みにかかったんだ。前もって僕に渡してあったあの万年筆を使わせる為に、そっとこの万年筆を巧《うま》く君は自分の本の間に隠してしまったんだ。恐しい罠だ。君は自分が首席になりたい為に、苦手の数学で僕を陥《おと》そうとひどい計略を企てたんだ」

「違う。絶対にそんなやましい気持はなかった。偶然の暗合なんだ。すこし悪戯が過ぎた点は認めるが、僕が首席を狙ったなんてそりゃ恐しい誤解だ……」

必死になって栗林が弁解したが、大野は唇を紫色にしてじっと空間を睨《にら》みつけた儘、

「……あの万年筆を送りつけてからこの試験になる迄、君はすこしも僕に寄りつかなかった。変だと想っていたが、この陥穽《かんせい》への警戒と、自分の良心の呵責《かしゃく》からだったんだろう……何も知らぬ莫迦な俺はあの万年筆を貰って、心から君の友情に感謝していたのだ。それなのに貴様は俺の前途をめちゃにしてしまった。首席を譲るくらいは訳《わ》けないが、数学の答案を白紙で出してしまったんじゃ、俺は卒業できない。……落第して恥をかく位《くらい》なら、潔《いさぎ》よくもう学校をやめる」

噛みつくようにそれだけ一《ひ》と息に云い残すと、血相を変えたまま、ぷりっと階段を荒々しく駆け降りて行ってしまった。

快速発動機艇

仕方がない。明日登校したら教務課へ行って、大野の再試験が許されなかったら、一切の事情を述べた上で自分の答案の成績を回して貰って、己《おの》れの卒業を棒にふろうと決心した。

だがその翌日から大野は出席しなかった。

郷里へ帰ると云って、その日の裡に下宿を引払って飄然《ひょうぜん》と行方をくらましてしまったのである。

幸い学校では大野の秀才を惜しんで呉れて、事情を詳しく聴《き》いた上で再試験を許してくれたので、早速《さっそく》栗林は大野の郷里へ電報をうったが、彼は田舎へも戻っていなかった。何処《どこ》へ照会しても、杳《よう》として消息は判らなかった。

その結果、大野の代りに首席で卒業してしまった栗林は、心苦しく日夜彼の行方を探し求め続けた。それが五年ぶりでこの千島通いの薄汚ない船内で再会したのである。

「……どうかしたんですか?」

佐山が心配して栗林の顔を覗きこんだ。

「いや、なんでもないんだよ」

とは云ったものの、大野が顔を隠すようにしていて、此方と視線があった時険《けわ》しい表情をしてみせたのを憶い出すと、五年経《た》っても、まだ怒《いかり》がとけていないのかと憂鬱になってしまった。

釧路、根室と北海道を離れた船は国後島から択捉島、得撫島と北上してその床丹港へ入った。

蝦夷松の茂った丘を背にして船着場はあった。石ころの多い漁村のような、ひっそりした北国の小さな港である。

「この辺では見かけない船だと思っていましたが、あれはなかなか素晴らしい新型の快速艇ですね」

沖合から既に注意をしていたらしい佐山が、停船すると、港の風景よりその碇泊中のモーターボートを、指さして栗林に耳うちした。云われる迄もなく、眼についた瞬間から栗林自身も奇異に感じていたところだった。

「ありゃ、なんだね？」

早速、艀《はしけぶね》を漕《こ》いで荷役に来た土地の男に尋ねてみた。

「……島一番の御大尽《おだいじん》、江戸さんの持船《もちぶね》ですよ」

その髯《ひげ》のこい男はすぐ答えた。

「いくらお大尽と云ったってこの島一番では知れたもんだが……それにしては此《こ》れは凄い、これだけ大型のモーターボートはそんなに容易《たやす》く手に入るもんじゃない」

佐山が首を傾《かし》げてうめくように呟くと、

「そりゃ旦那、わしらと違って江戸さんは、食物が贅沢だて、樺太の豊原や、函館の方まで、いろんな物を買いに行かれるで、こういう速い艇《ふね》が要《い》るんでしょう。油さえうんと積んで行けば、九州から台湾まで行けるくらい、この快速艇は上物《じょうもの》だそうで……」

「そうだろう。あまり物は積めないが、これならば航続距離は相当だろう」

栗林も艀舟に乗移りながら感心して点頭いた。

「何時もは向うの艇庫に蔵ってあるんですが、今日は御覧の通り出しています。なんなら見てやって下さいまし」

まるで自分の持物のように得意そうに鼻をうごめかして、その荷役の男はぐいーっと棹をつッぱって、快速艇の方へ艀舟を持って行った。

「ほう……最新の航空機関のように、千馬力の発動機を二台もつけている。これなら速度も、毎時間百キロの余は出る」

乗移って操縦席に腰を落した栗林は唸《うな》るように云った。

「四気筒四衝程式のガソリン発動機ですな」

佐山も驚いたように眼を見張った。

計器板の油圧計をのぞいていた栗林は、

「この機動艇は昨夜か、今朝か戻って来たばかりだね……」と荷役の男を振返った。

「へえ——旦那がお帰りになったのは今朝でした。何時もは直ぐ蔵われるんですが、こうしてある処をみると、又何処《またどこ》かへお出掛けになるんでしょう」

「計器を調べると、今度も随分《ずいぶん》遠く迄《まで》行っているが、そんなに遠走りばかりする島一番のお大尽の旦那って、どんな人間だい？」

「二年程《ほど》前に此方へみえて地所を買占めて邸《やしき》をお建《たて》になられ、気に入ったから永住すると島の学校や役場も普請して下すった。なんでもアメリカ帰りのどえらい大金持だそうで……島では何か名誉職についで頂きたいとお願いした事もありますが、儂《わし》は世の中との交渉が嫌だからこんな淋《さび》しい所へ住む気になったのだからと、あまり他人と顔を合せられる事をお好みになりません。だから儂らは、青い帽子をみると、あれ旦那だと遠くからお辞儀をして、御遠慮申し上げています」

「……えっ」二人は思わず顔を見合せた。

表情のない男

『江戸輪斗《えどりんと》』と表札が出ている。俳句でもやっていられるのかも知れませんと、役場の者が云ったのはこの名前からかも知れぬ。佐山と栗林はそっと跫音《あしおと》を忍ばせて、邸の裏手に回った。

「吾々が三陸沿岸で日を潰している間に、青い帽子は快速機動艇で神戸から戻って来たんですねえ」

いまいましそうに佐山は低い声で囁《ささや》いた。

「……シーッ」

栗林は眼顔でそれを制した。植え込みの向うの窓に、ちらと人影がみえたからである。

「おや、家の中でも帽子をかぶっている……」

向うに悟られないように植え込みの垣根をくぐると、二人はぴったり屋守《やもり》のようにその窓の下に身体《からだ》をくっつけた。

「どうだ？　あの男に間違いないか……」

「神戸で見失ったあの男に相違ありません。あの仮面のように表情のない顔が何よりの証拠です」硬《こわ》ばったような声を出して、佐山は円《まる》い顔を歪《ゆが》めながら囁いた。

机に向って何か忙《いそが》しそうに調べているその江戸と名乗る男は、身のたけが六尺ぐらいはある大男らしかった。だが若いのか年寄りか、青い帽子に遮られて判らなかった。艶《つや》のない病的な黄色い顔には、佐山の云うように表情もなく、ただ薄暗い暗翳《あんえい》があるばかりだった。

「踏み込んで摑えてしまいましょう」

と佐山は、親の仇にでもめぐりあったように、すっかり逸《はや》りたった。

「待て、あの机の上のコルト拳銃が眼に入らないのか……」

此方は武器としてはナイフ一つ持っていない今の場合である。迂闊《うかつ》に飛込んだら反《かえ》って藪蛇《やぶへび》になる危険があった。

「それでは、私が此処で見張っていますから、その間に貴方は用意して来て下さい」

一刻も早く捕えてしまおうと、佐山は焦せって栗林をせかした。

「……一人で残っていて大丈夫かい？」

気になるので声を落して耳に口をつけると、佐山は、青年らしい溌剌《はつらつ》とした表情で元気よく、にこっと白い歯をみせて大きく点頭いてみせた。一分一秒を争う場合である。佐山だけを此処へ残して行くのは後髪をひかれる想いだったが、思いきって栗林は宝山丸へ引き返した。

しかし屈強な若者を船から四五人引連れて戻って来ると、江戸邸はどうした訳《わ》けか灯がすっかり消えて真っ暗だった。驚いた栗林は、あらん限りの声を搾って、

「……おーい、佐山君」と呼び回った。だが何処からも返事は聞えて来なかった。

最前の植込みの窓の処へ行って、懐中電灯で照してみると、窓がすこし開かれていた。思い切って中へ飛び込むと、スウィッチを探して電灯をつけた。

椅子が倒れ机の上から床まで一面に散《ちら》ばっていた。見つけられたのか、自分から飛込んで行ったのか、いずれかは判らぬが、佐山が江戸と名乗る青帽子と、もの凄い格闘をした事は、取り乱された室内の模様で知れた。

気になるのは、佐山の生死である。何処かに血塗《ちまみ》れになって倒れているのではあるまいかと、邸中《やしきじゆう》を手分けして、長椅子の下まで調べたが見当らなかった。

栗林は途方にくれて、まず散ばっている書類を調べてみた。しかし相手は用心深く目星《めぼ》しい物は一つも残していなかった。暖炉の中へ放り込んで焼き払ってしまったらしく、唯《ただ》黒い灰が山のようになっているだけだった。

「失敗《しま》った。やはり佐山一人を残して置くんじゃなかった……」

後悔したがもう後の祭だった。

がっかりして、倒れた椅子を直してそれに腰を下し乍ら頭を抱え込でいると、ふと壁際の床が微《かす》かに光っているのに気付いた。何だろうと近づいて屈《かが》み込んでみると、それは格闘の際に付けたのか引《ひっ》搔《か》いたような擦傷《すりきず》だった。だが仔細《しさい》にみるとその爪の跡は、どうやら数字のように見えた。何かの手掛りになるかも知れぬと、念を入れてよく透かしてみると、一七三五五と判読できた。

奇怪な数字である。これを印《しる》し残して行ったのは佐山に違いないが、何を意味するのか諒解《りようかい》に苦しんだ。その時である。

「……大変だ。知らぬ間にあの発動機艇は姿を消してしまった。ずっと警戒していたんだが、此方の騒ぎに気を取られて皆が上陸した隙に逃げられてしまった」

大声で呼びかけながら入って来た船員がいた。誰かと振返ると、意外にも大野だった。

「君だったか……」と思わず声をのむと、

「愚図ついていては、佐山君の命が危ない。さあ追跡しよう」

と近づくと、力強い声で云った。

「ええ、君がこの僕に手を貸して呉れるのか……」

流石に栗林は感極《かんきわま》って言葉尻を震わした。

「昔の事なんかどうでも好いじゃないか……もう一隻、江戸の持船だと云う小型の発動機艇が艇庫にあるんだ。二人乗りだから一緒に後を追いかけよう。いま宝山丸の船長が皆を指揮して、油や食糧を積んでいて呉れる処だ」

「佐山を失って一人で心細かった処だが、君が行って呉れるとなれば千百人の味方を得たようなものだ。だが大野君――」

「まだ君は五年前の事に拘泥《こうでい》しているんだね……僕があんな変な船の水夫に身をやつしているので、身を持ち崩したとでも君は心配しているらしいが、実はね、絶対に秘密なんだが、僕は某方面から此方へ派遣されているんだ。それでその使命を守る為、君が乗船して来ても、心苦しかったが努めて君を避けて、自分の正体が他に知れるのを防いでいたのだ。だが、こうなっては一刻の猶予もできない。互いに一命は祖国へ捧げた身体だ。佐山君を奪い返す事が青帽子、江戸の正体をつき止める事になるし、異変潮流の謎を摑む事になるんだ」

「そうか、じゃ五年前の僕の過失はもう許していて呉れるんだね」

「隠しインキの万年筆の一件か……若しあれで僕が自分の一生を棒にふっていたって、そんな個人間《こじんかん》の怨恨なんか云っていられる時代じゃない。吾々には敵も味方もない。みんな一つの日本人の魂をもって、この国難に殉ずる時なんだ。講習所は卒業できなかったが、最前云ったように僕は某方面の或《あ》る部へ入って、これでも既に高等官の肩書があるんだよ」

「そうか、そりゃ好かった。本当に肩の荷が降りたように吻っとした」

「冗談じゃない。吻っとするのは未《ま》だ早い。さあ直ぐ追跡にかかるんだ」

五年前の下宿屋の二階のような気軽さで、大野は栗林の肩に手をかけ、その肘《ひじ》をひっぱると一緒に戸外へ駆け出した。

ベーリング海

「……一七三五五って、爪先で佐山君が床に書き残して行ったと云うんだね。何故それを早く教えなかったんだ」

大野は叱りつけるような口吻で呟いた。

「だって、この数字の意味が判らなかったんだ」

「……二つに分けて考えてみろ、東経百七十三度、北緯五十五度、即ちアリューシャン列島のナへ諸島の辺りを指すんじゃないか」

「ああ、そうか。やっぱり君は首席で、俺は次席だよ」

云われると屈託のない調子で栗林は昔に還って頭を搔いてみせた。

「せっかく佐山君が行先を教えて呉れたのなら、こんなに泡を食って来なくても好かった……だが、向うは千馬力の発動機を二台もつけて最新型なのに、此方は旧式の鰹船《かつおぶね》みたいな代物だから、とても追跡は無理だろうと、やけに気を揉んで焦せっていたが——お庇げで吻っとしたよ」

冷却水と潤滑油の温度計を交互に見比べながら、大野は微笑《ほほえ》んで振返った。

磁針の応用で潮流の方向が判るようになっている、エクマン流速計のプロペラ回転数を測り終えた栗林は、

「……やっぱり異変潮流の源は、このベーリング海だったよ」

とすこし嬉しそうに点頭き乍らそれに答えた。

「君にしてみれば思う壺と云う処で得意だろうが、自分の意見と対立するのにも拘《かかわ》らず気持よく北航させて呉れた、成瀬主任の科学者らしい度量には大いに感謝すべきだよ」

「そりゃ判っている。僕は成瀬主任によって此方へ派遣されたのだと自分では考えている。だから若し成功したら、報告は成瀬主任の名前で提出する気でいるんだ。君に云われる迄もなく、いまの時代は個人の得失や利害の世の中じゃないからね」

「うん、それはそうとして江戸と云う怪人物の正体を、君はなんと見るね?」

速度調節桿《かん》を左の肘で押《おさ》えながら、栗林は話題を変える。

「月斗と云う俳人がいるので、輪斗と云う彼の名前をそれに連想させ俳句をやっていると云う者。人との交際を極端に嫌っていた点から、業病の患者だと云う者。……アメリカから戻って来た、移民成功者だと云う点は、島の者もその通り受け入れているが、それ以上はみな疑惑を持っていたらしい。中にはあの快速艇を利用して、オットセイの密猟をしているのではないかと、陰口をしていた者もあった」

「詰《つま》り謎の人物と云う事になるね。それに本名かどうかは判らんが、江戸《えど》輪斗《りんと》と云う名はエドワードって読めるぜ。戸籍の方はどうなっているね?」

「役場で聞いたら、まだ島には寄留もしていないんだ。だがエドワードと読めるか知らないが、彼は眼も髪も黒く、顔も黄黒くて決して外人ではないと云っていたよ」

「僕は彼を見ていないから何《な》んとも云えないが、そりゃ妙だね。まさか本当の日本人がそんな利敵行為をするとは、どうしても考えられんからね」

首を傾げながら操舵輪から片手を離して、煙草を咥《くわ》えた。

北太平洋の濃紺に染った海面である。得撫島の床丹を出てから今日で三日、カムチャッカ半島のトカ岬を目指して北上して来たのを、捨子古丹島と温禰古丹島との間をぬけて東へ針路を換えた処である。

交替で操縦席に座って、揮化器にガソリンを送れるだけ送って全速力を出しているのだが、なにしろ江戸の逃げた最新型とは違いこれは発動機だって二百馬力の代物で、速度も三十キロ位《ぐらい》の時速しか出なかった。だから追跡はしていても、三倍も早い江戸の艇はもう既に目的地に到着してしまったらしく、海上には全然跡形も見えなかった。

併し行先は幸い佐山のお庇げで判っていたので、青白い空と水平線のつながりに向って栗林と大野は元気よく突進して行った。四日目、五日目、千島列島を離れてからは、ただ紺青の海面しか見られぬ、荒漠とした太平洋の真中を駛《はし》った。だが七日目、八日目になると何分《なにぶん》狭い艇なので、交替していても充分休息をとれぬ関係もあって、気は張っていても流石に二人は、ぐったりしてしまった。それに真っ向から吹きつける北東の風に、小さな発動機艇は、ともすれば押し流され白い航跡を曳いたまま、凍りつくような海底へ葬られそうになった。

寒くて瞑《ねむ》られぬ儘に夜を明かした二人は、ベーリング海で九日目の朝やけを迎えた。今日こそはアリューシャン列島のナへ島をと、まだ白夜の明けきらぬ海面を透かし視《み》ながら二人は無言の裡に誓いあった。

白夜の島

「……島だ」

駆動桿に脚をかけたまま、操舵輪にぐったり凭《もた》れかかっていた栗林は、大野の声にはじかれたように顔をあげた。

「本当だ。島は近いぞ」

自分で云い聞かせるように叫ぶと、寒気弁加減桿を力一杯引張って、揮化器からガソリンをどんどん発動機に送り込んだ。二衝程式の発動機は、元気よくエンジンを唸らせた。

「おい、紫色にぼんやり見えて来たぞ」

大野に励されて速度調節桿を右肘で一杯にあけた。

緯度計を睨みながら、大野も殺気だったような血走った眼つきで、じっと前方を瞶《みつ》めていた。次第に白夜に包まれたベーリング海の孤島ナヘ島に船は近づいて行った。

樹木と云ってもあまりない、ツンドラ地帯の平たい島である。

「あっ、あの船だ、江戸の発動機艇だ……」

島陰の船影を目敏《めざと》く見つけると、思わず怒鳴《どな》りつけるように栗林は叫《さ》けんだ。

「うん、やっぱりこの島だったんだな」

にっこり大野は点頭くと、腰のポケットから拳銃をぬいて、安全装置を脱《はず》した。

「直ぐつけようか?」

焦せり気味に栗林が囁くと、

「待て、今の処《ところ》此方の船が小さいから向うには気づかれていないが、これ以上進んだら発見される惧《おそ》れがある。俺が一人で泳いで様子を見て来るから、それ迄はじっとしていて欲しい。だが二時間経っても戻って来なかったら、その時は構わないから島へ乗りつけて呉れ」

拳銃を頭の上に結びつけて、まるで丁髷《ちょんまげ》のような奇抜な恰好《かっこう》をした大野は、ざぶーんとばかり凍つく海面へ躍《おど》り込んで抜手《ぬきて》をきって泳いで行った。

自分も後から追い駆けて飛び込もうとしたが、そうすると船が流れてしまうので唇を噛みしめた儘、待機の姿勢をとった。だが一時間程《ほど》経つともう我慢が出来なくなって、面舵《おもかじ》をとって右に船を回すと、ぐるりと斜航して島の裏側へそっと上陸してみた。

足がずぶずぶと食いこみそうな、歩き難いツンドラ地帯である。丘の上の小さな家を目ざして、辺りを警戒しながら進んで行くと、突然ダーンとけたたましい銃声が木魂《こだま》した。

はっとして立ち止ると、その家の中から転がるようにして走り出て来た、二人の人影があった。栗林も我を忘れてその方へ駆け出して行った。

近づいて行くと、意外にも追われている方が大野だった。

青帽子の男は、突然姿を現した栗林にぎょっとしたらしく、二三発威嚇《いかく》射撃をするとその儘、踵《きびす》を返してもと来た道を戻って逃げてしまった。

「どうしたい？」

続けさまに嚏《くしゃみ》をしている大野に自分の外套《がいとう》を掛けてやりながら、気つけのブランデーを飲ませてやると、

「……裸で海の中へ飛び込むなんて、すこし無茶をしすぎたよ。ようやく浜まで泳ぎついたが、もう身体中が氷のようになって凍死の一歩前迄《まで》行ってしまった。辛《かろう》じてあの家まで辿《たど》りつくと、もう無我

夢中でストーブを探して、片っ端から燃やして身体を温めていたんだ。すると、突然隣りの部屋から、江戸が拳銃を持ってぬーっと背後から回って来たんだ」

「で、泡を食って逃げ出して来たんだね」

「うん、面目ないが、すこし温ってなあ、うとうと睡《ねむ》くなって来て、丁度《ちょうど》好い心持になった処だ。尻に火がついたように吃驚《びっく》りして、失敬して着ていた江戸の服をひっかけた儘、椅子を振回して辛じて虎口を脱して来たんだ」

「じゃ佐山の様子も、まだ調べてないんだね」

「なにしろ、自分の持って行った拳銃さえ忘れて、追い駆け回されて来たんだ。勘弁して呉れ……」

体裁が悪そうに大野はあっさり兜《かぶと》を脱いだ。

ベーリング海へ裸で飛込んだ元気な男も、すっかり意気消沈の態《てい》である。

「仕様がない。二人で捕えてしまおう」

栗林は彼を元気づけると、丘の上を目がけて、ともすれば転びそうなツンドラの荒野を走った。

家の前まで来ると、勝手知った大野が先に飛込んだ。併しその時、入れ違いに丘を下って浜の方へ走って行く人影があった。素早くそれに気づいた栗林は、その儘《まま》家には入らず一人で後を追い駆けた。

だがその怪しい人影は快速機動艇に飛乗ると、西北西に針路をとって白い水脈《みお》を硝子のように切って、蓴《まつしぐ》らに駛り去った。

栗林が地団駄《じだんだ》を踏んで口惜しそうにそれを見送っていると、

「おーい、佐山君を見つけたぞ」と大野が丘の上から呼びかけてきた。

幻の顔

ぐるぐる巻きに縛られた儘、床の下から救い出されて横になっていた佐山は、栗林の顔を見ると、

「大変です……メドノイ島へ直ぐ駆けつけて下さい」と悲壮な声で訴えた。

「そうか、今逃げだした江戸はその島へ行ったのか——」

一《ひ》と足違いで取り逃がしてしまった栗林は、無念そうに歯がみをして佐山の縄をといてやった。

大野はその暇に衣裳棚《いしようだな》をかき回して、曳《ひき》ずるような外套を二枚も重ねて戻って来た。

「栗林さん、あの江戸と云う男こそ異変潮流の犯人です。此処も彼の足場ですが、本当の根拠地は、彼の部下達は、このアリューシャンとカムチャッカの中間にある、ベーリング島の傍《そば》のメドノイ島に在るんです。彼処《あそこ》さえ衝《つ》けば、すべての謎はとけるのです」

よろめくように立ち上ると、佐山は喘ぐように説明した。

「此処が今迄《いままで》彼の足場だとすると、何か手掛りになるような物が、残っているんじゃないだろうか?」と大野が腕組すると、

「いや、あの江戸が此処へ戻って来た理由、……あの時、私が窓の下に隠れているのを見つけて、不意に首を締めて縛り上げたものの、顔を見ると神戸で尾行して来た私なのでびっくりして早速《さつそく》床丹を

引揚げ、非常に危険が迫っているのに感づいたので、自分の身の安全を計る為にこのナヘ島へ尻っぽを摑れぬよう、整理をする為に立寄ったのです。貴方達が来て呉れるのがもう一日遅れたら、私は江戸の為に殺されている処でした。なにしろ昨夜から床下に放り込れて凍死しかけていたんです」

「非道《ひど》い奴だ。いくら彼の部下がいるか知らんが、構わんから三人で押し掛けよう」

憤《おこ》ったように大野は、どんどん火を燃やしながら空間を睨みつけた。

（日本近海から魚類が減って行く）と奇怪な流言を撒いた謎の男、青い帽子の江戸輪斗のあの無表情な死人のような冷酷な顔を、栗林も幻のように瞼《まぶた》に蘇《よみ》がえらせると、じっと睨みつけた。そして佐山が元気回復するのを待って、揃って丘を下って機動艇に戻った。

吹きさらしの寒風に鼻の頭まで赤くして、その翌日の夜中に目的のメドノイ島についた。島の灯がまるで蛍光灯のようにぼんやり視えた。しっとりと夜霧に包まれた島の波止場にぴったり船を横づけにした二人は、足音さえも忍ばせるようにして上陸した。

「……シーッ、人が来る――」

先登《せんとう》の佐山が手をあげたので、二人は急いで石垣の陰に隠れた。こつこつと靴の音がした。話声《はなしごえ》が洩れて来た。

「――エドワード……」と云う声がする。

はっとしたように栗林と大野は顔を見合せた。併し近づいて来た二人は、どちらも六尺豊かな大男で江戸に背丈《せたけ》は似ていたが、霧の中で透かしてみた顔は、似ても似つかぬ金髪紅髪の外人だった。

（違う。人違いだ。）と落胆して二人がまた顔を見合せた時、霧の中で見誤ったのか、「おのれ……」とばかり石垣の上から佐山が飛びついてしまった。

「……よせ。違うじゃないか」

驚いて栗林が声をかけると、

「此奴です、エドワードが江戸輪斗です。姿は変っていますが、声に聞き覚えがあります」

佐山はその外人の肩に抱きついた恰好で羽交締《はがいじ》めにしていた。連れの男は狼狽して腰から拳銃をぬいたが、素早く大野がその手許《てもと》に躍り込んで叩き落してしまった。

もうこうなっては訳《わ》けは判らぬが、入り乱れての乱闘である。敵《かな》わぬと見てとったか、拳銃をとられた連れの男は夜霧に紛《まぎ》れて逃げてしまったが、佐山に首を締められたエドワードと呼ぶ外人は、死者狂《しにものぐる》いになって暴れた甲斐もなく、栗林と大野の為に手足を縛られてしまった。

「おいエドワード、お前は日本語が達者なんだから、正直に白状するんだぞ」

嚙みつかれた腕を手巾《ハンカチ》で縛りながら、佐山は屈み込んで、血のように赤い髪毛の乱れた、不敵な男の顔を睨みつけた。だがエドワードは唇を一文字に引締めたまま、啞のように黙りこくっていた。

仕方がないので栗林と大野は、左右から手分けして身の回りを探り初めた。すると外套のポケットから、異様な物が現れた。まるめられた薄手のソフト帽だった。

「あっ、青い帽子だ――」

思わず息をのみ込んで、その帽子を拡げると、内側にベェールのような薄いゴムがついていた。嫌がるエドワードにその帽子を冠《かぶ》せてゴムを引張ると、すっぽり顔と頭の背后《うしろ》が隠さった。しっとりした北海の夜霧の中に浮び上ったのは、あの表情のない死人のような江戸輪斗の幻の顔だった。

「精巧なゴムの仮面だ。眼の処には黒いセルロイドの膜まで入っている。よく化けたもんだ」

思わず声を詰まらせて三人は唸った。

だがその時、黄黒いゴムの仮面の唇から、赤黒い蚯蚓《みみず》のような物が、たらたらとのたうち初めた。

「あっ血だ……」

驚いて抱え起した時はもう遅かった。その仮面を捲《ま》くってみると、エドワードは総てを観念したらしく、見事に舌を嚙みきって自決していた。せっかく犯人を捕えたと喜んだのもほんの束の間の糠《ぬか》喜びだった。日本人に化け、日本での生活を続けている裡に、日本人らしい潔さを知らぬ間に感得したエドワードは、江戸輪斗の仮面をした儘、異変潮流の謎を秘めたまま、固く唇を閉じて覚悟の最期を遂げてしまったのである。

三人が思わず粛《しゅく》として襟《えり》を正した時、バガーンと物凄い轟音がして火の手がさーっと昇った。

紅蓮の花片

「……爆発だ」

ほんのり桃色に染った夜霧の空を仰ぎながら、三人はその現場に駆けつけた。やはり海に面した島の小高い斜丘の上だった。

近寄れない程の猛烈な火の手で、三棟の建物が盛んに炎上している処だった。紅蓮《ぐれん》の炎にまかれて、海までが燃えているように真っ赤だった。

エドワードの部下が襲って来るものと、三人は拳銃を構えて近づいたが、誰も炎の中から飛び出しては来なかった。初め十人余りの人間が塊《かたま》っていたが、三人の姿を見かけるといち早く何処かへ散ってしまっていた。

なんとかして火の手を消そうと想ったが、三人の力ではなんともならなかった。一棟ずつ建物は炎に崩されて、焼け落ちて行った。

「どうして自分達の手で火をつけ、爆発させて逃げたのだろう?」

不審そうに大野が呟いた時、

「危ない……」と止める佐山の手を振り切って、栗林が炎の中に飛び込んで行った。

「そうだ。此処が焼け落ちてしまってからでは、異変潮流の謎は永遠に解けなくなる」

大野も二枚の外套を頭からかぶると、火の子を浴びながらその後を追った。

息苦しく黒煙が渦をまいている。その煙に巻きこまれまいと、栗林と大野は逼《は》って進んで行った。

工場のように水力発電の大きなタービン機関があった。鋼鉄の機械類が真っ赤に焼爛《やけただ》れているのは、それは凄惨な眺めだった。炎は宙を回ってお花畑のように、紅蓮の花片をまき散らし続けている。ようやく奥まった事務室迄《まで》辿りつくと、其処には爆薬のスウィッチを押したまま倒れている、覚悟の最期をとげた屍体《したい》があった。

「これは、最前エドワードと一緒にいた金髪の男だ。さてはこの男が急をみてとって他の者を逃して、爆発させたのだな……」

栗林はぷすぷす燃えているその上衣から、手帖と鍵を探し出すと、爆風をうけて半ば壊れている金庫の処へにじり寄った。そして手帖を調べながらダイヤルを回した。併しその鉄の扉がようやく開いて、中の抽斗《ひきだし》に鍵を当《あて》がった時、事務所の棟木《むなぎ》が真っ赤な火炎の塊《かたまり》になって、上から落下して来た。

「……危ない」

大野は自分の身を投げ出すようにして、両手で栗林の腰を引張った。間一髪の所だった。髪毛とオーバーの肩をすこし焼いただけで、栗林はすーっと曳きずり戻された。後頭部を撲《う》っていたのでぐったりしていたが、それでも把手《とって》を離していなかったので、炎の中から抽斗は助かっていた。併し火はすでに二重にも三重にも周囲を取り巻いていて、腹這《はらば》っていても窒息しそうに黒煙がむれていた。

自分が黒焦《くろこげ》になっても、この抽斗と手帖は残して異変潮流の謎を解こうと、烈《はげ》しく咳こみながら、よろめくように身体を起すと、栗林は胸を拡げて、それを庇《かば》うように俯伏《うつぶ》さった。火炎はますます猛りたって来た。

親潮の秘密

小さな発動機艇に窮屈そうに乗込んだ三人は、やがてわが本土へと一路南下の途《みち》についていた。

「佐山君が助け出して呉れなかったら、栗林ばかりでなく俺もすんでの処で黒焼になっていた処だ。君は吾々の命の恩人だよ」

操舵輪を押えたまま大野が振返って微笑んだ。

「いや水をかぶって遅れて飛んだ時は無我夢中でした。……処で栗林さん、貴方が命がけで手に入れたあの抽斗の書類と手帖の調べはもうついたでしょう。早く異変潮流の謎を明かして下さい」

せかされると、繃帯《ほうたい》でぐるぐる巻きにした頭を軽く振りながら、

「……現在の戦争は総力戦だ、前線よりも銃後への謀略戦なんだ。さて伊太利《イタリア》人も食うが、なんと云っても日本人が世界一の魚食国民だ。明治になる迄は四つ足は全然食わなかった吾々だ、それに目をつけて食糧封鎖と人心動揺を一石二鳥で狙ったのが、エドワードを数年前から吾国へ派遣していた敵の謀略本部なんだ――黒潮流域の鮪鰹《まぐろかつお》にしろ親潮流域の鮭鰊《さけにしん》にしろ、魚と云うものは弱肉強食で大きな魚は小魚を餌とし、その小魚や幼魚は動物プランクトンで生きている。さてその動物プランクトンは殆《ほと》んど親潮によって北から流されて来て、あの三陸沿岸の極前線で黒潮の下に底流として入り、日本近海の魚を養っているのだ。云わば魚の餌の集散地みたいなものだ……其処で動物プランクトン

は一体何を餌にしているのかと云えば、これは植物プランクトンだ。その植物プランクトンはと云えば海中の栄養塩類、即ち硝酸塩、燐酸塩、珪酸塩だ。もう異変の謎は解けたでしょう？」

栗林は微笑んだが、佐山は首をふった。

「――親潮寒流で運れて来る魚の餌、動物プランクトンを絶滅させる為に、その植物プランクトンの発生区域である親潮の源、ベーリング海、オホーツク海の栄養塩、即ち、中性塩になっている硝酸、燐酸、珪酸に強烈な酸を加えるか、苛性曹達《かせいソーダ》のようなアルカリで作用させる。こうして化学変化を起させそれで栄養塩の絶滅を試みていたのです。……試験管の中では容易《たやす》く実験できても、何分《なにぶん》相手が広大な海面です、書類をみると数千万の金をかけていますが、極前線と極流迄《まで》の海面の表層流には一時的の効果はあっても、その下の亜寒帯中層流、深層流、極底層流の作用で思わしく行かなかったので、エドワードは青い帽子で変装して、焦せり気味になって神戸や東京迄《まで》流言を撒きに行ったのです。それが一年を通じて一番魚の少い季節だったので、幾分《いくぶん》人心を動揺させる効果はあったのです」

「又《また》その為に吾々に怪しまれた訳ですが、それではこの異変潮流は敵の失敗だったんですね？」眼を円くして佐山が聞き返した。

「エドワード一味の大規模な中和作用の工作で、ベーリング海の一部分の表層では成功したらしいが、親潮寒流に迄は影響しなかった。死滅したプランクトンがどんどん流れて来て吾々を驚かせたのは、そのベーリング海でやられたのが吹送流《すいそうりゅう》の関係で唯《ただ》単に漂って来たのに過ぎないのだ。だから親潮の源をつきとめると云った僕の意見に対して、三陸沖合の極前線のプランクトンの調査だけをやれば好いと云った、成瀬主任の方にこの軍配はあがるわけだ」

「いや主任さんも、この異変が一時的な偶発的なものだとは、感じていられたかも知れませんが、成功はしなかったにしろ敗戦に喘ぐ敵が、こんな大掛りな謀略を企てていたとは、夢にも思っていられなかったでしょう……処で、どうしてエドワード一味はあんなに脆《もろ》く火をつけたり、自殺をしてしまったのです？」

「それは君、秘密裡《ひみつり》に借りてはいたらしいが、あの島は吾国とは中立条約の結んである国の領土なので、もし証拠を握られたら国際問題になるから、それを惧れて潔よく自滅したのさ。勿論《もちろん》、押しかけたのが吾々三人きりだとは思わなかったろうがね」

語り終えると栗林は、旧友大野の肩に手をかけながら、感心したようにしきりに点頭いている佐山の円い顔に、にこにこ笑いかけた。

外国小包

書誌

初出は『新青年』第二十四巻第一号（博文館、一九四三〔昭和十八〕年一月）。後に『異変潮流』（大東亜出版社〔満洲〕、一九四三〔康徳十〕年）に収録。

底本・校訂

初出を底本にして、『異変潮流』に収録された本文を参照した。振り仮名は総ルビである底本に準拠した上で、適宜追加、削除した。

舞台解説

東京

明治維新以降、日本の首都として発展。当初は鉄道馬車が主要交通機関であったが、電車がそれに代わり街と街をつないでいった。本作が発表された一九四三〔昭和十八〕年頃は戦中とはいえまだ平穏であったが、翌年からアメリカの空爆を受けるようになる。

サイゴン

ベトナム南部の都市で、現在はホーチミン。フランスの植民地時代に発展。一九四一〔昭和十六〕年の日本による南部仏印進駐の結果、親独派のヴィシー政権に統治されながらも日本軍が駐留することになった。

通信警察

川島監察官は三日ぶりに出勤した。

従来は監察官という職務はただ管内の一二三等郵便局の、為替、保険、年金、郵便の事務監理だけだったが、開戦以来『通信警察』という新機構ができて、外国郵便課をも受持つことになったので、定員も増えたが仕事も忙《いそが》しくなった。

水曜日の午後、どうしても我慢ができぬくらい悪寒がして、仕方なく早退して帰ったものの、新任匆々《そうそう》で仕事の方が気になってしょうがないので、まだ風邪は直りきっていないが今日は出勤したのである。

「大丈夫ですか、無理しちゃ不可《いけ》ませんよ」

小包《こづつみ》課の主任が、まだ顔色の悪い川島を劬《いたわ》るように云った。

「いや、水曜の日、とても苦しかったもんだから、ついうっかりして検閲未済のこの小包を一個、被《ひ》服函《ふくばこ》の中へ事務服といっしょに蔵《しま》い忘れて帰ってしまったんでね」

取り出して来た西貢《サイゴン》行《ゆき》の木箱をみせた。

「内地の小包じゃそんな事をされたらどうもならんが、仏印行《ゆき》じゃまだ船に十日ばかりも間があります」

「そりゃ知っていたが、やはり責任感に捉《とら》われてね……よっぽど電話でもかけて頼もうと思ったが、なにしろまだひとり者だからね」

川島は頭を掻《か》いてみせながら、その木箱を調べてみた。差出人は愛知県中島郡祖父江町の中京農園、内容は種卵《たねたまご》見本としてあった。世界的にその名を謳《うた》われている名古屋コーチンの卵である。

なんの変哲もない小包だが、外国向けの差出物《さしだしぶつ》なので職責上、一応蓋《ふた》を開けて調べることにした。籾殻《もみがら》の中には六個の滑《なめ》らかな卵が二側《ふたかわ》に行儀よく並んでいた。いつもなら木箱の内側を調べて、異常なしで回すところだが今日はなんだか未練がでて、取り出した卵をすぐには蔵いかねていた。

と云うのは、三日間風邪でふうふう云って寝ている間、熱い卵粥《たまごがゆ》が一口で好いから食べたいと、夢にまでみていたからである。

「どうしたね？　変な点でもあるのかね……」

隣席のおなじ監察官の矢場が先輩らしく尋ねかけた。

さもしいように思われるのも嫌だから、故意《わざ》と鹿爪《しかつめ》らしい顔をして、それにうんと頷《うなず》いた。しかしそう云ってしまったからには、すぐに蔵い込むわけにも行かなくなったので、川島はすこし勿体《もったい》ぶって卵を一つずつ摘《つま》み出しては、掌《てのひら》の上にのせてみた。

監察官たちの『通信警察』というのは、あまり世間には知られていないが外国向けの郵便物や小包をいっさい押《おさ》えている関係上、憲兵隊と密接な連絡があって、諜報事件の端緒がここであげられ摘発される場合も多いわけである。だから先輩の矢場が、胡乱《うろん》くさそうに木箱を横眼で眺めているのだが、途方にくれたのは川島である。

仕方がないので摘みあげた卵に握り拳《こぶし》を当てがって、卵屋がやるように片眼を瞑《つぶ》って透《す》かしてみた。別に卵の良否を、いくら監察官とはいえ、鑑別する必要はなかったのであるが、この場の成行上《なりゆきじょう》そうしてしまったのである。

六個の鶏卵のうち前後に詰めてあった四個は、拳固《げんこ》の細い隙間をとおしてほのかに明るく黄味が視《み》えたが、問題は残りの二個である。いくらためつ透《すか》して覗いても、なんにも視えないのである。眼を変えて見てもやはりおなじである。すっかり焦《あせ》り気味になってしまったが、半日休んだあとなので仕事は山のように机上に溜《たま》っている。いつまでも卵と睨《にら》めっこも出来ないので、川島はひと先《ま》ず箱に戻して棚の上にあげて他の仕事の方にとりかかった。

しかしどうしても気掛《きがか》りで、午後になってもいらいらしていた。三日間置いてあったのは、どうせ船にはまだ十日の余裕があることだから、その点は構わないが、もしあの二個が腐敗していたとなると、これは自分の責任のような気がして困る、と川島は考え込んでしまった。はじめから木箱で密封されていたものだから、別に衣服函《いふくばこ》の中で蒸されたわけでもあるまいが、何分《なにぶん》置忘れて帰ったと云うのは自分の失態なので、妙に気が咎《とが》めてならなかった。

「まだ調べがつかんのか？　それなら持って帰ってよく研究してみろよ。俺たち監察官は防諜の第一線に立って祖国防衛を双肩に担《にな》っているんだ。……まだ身体《からだ》がえらいかも知れんが自分の時間もお国に捧げろ」

何も知らぬ矢場は、卵の箱をまた下して考え込んでいる新任の川島に、激励するような口調で囁《ささや》いた。

名古屋コーチン

新聞紙に包んだ卵の箱を、大切そうに抱えて省線に乗ると、ばったり井口に逢った。中学校の博物教師をしている男である。

「大切《だいじ》そうになんだい？　弁当箱にしちゃ大きいが……」と遠慮なく大声で話しかける彼に、

「変なことを聞くようだが、卵を透してみて何も視えなかったら、腐っているのかい？」

声を秘《ひそ》めて尋ねてみた。すると、

「――割ってみればすぐ判るじゃないか」

ひとの気も知らないで、井口はいとも簡単に答えた。

「そう出来れば別に苦労はせんよ……」と仕方がないから、抱えている卵の一部始終を話した。

「そうかい、そりゃ困るね。まあその二個は完全に駄目だとみるべきだが……」

「やっぱり駄目かね」

抱えている箱を恨めしそうに見下《みおろ》して、川島は元気のない声で呟《つぶや》いた。

「君は昔から妙に義理固過ぎるよ。そんな詰らぬことに責任を感じたって仕様がないじゃないか。病気で君が欠勤したことは根元的には何も関係がないじゃないか。三日早く蓋を開けたら卵はみな活きていたかも知れない。だが今日になったら二個はなかで駄目になっていたのさ。船に積まれる日迄《ひまで》にはあと二三個がやられるかも知れん……そんなことを一々《いちいち》気にする奴があるもんか、そのまま送ってしまえよ」

「そうは不可《いか》んよ。第一はじめから腐っている卵を、わざわざ仏印まで戦時下の貴重な船腹で運ぶなんて、罰当《ばちあた》りの話だ。そんな無駄をするくらいなら、まだ十日の猶予があるから差出人に通知して、別な小包を送らせるよ」

「そうも行かんだろう……まあ俺に任せろ」

井口は大塚で省線を降りると、まるで引張りこむようにして川島を自分の家へ連れ込んだ。

「実は学校の園芸部で近頃鶏《にわとり》を飼っているんだ。なかば博物の教材用だから正真正銘の名古屋コーチンだ。これがその卵だが、有精卵だ。これなら種卵になるだろう……時節柄惜《お》しいけれど旧友のためには換えられん。それに実はな、明日俺は点呼だから、夜行で帰省するんだ。田舎へ行きゃいくらでもある」

並べられた三個の鶏卵をみると、吻《ほ》っとしたように川島は、はじめてにっこり微笑《ほほえ》んだ。一個余分だから待望の卵粥ができるという喜びもあった。

「無茶にひとを引張って来たが、さすがは博物の先生だ。卵は専門だな」

「変な賞《ほ》め方はするなよ……さあ早く詰め換えろ。ころがしておくと躓《つまず》いて割ってしまうぞ」

それに笑って答えながら井口は、手を延ばして箱をとると新聞紙を拡げた。ちょっと首を傾《かし》げていたが、蓋をとって中の卵を全部取り出して籾殻を指先でならしていたが、どうしたわけか、ううんと妙な唸《うな》り方をした。そして、箱を裏返しにして、

「差出人は……愛知県中島郡祖父江町字三丸淵、中京農園か――ゴム印が捺《お》してあるところをみると間違いはないかも知れないが、君はすぐ戻ってこの農園が実在のものかどうか、照会電報をうて。もし事実あるのなら外国郵便の小包を出したかどうか、適当な口実をつけてすぐ調べるよう付け加えておけ」

藪《やぶ》から棒に何を云い出したのかと、川島が呆気《あっけ》にとられていると、

「……俺は明日点呼だがまた夜行で戻って来るから、明後日《あさって》は授業に出る。だから明日一杯にその照会の回答をとるようにして、済まないが学校の方へ回しておいて呉《く》れ――汽車のなかでは、どうせよく寝られもしないだろうから、とっくり考えてみるつもりだ。かえってこれは好都合な話だ」

一人で怒ったような笑ったような顔をしている。さっぱり見当がつかぬが、どうも井口は真剣らし

いので、卵の箱は気になったがそのままにして、大塚から逆戻りして局へまたいったん帰った。そして郵便課の区画便覧の愛知の部を借り出して、受持局を調べると祖父江局だった。

井口に云われたとおりの文面で、照会電報をウナ電でその局へうつと残して来た余分の卵をすこし恨めしそうに憶《おも》い出しながら、嚔《くしゃみ》をしつつ空腹を抱えて、川島はオーバーの襟《えり》を立てて駒込の自分の下宿へ戻って来た。

その翌日、身体《からだ》がだるいのでせっかくの日曜を、薬をのみながら寝ていると、午後になって、昨夜照会した返電が、頼んでおいたとおり局から回送されて来た。

向うの局からの回答によると、中京農園と云うのは実在するが、仏印宛の小包を発送した覚えはないし、それに鶏は飼っているが名古屋コーチン種ではなくて、白色レグホン系だと云うことである。

これには寝ていられなくなって、川島は周章《あわて》て起きるとその電報を学校気付で井口にすぐ回送した。

博物教師

それは実になんとも云えぬ一日だった。肝腎《かんじん》な井口が東京にいないので聞きようもないのだが、高《たか》が卵二個の腐敗から、こうした複雑な裏面が現れたのには、すっかり頭を悩ました。早く夜が明けたらよいと、何度も床に入ってから身体を起して、電気をつけて時計を睨んだ。

だから朝になって出勤して、間もなく井口から電話が掛って来たときは、吻《ほ》っと吐息をもらして思わず嬉しくなってしまった。

「……そんなに俺の話が急いで聞きたいのなら、例の卵の箱も今朝いっしょに学校へ持って来ているんだから、すぐ出かけて来いよ」

と云う電話だった。

「やけに泡くってるね、あの鶏卵事件か？　図星だろう……しっかり頼むよ」

笑いかける矢場にあとの仕事の方を任せて、取るものも取りあえずといった恰好《かっこう》で、帽子もかむらず井口の奉職している中野の中学校へ駆けつけた。

「……何から話そうか？」

夜行を続けた疲れも見せず血色のよい顔から、煙草の輪をふいた。

「まず君が、あの小包を見て怪しいと気づいた点から説明して呉れ。――参考になる」

「いくら新米とは云え心細いなあ……省線の中で君の話を聴《き》きながら最初に抱いた疑問は、いまは別にそんなにものの腐る時節じゃない。それなのに仏印まで送る粒選りの卵の中に、二個もそう云うのがあるのは変だと想った。それも差出人は素人でない。れっきとした商売人だ。いくら粗忽者《そこつもの》だって、半打《はんダース》の種卵の見本の中へ痛みかかっているものを混ぜるって法はない」

「うん、成程《なるほど》ね……してこの箱を見たときは？」

「差出人は祖父江なのに、そのスタンプは守山じゃないか。おなじ愛知県には違いないが、ぜんぜん東西にかけ離れすぎている。東京で云えば八王子か浅川の人間が江戸川か葛飾の局で出したようなものだ。手紙ならついでに出すとか、ポケットへ入れ忘れて用事先で投函するということもあるが、小包ははじめから局へ持って行くものだし、出し忘れて用事先まで持って行くということはまあ無いね。ましてや中身は卵でこれだけ大きな木箱だ」

「そうか、して三番目の疑問は？」

と川島がせき込んで聞くと、箱の籾殻の中から井口は丸い粒を拾い出してみせた。鼻先につきつけられてみると、それは納豆だった。

「君は関西の方を知らんらしいが、向うでは甘納豆は食うが、この飯の菜《さい》にする納豆は愛知県なんかじゃ見たくたって見られないよ……つまり差出は愛知に間違いないが、この荷造りは、すなわち中身を詰めたのは東京だなとぴんと来たのさ。それにこの木蓋の臭《にお》いを嗅いでみたまえ、微《かす》かに油の臭《におい》がするだろう。油紙《あぶらがみ》に数日包まれていた証拠だ。新しい木箱が油紙をかぶっていたというのは、この箱が既に小包として一度送られたことを意味する」

「それで君は、いきなりあんな照会電報を、自信あり気にうたせたんだね……さて怪しいことはそれで十分判ったが、どうして変哲もない卵を……」

と川島が云いかけたときである。けたたましく始業のベルが鳴った。

「この二時間目から、一年のＡＤ組に二年のＢ組と三時間ぶっ続けで授業がある。話のつづきは放課後だよ」

井口はチョーク箱と竹の鞭を本の上に揃えて、そそくさと出て行ってしまった。標本室に取り残された川島は、せっかくのところで張合い抜けがしてしまって、腰掛を横に並べてひっくり返った。遠くから聞える揃えてリーダーを読む声を耳にしていると、中学生に戻ったようなのんびりした気持になった。そして昨夜の寝不足のせいもあったが、ついうとうと知らぬ間に好い気持になって眠ってしまった。

青い鶏卵

起された時はとうに昼すぎていた。井口が帰って来て話を半分聞かされて安心したせいもあるが、よく寝てしまったものである。

続けさまに欠伸《あくび》を三つばかりしている鼻先へ、二枚の罫紙《けいし》をつきつけて、

「危いところだったよ。この動員状態の調査が、西貢《サイゴン》から太平洋のニューカレドニヤ経由で敵国へ渡るところだったんだ……」

まるで叱《しか》りつけるような調子で云った。

「ええ、それはどこから現れたんだ?」

すこし呆気にとられて川島は茫然とした。

「……あの卵の中からだ」

「そんな莫迦《ばか》な……あの腐った卵から?」

半信半疑で井口の顔とその紙を見比べると、

「あの二つの卵は腐っちゃいないよ」

すこしつんとしたような顔で嘯《うそぶ》いた。

「おい、いくら午睡《ひるね》していたからって、そんなに邪険に扱うな、頼むから……」

と、当惑して川島が片手で拝《おが》む真似をすると、

「――仕方がない、ほら、これを見てみろ」

青黒い卵をそっと二個、台の上に並べた。

よく見ると、その青黒くみえたのは、ぎっしり書き込まれた符号と数字だった。

「こりゃ殻《から》をむいた茹卵《ゆでたまご》じゃないか……なんで書いた？　ペンじゃないな」と首を傾げると、

「しっかりしろよ。二つの卵は腐っていたんじゃなくて、こう云う風に茹《ゆで》てあったんだ……」

歯がゆそうに井口は云うのだが、川島にはなんのことだか、てんで見当がつかなかった。

「仕方がない、じゃよく見ていろ」

剝製《はくせい》の鳥類の並んでいる標本棚の下の薬品箱から、明礬《みようばん》と札のはってある瓶を取り出した。それをフラスコに入れると今度は砂糖を茶匙に一杯加えた。黙って見ていると、小使室あたりで薬缶《やかん》に入れて来たらしい、まだ湯気の立っている茹卵を二つ取り出した。一つを渡して呉れたので、昼飯代りに食べはじめると、後の一つを井口はフラスコに放り込んだ。そして、かぶさるまで傍《そば》の蒸溜水を注ぎ込んだ。

「味をつけるのかい？　冷《さま》すのかい？　勿体ないからあんまり弄《いじ》るなよ。食えなくなるぞ」

と注意しても井口は馬耳東風だった。そして机の抽斗《ひきだし》をかき回して新しいペン先を探して来ると、ピンセットでその卵を押えながら、何か字を書くような真似をした。どうも担《かつが》れているような気がしてならないので、ぼんやり眺めていると、今度はそのフラスコを、卵を入れたまま西陽《にしび》のかんかん射す窓のところへ持って行った。

「……もういいだろう」三分程《ほど》たつとはじめて博物教師は沈黙を破った。そして、

「卵をとり出して、そっと殻をむいて食べてみろ」とまるで生徒に向うように命令した。

しかし茹卵は殻をむくと、食べるどころの騒ぎではなかった。『新米監察官』と、滑らかな白身の上に、青黒い角ばった文字が浮いていた。

「手品の種明しみたいに簡単な化学実験だろう……だがこれに気づく迄《まで》には随分苦労したよ。はじめ君を帰してから、卵の殻に細い暗号でも印《しる》してあるのではないかと、汽車の出るぎりぎり迄、拡大鏡や顕微鏡で調べ、それが無駄だと判かると、知合《しりあい》の医者のところへ駆けつけて、X光線までかけてみたんだ……帰りの汽車の中で、白身の蛋白質《たんぱくしつ》の成分を明礬に結びつけて考えついたときは、実に嬉しかったね」

「そうか、こりゃ凄い秘密通信法だね」

「――君の名前を寝ている間に借りて守山の局へ照会したから、田舎のことだし、ものが外国小包だから、持参した人間はすぐ判るだろう。そうすれば東京に潜んでいる本当の差出人も簡単に捕えられ

る。受取人の西貢《サイゴン》の方は現地の憲兵隊に活動して頂くんだ……だが友情とは云えちょっと骨を折ったね。ところで田舎から君の土産《みやげ》に地卵の好いのをうんと持って来た。帰りに寄れよ」

「――卵か、うん、もう沢山だ」

川島は青い三つの卵を瞶《みつ》めたまま首をふって、ふーっと吐息をついてべったり椅子に腰を降ろした。

沙漠の掟

書誌

初出は『ユーモアクラブ』第七巻第一号（春陽堂文庫出版、一九四三〔昭和十八〕年一月）。初出の角書きは「国際間諜秘譚」。後に『異変潮流』（大東亜出版社〔満洲〕、一九四三〔康徳十〕年）に収録。

底本・校訂

『異変潮流』に収録された本文を底本にして、初出を参照した。振り仮名はパラルビである底本に準拠した上で、総ルビである初出のルビを参考にして、適宜追加、削除した。

舞台解説

タリム盆地

中央アジアの乾燥盆地で、天山山脈と崑崙《こんろん》山脈の間に位置する。中心にあるタクラマカン砂漠は、十九世紀末にスウェーデンの地理学者であるヘディンが探検してから世界的に知られるようになった。盆地の周辺にはホータンのようなオアシス都市がいくつもあり、古代にはそれらを結んだシルクロードが発展した。

隊商宿《キャラバンセライ》

「今日もひどい砂埃《すなぼこり》だ」

リドノフはコップを掩《おお》うようにして酒をついだ。

「おい、飲むのは好い加減にしとけ、出発は明朝なんだぜ。駱駝《らくだ》が三頭、驟馬《らば》と馬が二十頭、すっかり準備はでき上っているんだ」

スパスキーは顔をしかめて、卓子《テーブル》の上の地図から砂を払った。

「旦那《だんな》方、タグーリーク人の人夫の他、ようやくの思いで、巧《うま》い道案内を捜《さが》して来ました」

礼でも多分に欲しいらしい隊商宿《キャラバンセライ》の主人は、揉手《もみで》をしながら表から戻って来た。

「……蒙古人《モンゴール》だな」

その連れて来た案内人をみるとスパスキーは点頭《うなず》いた。羊皮の胴衣の上に赤い外套《がいとう》を纏《まと》った男は、ペコリとお辞儀をした。

「……吾々《われわれ》はコーカサスに代る油田地帯を開拓する為《ため》に、当局から派遣されて来た者だ。確《しっか》り働いてくれたらそれだけの酬《むく》いはする」

云われると又《また》一つ頭を下げて出て行った。

「間に合いそうな男だ。これで準備はすっかり整った」

満足そうに後姿を見送っていると、リドノフが低い濁《だ》み声で、

「本当にケルネルの地図って当《あて》になるのですかい？　巧く運んで呉《く》れたら好いが、もし間違ったら俺達は化けの皮を剝《はが》されてしまいますぜ」

すこし心配そうにコップを振ったまま囁《ささや》いた。

「大丈夫さ、英ソは今では同盟国だ、スパスキーがヘンリー・ロバートに戻されたって、まず殺されるような事はあるまい、それにソ連はドイツとの戦争で手一杯でこの辺はお手空《てす》きとなっている……印度が仮りに日本に押《おさ》えられたとしても、此方《こっち》で油田を摑《つか》んで置けばアフガニスタン経由で、近東方面は安全だ。褒美の金で飲む事を考えるより、すこしは英帝国へ忠誠を誓って呉れ、ポウエル軍曹」

「そりゃ判ってますが大尉殿、沙漠の中へ飛び込んで行くのにゃ、アルコールで元気でもつけて、巧くロシア人に化けているより仕方がありませんぜ」

「まあ好い、明朝は出発だ」

スパスキーに化けているロバート大尉は、手をふって机の上の地図にまた向った。沙漠から吹き

捲《まく》って来る風は、小さな窓の隙間からもひっきりなしに黄砂を叩きつけて来る。扉を開けると旋風のように、その砂埃が螺旋型《らせんがた》に舞い込む。舌打ちをしながら顔を伏せていたロバート大尉は、鮮《あざや》かな英語で呼びかけられて、はっとしたように面をあげた。

薄汚れた沙漠の町ホータンを、ぱっと明るくしたような美しい女である。

「タクラマカン沙漠をお越えになると案内人から聞きましたけど、御願いですから一緒に連れて行っていただけません？　わたし沙推《シヤガー》に教会を持ってます宣教師の兄に急用がございますの」

「……願ってもない幸せで」と軍曹が直《す》ぐ答えた。

「旅は道づれと云いますが、貴女《あなた》のおかげで殺風景な沙漠の旅から救われそうです。この沙漠地方の言葉で云うヨルダッシュ、有難い旅の仲間です」

大尉もその美しい女に微笑《ほほえ》みかけた。併《しか》し用心して、たどたどしい英語を使った。

アメリカ人だと名乗るそのキャロルと呼ぶ娘は、遠慮なく卓子《テーブル》に向ってやがて一緒に食事をした。

それが済むと明日の打合せの為に、案内人が家の中へ呼び込まれた。地図を示されると素直に点頭いたが、

「普通、沙漠を越える旦那方《ツラ》はホータン河に沿って遡《さかのぼ》って、タリムの沿岸に出られるんですが、旦《ツ》那方《ラ》は沙漠の中に用事がおありなんですね」

と、すこし鋭い目付きをみせて引退《ひきさが》った。

「――口数は少いが頼母《たのも》しそうな蒙古人ね」

キャロルは赤いマントを見送っていたが、ちょっと眉をひそめて何か考えているようだった。

悪魔峠《ヤコンダヴアン》

町を出て今日で二週間、キャロルの顔も砂ですっかり黄色く染っていた。磁石と方位計を唯一の頼みにして、先登《せんとう》にたつ蒙古人のあとを行列は続いた。

「大尉、じゃないスパスキー、俺はこれで二日も酒の気が抜けているんだ。見て下さい、こんなに身体《からだ》が震えている」

「それ処《どころ》の騒《さわぎ》じゃない。ドイツ人のケルネル技師が十年前に、この沙漠の中で一大油層を発見しながら、不幸にも病で倒れて地図だけ残して死んだのは事実だが、どうやらその地図は二枚あるようだ」

「えっ、すると我々の持っているのは違うって事になるんですかい?」

流石《さすが》にリドノフは青ざめた。

「うん、途中までは合っていたが、あの三角地帯を右折して来た後が違っている。左へ進んでいたら好かったのだ。と云って此処《ここ》から引返すのも大変だから、横へ折れて進んでみよう……三角形の一辺は他の如何《いか》なる二辺の和よりも短い、という幾何学の定理さ」

すこし遅れてついて来るキャロルに気兼《きがね》して、低い声で相談を済ませると、道案内の蒙古人を呼んだ。

「そりゃ無茶です旦那《ツラ》、この西には土地の者が悪魔峠《ヤコンダヴァン》と恐れている砂丘が続いています。旋風が逆立って、立っている駱駝さえ埋まってしまう、昔から怖《こわ》がられている難所です」

「構わん、進ませろ……人夫共《ども》に逃げたら直ぐ銃殺だと云え」

高圧的にスパスキーは命令した。

「……郷に入っては郷に従えと云う事がある。よしたら――」

と流石に見かねてリドノフが耳うちをすると、

「しーッ、そんな事を聞いて回り道をしていたら、食糧が続かなくなる。もう半分しか残っていないのだ」

恐しい顔をして振返ると低い声で睨《にら》んだ。

やがて苦難にみちた旅が初まった。駱駝の銅鈴さえ耳に入らなくなる砂風に悩まされ続けつつ、地平線さえ覗けぬ日を送った。騾馬と馬を既に七頭喪《うしな》っていたが、他のも次第に弱りが眼について来た。ただ元気が好いのは、生きた食糧として連れてきた羊の残り四頭だけだった。人夫達も砂にまかれて眉も見えなくなった顔で、すっかり喘《あえ》いでいた。

「カベルダール（大丈夫か）?」

回教徒特有の言葉を使って、蒙古人は土耳古《トルコ》系のタグーリーク人を励ましていた。そして、玉蜀黍《とうもろこし》の袋を積み重ねた上に天幕をはって野営の準備をすると、

「いよいよ明日あたりが悪魔峠《ヤコンダヴァン》でしょう……」と云った。

「うん、だが誰にも洩《も》らすなよ」

スパスキーは脅すような口調で答えた。

夜が明けると、ツァンバと呼んでいる裸麦粉と玉蜀黍の団子を作って、人夫達は駱駝と共に先に出発した。午前中は追風がふくだけだったが、午過《ひるす》ぎになると風の向《むき》が変って前からかぶって来た。頭から桶で浴びるような砂の嵐だった。

「駄目だ。風向きが変るまで待とう……」

スパスキーは腹這《はらば》いになった儘皆《ままみな》に指揮した。

併し洞孔《どうこう》を作って風を避けている間に夜が来てしまった。そしてますます総ての条件は悪化して来た。地鳴りがして津浪《つなみ》のように砂が幕をはって押寄せてきた。

「こりゃ不可《いか》ん、埋まってしまう。まるで自分で墓穴を掘ったようなものだ」

リドノフは次第に崩されて浅くなって行く洞《ほら》の中で、砂よけ外套を頭からかぶって呻《うめ》いた。

土《ど》砂降《しゃぶ》りと云う雨の表現があるがこれは本物の砂降りである。人夫達もすっかり生きた心地がなく砂に埋まり乍《なが》ら、暗黒の中でアラーの神に額《ぬかづ》いていた。その脅えきった風の唸《うな》りの中で、

「……大丈夫かしら？　わたし日本人としての貴方に信頼しているんだけど——」

と道案内の蒙古人の側《そば》へ這《は》い寄って来て、心配そうに肩を叩いたのは、謎の女キャロルだった。

流砂の底

「ひどい、こりゃ耐《たま》らん、まるで爆風だ。砂に埋められるか、叩きのめされるかだ」

喘ぎながらスパスキーは悲鳴をあげた。堤をきった洪水のような凄じさで、流砂は煽《あお》られて来た。防ぎようもない荒漠した大地である。地鳴りと吼《ほ》える風で耳は聾のようになってしまう。直ぐ側の孔《あな》の中で羊や騾馬があげる悲鳴が、なんだか遠いもののように聴《きこ》えた。

寒さが厳しくなって来たが、風の為に火を起す事も出来ない。併し震えている裡《うち》に砂は吹きつけられて積って来る。気が狂ったように人々は、無性《むしょう》に携帯円匙《けいたいシャベル》で左右を掘り回した。風を防ぐ為にも暖をとる為にも、孔の中へ身を入れるほかはなかったからである。だが、掘るそばから崩れるように砂は流れて来た。砂の吹き降りである。

「……その日、その日の風が吹くって云いまさぁ、夜が明けりゃ鎮《しず》まるでしょう」

戻って来たキャロルへ慰める為に云ってやろうとしたが、うっかり口を開けると砂で咽喉《のど》が塞がってしまいそうなので、リドノフは円匙《シャベル》の手に合せて首を振ってみせた。

併し凍《ここ》えそうになりながら必死になって夜明けを待ったが、明るくなっても流砂の嵐はまだ歇《や》まなかった。だが空の青味が透《す》かして見えるようになったので、スパスキーはすこし吻《ほ》っとした。蒼《あお》ざめているキャロルとリドノフを振返ると、

「とんだ災難だ。だがもう直《じ》きお終《しま》いだ」

と笑ってみせた。が、眼を向うの洞に移すと、訝《あ》っと驚いた。駱駝や騾馬が一頭も見当らないのである。

人夫達は蒙古人の指揮で片っ端から砂を掘り回しているが、まだ一頭も探せないようである。動物どもは風に倒されてその儘、流砂の底に埋ってしまったのである。三人は泡を食って駆けつけた。

「……積んであった荷は？」

残り少い食糧をまず心配した。

「全部やられました。これで二時間近く暗い間から、気になるので捜索していますが徒労です」

蒙古人は砂でどす黒くなった顔から、侘《わ》びしい眼の色をみせた。

「我々も手伝うから探し直そう……見つけなくては飢死《うえじに》してしまう」

「いや駄目です。風はすこし歇んで来たようですが、見て御覧なさい。東南にみえた青空の破片がまた消えています。又もの凄い流砂が押寄せて来ます。今のうちに此処を引揚げて他に食物を見つけるのが、たった一つの択《えら》ぶべき途《みち》です」

道案内の青年はきっぱり云った。火山灰で蔽《おお》われたような黝《あおぐろ》い空をみつめると、大尉は仕方なくそれにうなずいた。

「よし、人間のいる所へ辿《たど》りつこう、酒が飲めるかも知れん」

リドノフはすこし元気づいたように、腫《は》れぼったい瞼《まぶた》をこすりあげた。幸い人夫達の食糧であるツァンバ団子が、無事に残っていたので、それで当座を凌《しの》ぐことになった。

流砂に逐《お》われた一行は、ただ磁石だけを頼りに、今度は北東へと進んだ。併しホータン河に沿った隊商の道とは違うので、行けども行けども人間にはめぐり逢わなかった。

「旦那《ツラ》、もう団子は残っていないのですか、人夫達のを取り上げて置いて、貴方達だけが食べて、彼等に昨夜から一つもやらないのは非道《ひど》いでしょう」

「やかましい、文句があるのか」

スパスキーは拳銃を構えて、蒙古青年を睨んだ。

「……残っているのを算《かぞ》えて公平にしたら――妾達《わたしたち》は白色人も有色人もない沙漠《ヨルダッシュ》の旅仲間じゃない」キャロルが見かねて中へ入った。

「とんでもない、我々は生命《いのち》が大事だ」

リドノフが彼女を脇から押えた。併しここで二十人からの人夫に逆《さから》われては損と考えたか、

「よし、半分だけ渡してやる。慈悲だぞ」

と勿体《もったい》ぶって拳銃を握りしめたまま、残りの団子をスパスキーは分けた。

「二十一人と貴方達三人と同じ数ですか……」

呆《あき》れたように蒙古青年は呟《つぶや》いた。

包《パウ》の娘

「……野牛だ」

食い延ばしていた団子も昨日で尽きて、今日はまだ何も食べていない矢先なので、スパスキーは震えた声で叫ぶと、沙漠で初めて見つけた生物に連発銃を向けた。

「不可《いけ》ない――」蒙古青年が周章《あわ》て制した。

「あれは犛《や》牛《く》だ。飼われている牛です。やたらに撃っては後で面倒になります」

「そうか、じゃこの近くに人間がいるんだね」

リドノフが吻っとして、不承不承《ふしょうぶしょう》銃をおろしたスパスキーに、永い間忘れていた笑いをみせた。

蒙古青年の云った通り暫《しば》く進むと天幕がみえた。頭髪を二つに分けた娘が、迷い出た犛牛を追って来た。地獄で仏に逢ったように吻っとして、さすがのスパスキーもぐったり砂の上に座り込んだ。

天幕の包《パウ》の正面には仏壇があった。そこに飾ってある金泥《きんでい》の重たい碗で、娘は順ぐりに搾《しぼ》りたての馬乳を振舞った。

「ほう、これでようやく人心地《ひとごこち》がつきました……だがアルコール分がないのが玉に瑕《きず》と云いたい処《ところ》ですな」

包《パウ》の娘が可愛らしい顔をしているので、リドノフは赤い鼻の頭をこすってにやりとした。

「処で――あれは何です？」

覗き込むようにして、じっと瞶《みつ》めていた仏壇の奥の方を指さして、さり気《げ》ない調子で、大尉は娘に尋ねかけた。

「昔、父が沙漠で迷っている旅人をお助けした事があるのです。私はその時子供でしたので詳しくは覚えていませんが、その方はすっかり衰弱しきってみえたので、お気の毒にも殁《なくな》られてしまいました。従者の人達とはぐれて、一人ぼっちだったのでお名前も判らず、ポケットに入っていたあの封筒を、ああして仏壇へ位牌《いはい》代りにあげてお詣《まい》りしているのです」

「……そうですか」

うなずき乍らスパスキーは、仏壇へ手を差込むとその封筒を手にとろうとした。

「不可《いけ》ません、やたらな事をなさいますと、仏さまの罰《ばち》が当ります」

娘は周章てその手を押えた。大尉は何食わぬ顔で席へ戻ったが、

「おい、ドイツ文字だから妙だと思ったが、奇縁だ。ケルネルの地図だ」と低い声で云った。

「……ええ」リドノフが面食《めんくら》うと、

「我々が手に入れたのは、ケルネルの従者が彼と別れてから心覚えに好い加減に書いた物だ……どうあってもあの本物を手に入れよう。あれさえ見つければもう実地を調べる必要もないんだ」と声を弾《はず》ませ乍ら囁いた。

「あ、父が戻って来ました。早速《さっそく》何か皆さまへ差上げる召上り物を作りましょう」

娘の声に、二人はにんまり顔を見合せた。しかし娘が表へ出て行くと、入れ代りに父親が中へ入って来た。せっかく仏壇の前までまた忍んで行ったものの、スパスキーはすっかり当惑して眉を顰《しか》めた。

「どうだ、あの封筒を譲って呉れないか？　我々はどうあっても、あの地図が入用なんだ、金はいくらでも希望通り出してやるが……」

面倒になったらしく高飛車に出て開き直った。

併し包《パウ》の主人は静かに首をふった。

「もう十年間も、ああして日夜拝《おが》んで居《お》ります仏さまの形身でございます。山程《やまほど》銀貨をお積みになられても、お譲りする事はできません」

云われてスパスキーは思わず渋い顔をした。

「どうしても素直に渡さなければ、非常手段をとりますか？」

相手に悟られぬように、早口な英語でリドノフが囁いた。

「――うん」瞬間残忍な笑みをスパスキーは浮べた。そして表へ出ると、蒙古青年を呼んで、

「おい、人夫共《ども》にこの包《パウ》を取り巻せろ。お前は合図をしたら腰の火打石《ひうちいし》でこの天幕に火をつけるんだ」とあたりを憚《はばか》りつつ命令した。

「……貴方の連発銃を貸して置いて下さい。包《パウ》の他の仲間が来るかも知れません」

青年は指さして云った。

「うん――」うなずいてスパスキーはそれを持って来ると、

「首尾よくやれよ。礼はたんまりやるぞ」

と、作ったような笑顔で赤マントの肩を叩いた。

沙漠の女

「……どうあっても、素直に渡さないと云ってたな」

懐中電灯で寝ている親娘《おやこ》を照し出しながら、スパスキーは無気味なコルト拳銃をつきつけた。

「まあ、夜中に脅迫なさるんですか?」

娘は震えながら眼をさました。

「脅迫じゃない、本当に片付けるんだ。お前達親娘さえいなければ、全部が我々の物になる。地図も必要だが、食糧も欲しいんだ」

引金にかかった指が引かれようとするのを見ると、床の中で父親は、

「キーッ」と驚きのあまり叫んだ。

「やかましい。いくら吠《ほ》えたって、表は此方の人数でとり囲んでいるんだ……」

憎々しげに云い放った時である。どかどかとタグーリーク人の人夫達が、包《パウ》の中へ入って来た。身動きもできぬ位《くらい》に詰掛《つめか》けてきたのである。

「——加勢はいらん、お前達は表で見張っとれ」

面食《めんくら》ってスパスキーは叫んだが人夫の群は去らなかった。

「ふ、ふ、ふ……」

突然暗い隅の方から女の笑声《わらいごえ》がした。はっとしてその声の方を振返った。

「おい、その拳銃を棄《す》てろ」

その時、スパスキーの背中に冷たい感触がした。

「……俺の連発銃じゃないか——」

よんどころなく拳銃を棄て、両手をあげたスパスキーは、向き直ると面食ったように呟いていたが、相手をよく見直すと、

「畜生、包《パウ》の親爺に化けてこの俺をどうしようと云うんだ。この蒙古人《モンゴール》め」とびっくりして叫んだ。

「蒙古人《モンゴール》じゃなくって、彼は日本の青年よ」

また闇の中から女の声がした。

「そうか、失敗《しま》った……リドノフ」大尉は嗄《しゃが》れたような声で叫んだ。

「リドノフことポウエル軍曹は、妾《わたし》がとうに縛りあげて猿轡《さるぐつわ》のサービスまでしてありますわ。ロバート大尉、貴方も諦めてそうそう化けの皮をお剝ぎになったら？」

「キャロル、そう云う貴女は何者だ？」

震える声で大尉は吃りながら叫んだ。

「妾こそ正真正銘のソ連のお役人よ」

「……女ゲ・ぺ・ウか」

「そうよ、お気の毒さま。実はその日本人ワダを監視する役目を云いつかって、ホータンへ来た処、彼が蒙古人に化けて貴方達の道案内になったので、妾も巧く同行して来た訳なの……おかげで死に損《ざこ》なうような目にも逢ったけど、ワダがどういう目的で此方へ入り込んで来たかは判ったわ」

「そうか、では直ぐこの日本人を逮捕して、我々を救って呉れ」

「盗人猛々《ぬすつとたけだけ》しいって英吉利《イギリス》人の事ね、スパスキーとかリドノフとか勝手に化けていた貴方達の方こそ、官名偽称で捕縛の必要があるわ……それに貴方達は恩を仇で返して、命の親まで殺そうとした恐しい人達だわ。沙漠の掟として、そんな悪者は殺しても好い事になっているの。知っている？　だけど駱駝仲間として命だけは見逃してあげる、さあ二人でとっととこの沙漠を出て行きなさい。人間の妾は許してあげたが、沙漠は貴方達を宥《ゆる》して呉れるか……どうかもう一度、流砂の嵐の中へ二人でお戻りなさい」

「……人夫は？」おずおず大尉は聞いた。

「彼等の意志です。タグーリーク人はワダの命令しか聞きません。貴方達は二人だけで行くのです」

「……仏罰だ。大尉殿、とんだ事になりましたな」

ようやく縛《ばく》をとかれた軍曹は、這々《ほうほう》の態《てい》で大尉の手を引張ると表へ駆け出した。転《ころ》がりながら沙漠の彼方《かなた》へ消えて行く、二人の英吉利《イギリス》人の後姿を見送りながら、

「次は僕の番ですね、逮捕ですか追放ですか？」

静かに和田青年は微笑んだ。

「沙漠の掟は正義を愛します。妾もあの流砂の嵐から救って呉れた日本人を愛します。この包《パウ》の親娘は命の恩人の貴方に隊商の仕度《したく》をして呉れるそうですから、それでタグーリーク人と一緒にホータンへ戻りましょう。沙漠を平和に護って下さった貴方には、勲章を差上げたい位です。妾はもともと監視するだけが役目だったんですから、御一緒に旅が出来るのはとても光栄に存じますわ。妾の名前、キャロルでなくて、本当はナターシャ――これからそう呼んで下さいましね」

青海《ココノール》爆撃隊

書誌

初出は未詳。『異変潮流』（大東亜出版社〔満洲〕、一九四三〔康徳十〕年）に収録。

底本・校訂

『異変潮流』に収録された本文を底本にした。振り仮名はパラルビである底本に準拠した上で、適宜追加、削除した。なお、二六九ページの後ろから二行目の行頭は、底本では「マァーチ少佐」となっているが、「ルイス少佐」と解釈して変更した。

舞台解説

青海湖

中国西部にある湖。モンゴル語で「ココノール」と呼ばれており、「青色の湖」という意味。巨大な塩水湖であり、塩を産出するほか漁業も盛ん。湖中にはいくつかの島があり、最大の海心山《ハイシン》という島はチベット仏教（ラマ教）の修行の地であった。また、湖の沿岸の草地は、チベット人の放牧地帯となっている。

空中異変

紺碧《こんぺき》の水面はひたひたと漣《さざなみ》を重ねて、今日も蒼穹《そうきゅう》まで展《の》べ拡がっていた。

この青海《ココノール》の沿岸に新設された、特別遠洋爆撃隊の隊長ハリソン大佐は、一週間ぶりで飛行場へ戻って来た。

「……おう皆、元気かい」

にこにこしながら咥《くわ》えパイプで自動車を降りると、副隊長格のルイス少佐が転《ころ》がるようにして駆けつけて来た。

「どうしたね？　泡食って……土産《みやげ》には素敵なウイスキーを持って来たが、周章《あわ》てんでも大丈夫だよ。沢山あるから――」と手をふって笑いかけると、

「それ処《どころ》ではありません、大変です。又《また》やられました。マーチン167のパワー中尉機、ダグラスB18のスミス中尉機、ボーイングB17のトレシー大尉機、ヴァルティV－12Aのゲーブル大尉機、都合四機

です……」

「ふん、儂《わし》の留守中、二日に一機以上の損害率だな。これじゃ実戦よりひどい。して――」

「はあ、機体の方は完全に水底へ潜ってしまいましたが、搭乗員だけは全員無事に助かっています。不幸中の幸いです」

「人間には保険がついているが、戦時中は機体にはかかっていない……こんなにやられるのなら、逆の方が有難いね。処《ところ》でまた発動機の故障か……揃いも揃ってどうしている」

不機嫌になってハリソン隊長は、眉を八の字どころか二の字によせた。

「マーチン、ボーイング、ダグラス、ヴァルティ、みんな空冷式のライト・サイクロン発動機です。一基、二基、四基と差はありますが、馬力は九五〇から一〇〇〇迄《まで》で揃っています。どうも根本的な原因は発動機の不良によるものだろうと、遭難操縦士達は異口同音に云っていますが……」

「冗談じゃない。ライト・サイクロン発動機は優秀だ。機体が魚のアパートになってしまって、証拠がないからと云ってそんな出鱈目《でたらめ》を云うもんじゃない」

噛みつくように怒鳴《どな》りつけたものの、実に面妖な事である。ハリソン隊長は腕組をして考え込んでしまった。

「それでは大佐殿のお考《かんがえ》は?」

ルイス少佐はむっとしたように尋ね返した。そう聞かれても返答ができぬ。仕方がないので威厳を保ちながら黙って、首をひねりつつ滑走路の方へ歩いて行くと、整備員のマァーチ軍曹に危うくつき

当りそうになった。面食《めんくら》って避けた軍曹の顔を、暫《しばら》く立ち止って瞶《みつ》めていたが、

「……処で、君はこの事故続発をどう想う？」

まるで八罫見《はっけみ》にでもみて貰うような調子で声をかけた。溺れる者は藁《わら》をも摑《つか》むあの心境である。

「……これは何者かの仕業《しわざ》でありますす」

油で鼻の頭を真っ黒にした軍曹は元気よく大声で答えた。

「――うん」すこし嬉しそうに点頭《うなず》いて、隊長はルイス少佐の方を流し目で見ながら、

「君の前歴は？」と聞いた。

「西部のオークランドで警察官を奉職していました」得意そうに軍曹はまた大声を出した。

「桑港《シスコ》の近くだね……よろしい、君にこの捜索に当って貰おう、巧《うま》くつき止めたら、いや犯人を捕えたら、士官に昇任させる」

田舎警察の巡査ではと想ったが、隊長は彼にこの空中異変の大役を負わせる事にした。

探偵軍曹

「どうだ探偵、見当は未《ま》だか？」

ルイス少佐である。嫌な奴だとは思ったが上官なので、周章《あわて》て敬礼した。

見当どころか目当《めあて》さえまだついていない。こんなに事故があるのは常識から考えても変である。そ

れに整備員としての職責上、まさか機関部の故障でしょうとは云えないので、あの場合ああは云ってしまったが、まさかそのお鉢が自分に回って来るとは夢にも考えていなかった。とんでもない役目を引受けたものである。お陰《かげ》で不眠不休、こうして格納庫の前で頑張っているのである。

「景気の悪い顔をしてるな……」

横へ腰を下したのは、同じ軍曹のミッチェルだった。

「困ったよ、警官はしていたが、俺は本当は交通係だったんだからな」

「隊長は目がないよ。この隊に俺と云う人間がいるのを知らないんだからな」

ヴァン・ダイン探偵小説集を腋《わき》の下から取出して、いまいましそうに舌打ちをした。

「小説を読んでも探偵は難しいだろう」

「難かしくても、事件は必ず解決してるよ」

「そうかなあ、それじゃ成功した暁には昇進の途《みち》は譲るから、ひとつその小説で練った頭で、手伝って呉《く》れないか?」

云われるとミッチェル軍曹は、待っていたと言わんばかりに、大きく頷《うなず》いてみせた。

その翌日から二人で交替に格納庫を見張る事になったので、すこしマァーチ軍曹は気が楽になった。併《しか》し吻《ほ》っとしたのも束の間で、二日目にはハリソン大佐の呼出しを食った。格納庫の中へ、何者かが忍び込んだような形跡がある、と云う叱言《こごと》である。

だがこのお庇《かげ》で張合いが俄《にわ》かに出来てきた。今迄《いままで》は漠然としてなんだか訳《わ》けも判らなかったが、こうなると本当に何者かの仕業と云う事になるからである。

これが米本国なら早速《さつそく》、警察指令機で各方面に通知して手配をするのだが、どうも此処《ここ》ではそれが出来ないのが残念だった。

「まあ頑張ってやろうぜ――」

もう士官に昇進したような恰好《かつこう》で、胸をそらしつつミッチェルはマァーチの肩を叩いた。

だがまたその翌日、金曜日の所為《せい》もあるが、奇怪な事件が持ち上った。

上昇速度毎分六一〇米《メートル》、上昇限度八八七〇米、最大時速四七〇粁《キロ》となっている、偵察兼攻撃もできる優秀な双発マーチン爆撃機が、四〇〇〇粁の航続距離を裏切って、一八〇〇粁の地点へ不時着したと、ヘンリー少尉以下二名の乗組員が、すごすご引揚げて来た。

「不時着とは云え機体が残っているのは有難い……では早速《さつそく》取寄せて研究してみるんだ」

ハリソン大佐は暗中に一脈の光明を見出したように、パイプを口から離して呟《つぶや》いた。

分解されて届けられたのを見に行くと、十八米六九糎《センチ》の翼がまず降された。全長十四米二二糎、高さ三米のマーチン爆撃機も、ばらばらにされると憐れやトラック一台である。待望の発動機は隅に積んであったので、一番最後に整備兵の手で卸《おろ》された。

直《ただ》ちに調査委員会が設けられて、二基の発動機は厳密に分解されて行った。気筒《シリンダー》、喞子《ピストン》、水套《すいとう》、弇弁《バルブ》、弇発条、連接桿《かん》、曲柄腕、カム、勢輪、揮化器、排気管、過給器《スーパーチャージャー》、点火栓、駆動装置と片っ端から綿密に調べられたが異常はなかった。勿論《もちろん》、油槽《タンク》の方にもすこしも怪しむ点がなかった。

島の隠者

この青海《ココノール》の紺碧な水面には、海心島《ハイシンチヨツホ》、月心島《ゼムシンチヨツホ》と呼ばれている兄弟島がある。

周囲四キロの海心島《ハイシンチヨツホ》には一つの石洞があって、其処《そこ》の石廟には何時《いつ》どこから来るのか判らないが、三四人のラマ僧が外界との交渉を絶って参籠《さんろう》している。この洞《ほら》は西蔵《チベット》人には聖地《カイラス》と呼ばれ、ここで仏心の修業する者は大尊者《リンポチェ》になると敬れている。西蔵《チベット》から新彊《しんきょう》からそして蒙古から、亜細亜第一の湖である青海《ココノール》に、ラマ僧は入れ代り立ち代り班禅《パンチェン》に訪れるのである。

「うるさくなったものじゃ、あの爆音に悩《なや》まされて無念無想の境地に入れぬ」

長老が読経を打ち切ると空を仰いだ。

渡洋爆撃を目ざす特別飛行隊がこの湖畔に陣取り初めてからは、昼は爆音、夜はジャズのレコードと、せっかくの聖地も俗臭紛々としてしまった。

それも好いが彼等は水面に大型のパノラマを設けて、それを目標に急降下爆撃の練習を繰返している。巧くない癖《くせ》に猛練習をするのだから仕方がないが、彼等は時々物凄い盲爆をする。人間が一人も住んでいなかったから好いようなものの、大理石系の岩島だった月心島《ゼムシンチヨツホ》は、三分の一以上もボーイングに吹飛《ふきとば》されて、今では島からただの浮ぶ岩塊になってしまっている。

「澆季末世《ぎょうきまっせ》じゃ、白鬼共《ども》が空を天翔《あまか》ける。地獄図絵じゃ」

栄光にみちた来世を信じ極楽浄土へ行く為《ため》に、信仰生活を送っている僧侶も、空からの脅怖《きょうふ》には法悦にひたっていられなかった。

「……ワダを呼べ」

長老は珠数《じゅず》をつまぐり乍《なが》ら云った。

「ここに控えて居《お》ります――」

野牛《やく》の乾糞を燃やして暖をとっていた青年僧が、膝《ひざ》を揃えて恭々《うやうや》しく答えた。

「其方《そなた》は、あの白色魔の群を、怨敵退散させると云って、この洞へ参って今日でもう二月《ふたつき》にもなるが、まだあの白魔の群は天翔っているではないか……日本人は古来食言《しょくげん》せぬものと聞いている。どうした訳《わ》けじゃ？」

「御仏《みほとけ》の慈悲に縋《すが》りましても必らず滅します。あの白魔めは仏敵ばかりでなく吾《われ》らアジアの仇でございます……今迄に長老さまも御覧の通り、十二機は確実に墜《おと》したのでございますが、次々と向うが補充しますので――」

「よし、わしらも悪魔払いの加持祈禱をしてやるから、其方は仁王明王のように降魔の利剣を弥陀のために揮《ふる》って呉れ」

長老は香炉《こうろ》から細く流れて行く紫煙を目で逐《お》いながら、静かに僧形の日本青年に云った。

「承知仕りました、長老さま」

和田は一礼して立ち上ると、石畳の回廊を抜けて僧房へ戻った。

「今日はわしが陸《おか》へ行く。御坊《ごぼう》達の中で何誰《どなた》か一緒に行って道案内して下さる方はいられぬか、長老さまの思召《おぼしめし》じゃ」

「御《み》教を護って、仏敵を滅すためなら、戒律を破ってもわしがこの廟から外出しよう」

赤マントを肩にかけた蒙古僧のトブロが立ち上った。

牛の皮ではられた革舟で二人は、まるで紗絹のように滑《なめ》らかな青い水面を渡った。

上陸すると、羊と馬を逐って来た遊牧者の一団にまず逢った。彼等は思いがけぬ島の隠者に面食《めんくら》い乍ら、随喜の泪《なみだ》をこぼして伏拝《ふしおが》んだ。そして搾《しぼ》り立ての馬乳とツァンバ団子を喜捨した。

「――空の要塞、四発空冷のボーイングB一七だ」

和田は青空を睨《にら》みながら、飛行場の方へ真直《まっす》ぐに、遊牧者の一団と別れると進んだ。

「格納庫の向うに、コンソリデーテットB二四の四発の機体が遥かに視《み》える……コックの汪《ワン》に渡して置いたのはもう品切れになったとみえる」と独り言を洩《もら》した時である。

「不可《いけ》ません、向うからアメリカ兵が二人やって来ます」

泡を食って蒙古僧がうわずったような声をたてた。

空中艦隊

「……怪しい奴だ」

マァーチがいきなり銃を構えた。

「ラマ僧には違いないらしいが、事によると変装かも知れん」

ミッチェルが睨みつけたまま見比べた。

「検束してしまうか?」

「この辺はまだ立入禁止区域になっていないから、理由はつかんだろう。それに、ラマ僧に下手な事をすると住民の反感をかう惧《おそ》れがある。……第一こんな鈍重な顔をした奴は、吾々《われわれ》の探している犯人じゃない」

とは云ったものの気になるのでミッチェルは、二人のラマ僧の身体検査をした。

「……なんだこれは?」

妙な草束を発見して誰何《すいか》すると、

「これと同じ用途のもの、暖をとる為にお喜捨を仰いだ、遊牧者方のお布施でございます」

と和田は別の包《つつみ》から牛糞を取り出してみせた。

「もうよし、蔵《しま》え。石炭の代用品に使う糞なんか、他人《ひと》の鼻先につきつける奴があるか」

流石《さすが》のミッチェル軍曹も手をふった。

赦放された二人のラマ僧は、荒漠としたツァイダム盆地を西南に向って、とぼとぼ歩いて行った。

「汚《き》たない奴だ。あんな連中を本気になって調べるなんて、お前の探偵小説仕込みの腕にも呆《あき》れるよ」

マァーチ軍曹にひやかされると、

「だがな、最も怪しくない奴を疑うのが探偵小説を読むコツだぜ」と負けずにミッチェルはやり返した。

「まあいい。明日は全機が大編隊を組んで飛び出す日だ。こんな処で愚図ついていずに、早く格納庫の方へ引揚げよう」

「うん、今晩は交替でなくて二人で張番をしよう、機体さえ無事に護り通して置けば、明日は無事故でハリソン大佐殿から賞《ほ》められると云うものだ……巧く行ったら犯人は判らなくても、吾々は昇進させて貰えるぞ」

二人の探偵軍曹はすこし得意になって戻って来た。そしてその夜は格納庫の周囲を、動物園の熊のように歩き回って、徹夜して頑張り続けた。

夜が明けると、初めは緑色だった水面がやがて東の方から青く変り、そして真紅の太陽が炎の塊《かたまり》のように鼠色の空へ跳《は》ね上って行った。

ハリソン大佐の搭乗した、コンソリデーテットの指揮官機を一番機に、次々と並んだ爆撃機の大編隊は、整備員の合図で爆音けたたましく、青旗が振られる度《たび》に一台ずつ順次に飛び上って行った。高度は二〇〇〇米、燦《さん》とした銀翼の眩《まばゆ》いばかりの空中艦隊である。

「素晴らしいもんだ」

有頂天になって、地上に残っている二人の軍曹は手をふり、帽子をふり、脚をふった。

だが青海《ココノール》の真中《まんなか》、丁度《ちょうど》海心島《ハイシンチョツホ》の上空まで行ったとみると、まるで怪力光線にでも当《あて》られたように、一番機を先登《せんとう》に順次に錐揉《きりも》みで落下して行って、あっと云う間もなく全機が青々とした水面に呑《の》み込れてしまった。

あまりの事に仰天した二人の軍曹は、他の地上勤務員と一緒に、モータボートを遭難現場に走らせた。

辛《かろう》じて命拾いをしたハリソン隊長は、水をがぶがぶ吐きながら、

「どうも奇妙じゃよ、高度が上ったら身体《からだ》中が痺《しび》れてきて、口もきけなくなった。全部がやられた処をみると食物の所為かな？　調べてみるから、料理番《コック》を呼んで来い」

と命令した。だがマァーチ軍曹が行った時には、汪《ワン》の姿は何処《どこ》にも見当らなくて一通の封書があるきりだった。

何気《なにげ》なく探偵軍曹がそれを拡げてみると、

本日の命がけの尊い体験で今迄の空中事故は、機体や発動機に原因があるのではなく、人体に或《あ》る種の作用が働いた結果だと、お判りになったでしょう。昨日、ラマ教徒で吾らの命令を護る汪《ワン》の許《もと》へその補充に行った処、巧く貴隊の軍曹は吾々を発見して誰何しました。だが牛糞と同じ物だと云うと、あまり利口と云えぬらしい軍曹共《ども》は、あっさり見逃して呉れました。お陰さまで本日、われわれは待望の青海爆撃隊全滅の快場面を拝めました。みな弥陀の御慈悲です。御仏のと

く因果応報、人を呪えば穴二つの譬《たとえ》でしょう。今朝隊員全部の飲むスープ釜へ、汪《ワン》は最後だからと、景気よく有りったけのタワン草をみんな放り込んだそうですから、すこし利目《ききめ》が強すぎて作用も早いが、今迄と違って自覚症状も現れたでしょう。
まあ貴隊は全滅したのですから種明しになっても構いませんから、タワン草もお教えしましょう。地球の屋根と呼ばれるヒマラヤの高原にのみ生えるこの毒草は、同じような海抜二千米以上の酸素の少い処では猛烈なああ云う作用を起す、西蔵《チベット》密教のラマの特殊な秘薬です。――亜細亜は貴方達に仏罰を与えたのです。

生き残った気の毒な隊員へ、

日本系一ラマ僧より

瞑《ねむ》る屍体

書誌

初出は『黒猫』第一巻第五号（イヴニング・スター社、一九四七〔昭和二十二〕年十二月）。

底本・校訂

初出を底本にした。振り仮名はパラルビである底本に準拠した上で、適宜追加、削除した。なお、タイトルの「瞑る」は、初出にはルビが無いが、本文中の「屍体は蠟細工のように瞑っていた」（本書では二九六ページの最終行から）での「瞑って」の読み方は「つぶって」ではなく慣用的な読み方である「ねむって」と考えられるので、タイトルと本文該当箇所、どちらもその振り仮名にした。

舞台解説

奉天

かつての満洲国の都市で、現在の中国・瀋陽。昔からあった中国人街とは別に、新設された満鉄の奉天駅を起点にして新市街と呼ばれる日本人街が形成された。駅から伸びる千代田通り、浪速通り、平安通りの三つが主要道路であり、矢留節夫（耶止の本名）経営の大東亜出版社は浪速通りに存在した。満洲国崩壊後はソ連軍が進駐した。

（一）——檻——

「おい、この俺の腕《モーイルカー》を見てくれ。銃弾《ヤヴロ》の痕《あと》が五つだ。脚は榴弾《ノーシカボムバ》だ……俺は五年間、生命《シーズニ》を棄《す》て弾丸の中で兵士《サルダート》としての、義務はつくして来たんだ。それなのにバァバァアリヤへ、一年だけ捕虜になって行ってたのが、仲間の歩兵《ペホータ》に化けてた憲兵《ジャンダルム》に嗅ぎ出されると、これだ——弁解もきかれずに、この檻《おり》だ。これでもう人生とも、俺はおさらば《ドースイダニヤ》なんだ……助けてくれ。厭《い》やだ。殺される為《ため》にこんな所まで来たんじゃない——頼む。なんとかして救け出してくれ……なあ、俺は殺されるんならその前に、魚卵《イクラー》を肴に黒麦酒《ムヨーム・エピウオ》に火酒《ウオツカ》を混ぜたのを、ぐいっと、胃の腑が溢れるくらい、思いきり呑《の》んでから死にてえんだ……」

喘《あえ》ぐように鉄格子につかまりつつ、嗄《しゃが》れた声を出して、咽喉《のど》を掻《か》きむしるように、鋭く伸びた爪先で顎《あご》の下を自分で締めているのは、熊のような六尺に近い大男である。

ヒーヒーと悲鳴をあげ続けて、コーカサス訛《なま》りの聞きとり難い方言で、ずーっと喚《わ》めき通しだった、灰色の髪の痩せた影のような男が、たった今、曳《ひ》き出されて行ったばかりである。

ドドーンと、また裏庭の方角から自動小銃《マンドリン》の、一斉連射が響きわたって来た。朝から一時間置き位《くらい》に、この冷徹な死のハモニーは繰り返えされている。忙《いそが》しいから、次々に処分して行くのらしいが、その度《たび》にコンクリートの灰色の厚い壁越しに、洩《も》れ伝わって来るいろんな悲鳴が、闇に吸い込まれるように銃声の響に包まれて、一《ひ》と区切りずつ地上から、かき消されて行くのは、夕立に声をひそめる虫の群れのようである。あの灰色の男はコーカサス訛《なまり》の悲鳴を、今頃はもう地獄の片隅で続けているのだろう。

朝は三十人余り詰め込まれていたこの檻の中も、今となっては、辛《かろ》うじてまだ息をしているのは、この熊と私の二人だけである。

こつこつ靴音を響かせて、腕に赤布をまいた補助憲兵が見回りに来る。その度に、照し出される懐中電灯で、鉄格子の中へ大きな魔物のような影が忍びよる。総金属製の自動小銃の銃身が、冷《つ》めたい槍の穂先のように鋭く伸びて、残された二人の胸許《むなもと》へぐさっと貫くように迫って来る。

「おい兄弟《タワリシッチ》……俺はもう堪らねえ《ムニエーニエ・ヌラ・ウイッツア》、頼む、お願いだから、なんとかして呉《く》れ。この分じゃ、明日《サーフトラ》まで生きちゃいられまい。今日《セウォードニヤ》だけの生命だ。な、なんとかならないものか……救けると思って、どうとかしてくれ、後生だ――」

響きわたる銃声に歯を食いしばって、耳を押《おさえ》ていた熊が、まるで気が狂ってしまったように、また沈痛な唸《う》めきをあげだした。そして、冷めたいコンクリートの床の上を、獣のように四つ這《ば》いになって、死の脅怖《きょうふ》ですっかり歪《ゆが》んでしまった顔から、もの悲しそうな眼だけを闇に光らせている。

「――よし《ダー》」初めて私は哀れな熊に答えた。

「……出来る《モージノ》のか？」

見回りの靴音を気にしながら、押しつぶされたような、かすれた声を出した。溺れる者が何にでも縋《すが》りたがる心情で、救けてくれとか、なんとかしてくれと、繰返して訴えていたものの、まさかと思っていたのだろう。

「……教えてくれ《ガウリチエ》……」震える声で半信半疑に聞き返して来た。

「いい《ダー》、大丈夫だ《スパシーボ》」と耳に口をつけて、力強く点頭《うなず》いてやると、

「――済まん《イズイニーチエ》。助かった……」

熊は大きな掌で私の首を抱えこむと、鬚面をこすりつけながら、額や頬に所かまわず乾いた唇を押しあてた。そして感きわまったように、口の中をもぐもぐさせて、泪《なみだ》をぽろぽろ落した。闇の中がすーっと明るく照し出されて来た。こつこつとまた補助憲兵が、機械的に廊下を回って来た。私は周章《あわ》てて熊をつき放した。

この男は戒律を破って、捕虜になった事が露見した身の上だし、私は殺人容疑で逮捕された日本人、所詮《しょせん》どちらも巧《うま》く、命拾いしてもシベリヤ行きが上の部の運命。事によると、今にでも即決令で外へ出されて、五分後は地獄行きかも知れない。朝から他の者が次々と死刑にされて行くのに、夕方から私らだけは残されていたので、まあ一《ひ》と筋の希望をつないでいたのだが、灰色の男が、いま呼び出さ

れて殺されたからには、我々もこれから十分後の事は判らないのである。だから補助憲兵が回って来る毎《ごと》に、私は冷《ひ》んやりした凍りつくような気持になる。

外へ連れ出されて銃殺される前に脱出しなければならぬ。この建物は前の正金銀行の支店で、私が今放り込まれている地下室は、重要書類の格納庫だったから、厳重に鉄格子まではまっているのだが、幸い私が入れられて居る第四号室は、非常の際には係員が詰めるようになっていたので、書類戸棚の下に、ちょっと見ても判らぬが、灰色にペンキの塗ってある、防空壕へ降りる途《みち》の入口の蓋《ふた》がある。

この内部の事情がよく判っていた私は、熊が寝鎮《ねしず》まるのを待って、そっと一人で破獄するつもりでいたのであるが、この分では到底それ迄《まで》、生命がもつかどうか判らないのである。灰色の男の次は、私か熊か、それとも順番でなしに、一緒に呼び出されて揃って地獄行きかも知れぬ。熊が殺される時は自分も同じ運命だと覚悟がついて彼も道連れにして助け出してやる肚《はら》をきめたのである。

補助憲兵が回って来るのは五分置き。あれから三回巡邏があったから、次の銃殺までにあと四十五分。呼び出して銃口の前で整列させられるのに二十分かかるとみて、正味あと二十五分。こうなると、もう一刻の猶予もできない。私は暗闇の中で、熊のごわごわした剛毛のはえた手首を引張ると、書類戸棚の下を手さぐりに蓋を探して、それを持ち上げると、まず自分が先に狭いコンクリートの階段を下りた。熊は身体《からだ》が大きいので窮屈そうに後をつづいて、ばたーんと下から蓋をした。その音が冷んやりするコンクリートの壁にはね返って、大きく響いて来たので、まだ次の見回りまで四分はあると計算はしていたが、狼狽《ろうばい》して真っ暗な闇の通路を、つき当らぬように両手を前につき出して走った。

熊も途中で躓《つまず》いたが、転《ころ》びながらも、ふうふう云って駆けた。二人とも夢中でぬけ出して、防空壕の中までようやく滑《すべ》り込んだ。ここ迄、脱出すれば、もう、あの屠殺場の屋外である。昔は浪速通《なにわどおり》広場と云っていた此処《ここ》も、今は変って勝利広場《ローヴイドウ・ナホジッツア》。向いのヤマトホテルが、いまは司令部所在地。

「……巧《コーンチエノ》くいった」夢心地のように、熊は熱っぽく囁《ささや》いた。だが、何時《いつ》までもこの中に隠れてはいられない。脱獄が発見されたら、あの入口も見つかるだろう。此処をなんとかして早く脱出しなければ、まだ銃口の脅怖から解放された、とは云えないのである。

「こりやいかん《ニーカク・ニエリジヤー》……歩哨《チヤヴオイ》がたっている」

　防空壕の蓋をそっと持ち上げた私の目に映ったのは、赤青のネオンにかこまれた、大肖像画の下に立っている、赤帽の憲兵《ジヤンダルム》の姿だった。もう少し離れて居れば、暗闇に紛《まぎ》れて這《は》い出して逃げられるが、ほんの十米《メートル》位《くらい》のところである。と云って、此処に居る事は、やがて死を意味する。せっかく巧く壕までは脱出して来たが、これから先は、もう一か八である。出るも死、匿《かく》れているも死。それに時間の余裕もない今となっては、ただ思い切って外へ飛び出すより途はない。

「……どうだ《カーク》?」と顔を見合せると、熊も同じ考えとみえて、

「うん《ダー》」と低い声で点頭いた。

　だが、あの憲兵の眼をかすめて、逃げ出す事は不可能である。熊は反対の方の壕の蓋をあけると、腹這いになって外へ出た。青白いバナナ型の三日月が、街路樹の蔭《かげ》を淡いデッサンで地上に画いている。のっそりした大男が、まるで猫のように、敏捷に獲物におどりかかった。憲兵は自動銃を頭の上

に振りあげたまま、背後から首をしめつけられる重みで前にのめった。

「……誰《クトー》か?」とかすれたように唸めきをあげる咽喉《のど》を、熊はぐーっと搾《しぼ》るように両手の指先に力をこめて圧《お》しつけていった。地上に押《おさ》えつけられた憲兵の手が、もじゃもじゃした熊の赤毛を引張った。それを振り離そうと、熊は頭をふって、絡《から》みつく相手の腕に噛みついた。血が黒く月光にかげった。蹴り上げるように、コンクリートの鋪《ほ》道《どう》に踊っていた憲兵の長靴《サバキー》が、だんだん動かなくなった。

「……話は済んだぜ《コーンチエノ》」

喘ぎながら熊はよろめくように立ち上った。水を浴びたような汗が顔中の髯《ひげ》をぐっしょりと濡らし、かたまった血の塊《かたま》りを流していた。

「……どっち《クダー》へ逃げる?」と声をかけた時である。司令部の警戒兵が見つけたらしく、いきなり、ダダーンと自動銃が撃って来た。

「しまった……《ニエ・ハラシヨー》」と駆け出そうとした熊が、いま締め殺した屍《し》体《たい》につまずいて倒れた。

「――どうしたんだ《チトツス・ワミ》」と声をかけたが返事をしない。抱え起そうと手をやると、どくどく背中から、なまなましい血がふきこぼれていた。私は、はじかれたように暗闇の中へ駆けだした。

(二) ――疑――

鋪道の上をハンマーで殴りつけるように、長靴の音がどんどん迫って来る。ズダーンと銃声がした。

はっとその儘《まま》前にのめって、身体をぴったり大地に押しつける。シューッと青い火花が、前の建物の御影石に鋭くはじく。横町へ腹這いになって逃げこむと、思いきり息をきらして走る。背後から追跡して来る足音は、だんだん近く聴《きこ》える。またズドーンと襟首《えりくび》のうしろで鳴る。さっと両手を前につき出したまま、のめるように倒れる。ガラガラと窓硝子《まどガラス》がくだけ飛んで、破片がうつ伏さっている頭に刺さる。血だ。どろっとした血が耳朶を伝わって来る。入り乱れた靴音が近づく。はっとして跳《は》ね起きると、また飛び出して一目散に走る。背後からどんどん狙撃されるので、背をまるくして、なるべく身体を縮めて駆けるのだから、思うようにとても走れない。ただ息苦しくなって、眼まいがして来そうである。

だが此処では死ねない。どんな事があっても今は死ねない。歯を食いしばって、倒れそうになる身体を鞭うって走る。暗い陰《かげ》を縫って、転がるように逃げる。あの思いもよらぬ殺人容疑をはらそうと、死の地下室から脱出して来たのである。どんな事があってもと、自分で云い聞かせ励まして、闇の街を盲目滅法に走る。だが狂いそうに駆ける私の脳裡を、昨日の悪夢が走馬灯のように、ぐるぐると、いまわしい憶《おも》い出の影絵を回転させる。

同じ二科の仲間が来てるのを幸いに、家を焼失した私はM百貨店で個展をひらきに来て、そのまま住みついて居る裡《うち》に八月を迎え、十八日に軍隊が入って来ると、宣伝部の絵の仕事を命ぜられ、多忙な日を送るかわりに、街路で連れて行かれたり、自宅を荒される危険もなかったので、身分保障のある事を他の者から羨《うらや》しがられて、比較的落着いた生活がゆるされていた。それに、係りのケレンスキー中尉が親切で、私が精力的に仕事をどんどん片づけて行くのを喜んで、押収品の缶詰ばかりでなく、本国からの黒麦酒なども内緒でよくくれた。そのうちに私もかた言ぐらいなら喋《しゃべ》れるようになったので、二人の間には親愛な友情に似たものさえ湧いて来た。

「あすの金曜日《ピャツニツア》に僕の家へ来ないか。昼飯《アビエド》を御馳走する……実はね、僕の愛人にして同志である婦人党員のニーナ・ペトロヴィッチが、党宣伝部から派遣されて、此方へ来ているんだ」と前置きしてから、ちょっと片眼を瞑《つぶ》って、

「……ニーナは君、日本人だよ」と私の肩に手をかけて、そっとつけ加えた。

ニーナと呼ぶ女党員が、日本人であろうが朝鮮人であろうが、そんな事に興味はなかったが、辛うじて生命の保証だけを得ているに過ぎない私は、相手の好意を無視する事はできなかったので、愛想よくその手を握り返して、「やあ、そりゃ済みません《スパシーボ ダー》……」と、その招待を承諾した。そして翌日、何気《なにげ》なく青葉町の彼の家に案内された私は、接収された日本家屋の畳の上で、中尉に手を取られて出て来たニーナ・ペトロヴィッチに向き合うと、あまりにも意外な再会に、暫《しばら》くはものも云えなかった。

「なんだ《チトー》、彼女《アナー》を知ってるのかね？」

中尉は不審そうな顔をしたが、知っているどころではなかった。ヨーロッパから来た女は、忘れられないこの私の前の妻だったのである。

今から十三年前、美校を卒業した年だったが、私は秋の出品を焦《あ》せりすぎて、肋膜《ろくまく》を患《わずら》い日赤病院

へ入院した。その時の付添看護婦《つきそい》が、まだ養成所を出たばかりの、あどけない十八娘の大月紀美だった。眼のぱっちりした紀美の肉体が、日本人離れのした均整がとれているのを、その白い服を透して発見した私は、すっかり元気づいて彼女を、無理矢理にモデルに頼みこんだ。しかし全裸となると、流石《さすが》に紀美は恥《はず》かしがって拒んだ。

「——俺は、好きなんだ……」凶暴に私は思い切って、紀美を自分のベッドの上にねじ伏せた。

「いけないわ。乱暴なことして、無理したら、また熱があがってよ……明日の御回診の時、わたし先生に叱《しか》られるわ」

糊《のり》のきいたごわごわした白い服の、長い裾《すそ》の乱れよりも、患者の私の容態を案ずる紀美に、どうしてもこの娘を裸体にして、モデルにしなければ、病室では制作ができないと、利己的な考えで彼女を自由にする為に、技巧的に熱っぽい唇をその頰に押しつけていた私も、しみじみとした愛情をふっくらと、抱きしめている、そのふくよかな乳房から感じた。

「——結婚しよう。一緒になろう……」

上にのしかかった儘、やわらかい娘の耳朶に、そっと歯を押し当てて、自分でも無器用な言葉つかいだとは思ったが、口に出るにまかせて囁《ささ》やいた。愛の言葉を選択するより、青い山桃のような唇の霑《うるお》いを、激情に駆られて私はむさぼっていた。紀美はじっと眼を瞑っていたが、烈《はげ》しい男の情熱に抵抗できなくなると、低い声で、喘ぐように、

「……カーテン、しめて……」と訴えた。

青白い月光が遮断されると、室内の暗い闇に、白い紀美の肉体が幻影のように、ベッドの上で投げ出されている。手さぐりで、また、もとの位置に戻った私は、石膏《せっこう》細工のように、じっとしている少女を、乱暴に抱きしめる。脅《おび》えた肉体はこきざみに皮膚を痙攣《けいれん》させて、すんなりした二の腕を私の首に強くまきつけて、むせび哭《な》くように荒い呼吸を、暗黒のベッドに震動させる。

その翌晩から、カンバスを病室に持ち込んだ私は、錠を早くかけて、紀美の白い肉体を愛撫しながら、それをせっせと精魂こめて描き初めた。ただのモデルと違って、その皮膚の隅々まで、すべてを知り尽している、己《おの》れのものにした肢体は、描くのに楽な気もしたが、私は必死になって、カンバスの上でも彼女を自分のものにしてしまおうと、血みどろに少女の裸像と取り組んだ。これが辛うじて秋の上野に間に合った、初入選のあの『夜の裸婦』だった。

退院すると私達は池袋に小さな家を借りたが、まだ私の絵では夫婦の糊口はしのげなかったので、紀美はひきつづき病院へ勤めていた。若い私達は前途の希望にもえていたので、生活の不自由さも別にそれ程《ほど》苦にはしていなかった。だが、その二人の甘い生活も、思いがけない破局が来たのは、まだ飽きも飽かれもせぬ半年目だった。日赤看護婦の紀美のもとへ、召集の冷めたい紙片が来たのである。私と紀美は別れる位なら、一緒に死のうかとも相談しあったが、その頃の世間の常識では、そうした事は許されなかったので、（きっと無事に戻って来るわ）と指切りをする可愛い紀美の言葉を信じて、私は町内会の連中と、応召して行く彼女を、元気よく笑顔で見送ったのであるが、それから一年後、戻って来たのは白木の箱で、開けてみると一《ひ》と握りの砂と石だった。（ノモンハンにて戦死）ただそれだけの公電があったきりで、遺留品も別に戻って来なかった。

（吾《わ》が妻は石と化したり吾れも亦《また》、化石のごとくものを想はじ）そんな追悼の歌を捧げて、私は愛する妻の幻を追って、今日まで殆《ほと》んど一人で暮して来た。それなのに、これは又《また》、思いがけぬ、めぐり逢いだった。

「いいえ《ニエト》……知りません《ヤーニユ・ズナーユ》」と首をふって握手を求めると、紀美も表情を硬《こわ》ばらせたまま、

「どうぞ《プラシウ》、お掛け下さいまし《パジャールイ》」と椅子をすすめた。

二人の方に視線を向けまいと、蒙古人の従兵の運んで来る料理を、うつ向いて黙々と食べていると、

「どうしたね《チートスワミ》。話でもしたら《ガワリーチエ》……」

不審そうに声をかける中尉に、ニーナが周章《あわ》て横から、早口に何か笑声を作って説明した。

「貴方《カスパジーン》はニーナと同じ街にいた、古い友達だったそうじゃないか――詰《つま》らん遠慮はいらん。まあ日本語で構わんからおおいに語るんだね」

初めて納得したと云った顔で中尉は機嫌よく笑った。だが日本語でも此処で何が話せるのだ……。

「――二時間あとに来て下さい。このひとは出掛けます。私一人だけで待ってます……」

世間話でもする調子で、真剣な言葉つきとは反対な、陽気な身振りで偽装させながら、ニーナは囁やいた。私は点頭いて承諾した旨を眼顔で知らせると、今日は仕事が沢山あるから、改めて訪問すると、ひとまず中尉の家を出た。そして、指定の二時間より用心して故意《わざ》と三十分程《ほど》遅れ、そっと忍び込むように再度の訪問をした。

玄関はあいていた。私は畳の上を歩いて二階へ上った。どの部屋に紀美が待っているかと、次々と唐紙から覗いて最後の突き当りの薄暗い奥の間まで行くと、蒲団を六七枚重ねたベッドの上に、仰向《あおむ》けに寝ている彼女を見出した。寝室に入るのは気がひけて、そっと声をかけたが、どうしても起きて来ないので、変に想って室内に足を踏みこすと、ベッドの上の紀美は、呼んでも起きない筈《はず》で、べっとり胸を血まみれにして、紅バラの花みたいに絶命していた。

誰に殺されたのか、瞬間私の網膜に浮んだのは、嫉妬に狂ったケレンスキー中尉の顔だった。畳の上に放り出されてあるコルト型の拳銃を、何気なく手にとった時、唐紙の間から此方を凝視している黒い眼に気づいた。彼奴だ。あの蒙古人の従兵だと思った時、その男はやにわに飛び込んで来て、猛然と私に襲いかかった。此奴かも知れぬ。俺を殺して口をふさぐ気だなと、握っていた拳銃を構えたが、この男を此処で撃ってはまずいと考えたので、脅しながら一歩ずつ退いて廊下まで出た時、どんどん大股で二階へ昇って来る足音がした。誰かと思うと中尉だった。忘れ物でもして、取りに戻って来たような風だったが、拳銃を構えている私を見ると、驚《おどろ》いたように自分もはーっとして腰の拳銃をぬいた。

私は中尉が戻って来たからには、もう好いと思ったので拳銃を投げ棄てて、すぐこの場の事情を説明した。そして何故《なぜ》此処へまた来たか話すために、隠しても仕様がないと思ったので、彼女が前の妻である事もつけ加えた。これが不味《まず》かった。従兵が訛の多い言葉で大声に喚めくのを、黙って聞いていた中尉は、無言のまま拳銃をつきつけて私を壁際まで追い詰めると、従兵に眼くばせして縛らせ、近くの憲兵詰所へ連行して、朝になると、私の弁解もとりあげず彼処《あすこ》の死の地下牢へ送りこんだのである。

(三) ——謎——

この家である。追われるままに、当てもなく、レーニン大通《プラスペークト》も真っ直《す》ぐに走って来たが、やはり辿《たど》りついたのは此処だった。最早《もはや》こうなっては逃げられもしまいから、熊のように道端で撃ち殺されるのも覚悟だが、その前に一言あの中尉に、はっきりと自分ではない事が云ってやりたかった。覚えもない殺人容疑で死刑になるのは、死んでも死にきれない気持だった。

錠が掛っている。玄関はあかない。だが二階の窓は開いて居る。横の杏の樹《き》に登って行けば、あすこに手が届く。

カーテンの間から潜りこむと、あの奥の間だった。白い大きな布が掛けてあるが、紀美の屍体はまだその儘だった。飛込む時に音をたてたらしい。階下から誰か昇って来る気配がする。中尉かあの従兵かと待ち構えて居ると、二人一緒だった。流石に意外な私の姿を見ると、面食《めんくら》ったように眼を見張っていたが、

「……何《チトー》んだ?」と意味もない事を口走った。

「俺《ヤーニエ・ズナーニ》はなにも知らん、無関係なんだ……ただそれだけを云いたくて来たんだ——」

私はゆっくり発音してそれを云うと、撃たば撃て、また縛らば縛れと云った気持で、腕組みしながら眼を瞑った。

「……晴天の身《ハローシヤアパコータ》だと、命《シーズニ》にかけて云いに来たのか……」中尉の声は心もち震えた。

「——ケレンスキー中尉、私と貴方《サムノーイ・カスパジン》のこの三月の友情にかけて誓う。昨日話した通りなんだ」

中尉は身体中を痙攣させたように、ぴくぴくさせていたが、やがて、ウーと獣のような唸《うな》り声をあげると、いきなり飛びかかって、

「……貴様《ツイ》だッ」と蒙古人のチムキンの首を、鶏《にわとり》のように絞めつけながら「あの拳銃は貴様のだ。俺の留守中、あの日本人が来る迄、家にいたのは貴様だけじゃないか。この悪魔め。貴様がニーナに対して、どんな素振《そぶ》りをしていたか、俺はうすうす感づいて居たんだぞ。貴様は俺の留守を狙って、ニーナに失礼な事をしかけて拒まれ、それで後から彼女が俺に告げ口すると心配して、その口をふさぐ為に殺してしまったのだろう……」

「——そりや違います《ニーカクニエリジヤ》」蒙古人は苦しそうに、押えつける中尉の腕の中から絶叫した。

「貴方《カスパジン》が殺したんだ……この日本人が帰った後で、しつこく貴方は奥様をお責めになった」

「ばかを云え《ニエート》……」中尉は手を離して、かためた拳固で蒙古人の厚い唇をつき上げた。

「なんです《チトー》、嫉妬に狂って殺したくせに、この私に罪をかぶせようなんて、悪魔の仕業《しわざ》だ」

切れた唇から流れ出る血を、べっべと吐きながら、無念そうに蒙古人は睨《にら》み返した。

「……貴方は外出するように見せかけて置いて、この窓から樹を伝わって上へ登って来て、下の室に

置いてあった私の拳銃で、奥様を撃ち殺すと、二時間後にこの日本人が来るのを知っていて、故意と忘れ物でもしたような顔で、改めて戻って来た恰好《かっこう》をしてみせた……」

「やかましい《ニエート》。銃声がしたのは何時だ《カグダー》？」

中尉は肩をぶるぶる震わせながら、また摑《つか》みかかろうとするのを、蒙古人は喘ぎながら、逞《たくま》しい腕をふるって遮《さえ》ぎって、

「白をきるのは気に食わねえ《ムニニー・ハエ・ヌウ・ウィッツア》――」と吼《ほ》えるように、逆に食ってかかって睨みつけると、

「バンバン――此処は戦場みてえに、朝から晩まで碌《ろく》でなしの泥棒共《ども》が、撃ちまくって悪い事ばかりしてるんだ。銃声なんか、ひどい時にゃ、一分間に一つは聞えるんだから、お前さんにゃ好都合だったろうが、その、ごまかしにゃ乗らねえ――」

犬のように、とがった歯をむいて、蒙古人は激情を爆発させた。

「じゃ、俺が殺したとでも云う証拠があるのか……」中尉は真っ青になって、唇をぶるぶる痙攣させながら、血ばしった眼を鋭くひからせて、相手に食いつくようにさけんだ。

「ある《ダー》――」黄色の大男は獣のように喚めいた。

「云ってみろ《ガワリームエ》」中尉も負けずに怒鳴《どな》った。

「……俺が、角の酒屋へな、用足しに行ってた時、確かこの窓の方角で、近い銃声を耳にしてるんだ。帰って来たらこの日本人が、拳銃を握って立ってるから摑《つかま》えたんだが、よく考えてみりゃその間は、二十分余りあるんだ……この男じゃねえ、殺したのは確かに貴方だ」

「まだ云う《ニカーク・ニエリジャー》のか、よせ。盗人猛々《ぬすっとたけだけ》しいのは貴様だぞ。この蒙古人の黄色い悪魔め……」

中尉は片手でチムキンの首を抱えこみながら、腰の拳銃に手をやった。その隙に、チムキンは中尉の下腹を蹴りあげて跳ね起きると、何処《どこ》に隠していたのか土耳古《トルコ》型の短剣を右手に構えた。そして、ふーふと口で荒い息をしながら、歯と歯を鳴らせて躍りかかった。中尉はさーっと身をよけたが、二の腕をそがれたとみえて、反《かえ》り血がチムキンの黄色い顔にさーっとかかった。すかさずダーンと一発うったが、腕の痛みで狙いがはずれ、弾丸は卓子《テーブル》の花瓶をうちくだいた。その破片が散らばった畳の上で、右手に拳銃を持ちかえた中尉が、目まいでもこらえるような表情で、じっと蒙古人を睨みつけた。

「――くたばれっ《カニエーツ》」血だらけの顔を汗ばませて、チムキンはまた土耳古《トルコ》刀を振りかざして飛びついた。ズダーンと硝煙の匂いが、また部屋中を包んだ。蒙古人は悪鬼のような表情で、中尉の胸に刃をさし込んで、その上に重なったが、まだ息がある。左手を延ばして相手の首を押さえつけようと、指先をぶるぶる震わせている。ダダーダンと続けて中尉はまた二発、最後の気力をしぼって撃った。だが弾丸は今度は天井を撃ちぬいた。白い漆喰《しっくい》の粉末が雪のように、真《ま》っ紅《か》な畳の上に降って来た。

――自分が紀美を殺して置きながら、その罪をひとに転嫁させ、銃殺の檻に送り込んだ奴に、噛みついてやりたい憤《いきどお》りを感じつつ、どちらが真の下手人とも判らぬ儘に、私は激しい憎悪に駆られた瞳で、じっと二人の血みどろな争いを凝視していたが、あまりの凄惨さに顔をそむけると、今はなき妻のベッドに近づいて、そっと白い掛布をめくった。乾燥季で空気に湿気がないせいか、屍体は蠟細工《ろうざいく》のように瞑《ねむ》っていた。撃ちぬかれた心臓の所は白布で幾重《いくえ》にも巻かれてあるので、別に外に血も滲《にじ》み出していなかった。まるで安らかに瞑目しているような寝顔だった。しずかに額の上を撫《な》ぜてやりながら、その乱れた髪をみると、そっと揃えてやりたくなった。十三年前私達が夫婦だった頃、毎晩私と紀美は互いに髪毛を、一枚の櫛《くし》で撫ぜつけあって寝るのが、あの頃の二人だけの愛撫の習慣だった。枕許《まくらもと》の白い櫛をとると、私は紀美の昔と変らぬふさふさした黒い髪毛を撫ぜつけてみた。

襟《えり》のまき毛のところで櫛がひっ掛るので、変に想って手をやってみると、墨染めの観世《かんじん》よりがまきついていた。毛をとめるならピンを使えばよいのに、ヨーロッパから来た女が、日本風な、しかも古風な、観世よりをしているのが気になって、それをといて何気なく指先でひろげてみると、思いがけない細かい字がそれには、ぎっしり詰っていた。

「お懐《なつか》しいお姿にまたこの世で、お目にかかれるとは夢にも思いがけませんでした。ノモンハンで仮死の状態で収容され、ブラゴエから欧州に送られた私は、産婆や看護婦の技能が役立って、仕事を与えられている裡に今度の戦争になり、日本人の宣撫の為に派遣されて来たのですが、夢のような再会から、ニーナは紀美に戻ってしまいました。

女は境遇にすぐ同化して、その運命に甘んじてついて行くと云いますが、紀美に戻った私は、もうニーナとしては過《す》ごせなくなりました。

ケレンスキーは私を同志として愛人として、尊敬と愛情を与えて呉れますし、蒙古人の従兵は、この世の中で、私を一番豪《えら》い者のように慕って居《お》りますが、それがなんだったのでしょう。すべてが仮《かり》初《そめ》の約《やく》に過ぎませんでした。

懐しい祖国。長い歳月堪《た》えに堪えていた望郷が、貴方に再会した途端から、耐《たま》らなくなってしまいました。だが紀美は、十三年前に死んだ事になっている女ですし、ニーナとしては、此方から戻る許可も出ない身の上です。私は死ななくては祖国へ戻れぬ人間なのです。——貴方も死んでいる私でしたら、妻よ、紀美よと昔のように呼んで下さるでしょう。あの愉《たの》しかった池袋の小さな家。本当に夢みたいな、あの頃の追憶だけが、私にとっては総てでした。女に幸福を与えて呉れるのは、最初の男だけだと云いますが、お骨になってでも、貴方にまた抱かれて祖国へ連れ戻って頂けると想うと、この紀美は本当に嬉しくて泪がとまりません……」

そこ迄《まで》読むと、蒙古人の下敷になって虚《うつ》ろな瞳をあけている中尉の許《もと》へ、急いで戻って行った私は、屈《かが》みこんでその耳もとに口をつけ、

「すべて《フシエー》が誤解だ。彼女《アナー》は自殺だったんだ」

とよく聴えるように囁やいてやった。

「済まんかった《イズイニーチエ》……それじゃ、俺でない事も判ってくれたね……」中尉は消え入るような低い声で、やっとそれだけ呟《つぶや》いた。そして暫く間を置いて、

「——俺はなにも知らずに《ヤーニエ・ナクーユ》、君を憲兵に渡したが、俺は自分の罪を他人に負わせるような卑怯者じゃない。蒙古人はニーナを慕っていたので、俺を最後まで誤解して死んで行ったが、君だけにでも判っ

て貰えて、俺は嬉《ヤーリコブッュ》しいよ……」

うめくように云い終えると私の手を求めた。

「うん《ダー》、吾々《われわれ》は信じあう事がたらなかったんだ。僕は僕で蒙古人が喚めいたように、君が彼女を殺したとばかり思っていたんだ……」

「そりゃ、いかん《ニーカク・ニエリジャー》……だが、今となれば互いに信じあえるだろう」弱々しい微笑を浮べて、中尉は私の手の甲を両手で握りしめた。

編者解題

藤田知浩

八切止夫は、一九六〇年代以降、独自の歴史観を元にした著作で有名になった作家であるが、それより前は主に耶止説夫の筆名で活動していた。本書は、耶止時代の作品群のうち、国際的かつミステリ風の小説を選び収録した。時期的な内訳は、戦前が十三作品、戦後が一作品であり、収録の順番は初出発表順を基本としている。初出未詳分については、内容や収録された単行本の刊行年月日から発表時期を推測した上で、確定済みの初出順に差し込んでいる。

耶止説夫のプロフィールであるが、一九四三（昭和十八）年に満洲の大東亜出版社（耶止本人が経営）から刊行された『異変潮流』には次のような文章がある。

著者略歴　本名矢留節夫、大正三年十二月二十二日横浜市に生れ、東京名古屋と移り、愛知一中より日大文科に進み打木村治らと「作家群」により卒業後貿易商として南方生活を送る。帰国後耶止説夫の筆名にて作家生活に入り今日に到る。現住所奉天市浪速通十五

著書目録　「太平洋部隊」「南進報国隊」「長崎丸船長」「大東亜海綺談」「南方風物誌」「漂う米国

旗」「南方探偵局」「海底突撃艇」「南蛮船合戦」「南の誘惑」「左膳捕物帖」「男の世界」「異変潮流」「営口号事件」「謎の曲馬団」その他翻訳等あり

近年、八切止夫の研究が進み、耶止時代の経歴もかなり判明している。たとえば、若狭邦男の『探偵作家尋訪——八切止夫・土屋光司』（日本古書通信社、二〇一〇（平成二十二）年）収録の「八切止夫年譜」によれば、実際の生まれは名古屋であったらしい。したがって「著者略歴」の記述を鵜呑みにするわけにはいかないが、自社刊行の本に掲載されているこの文章は公式のプロフィールで、おそらく本人が書いている点で貴重であり、大学卒業後に商人として南方へ渡り（具体的にはミクロネシア方面）、日本に戻り作家として活動するものの、略歴執筆時には満洲国時代の奉天（現在の中国・瀋陽）に住んでいるという海外体験が明記されている。また、先の「八切止夫年譜」によると、一九三九（昭和十四）年に海軍報国隊の一員として旧オランダ領セレベス島（スラウェシ島）に行っていたとのことである。

晩年、八切止夫として過去をふり返った文章に『同和地区解放史　特殊村落の歴史』（日本シェル出版、一九八四（昭和五十九）年）の第三部があり、作家としての原点である耶止時代についても触れられている。そこから引用すると、「二十歳前後に「南方風物誌」など当時は十万でベストセラーだった時代に、二十作ぐらいの単行本を名残りのつもりで、故加藤武雄先生、故直木三十五先生その他の代作をさせて貰う他に書いたのも生命燃ゆと思っていたゆえ一日七十枚は書いたものだし雑誌一冊分も書いた」という。デビューの頃から執筆量が多くベストセラーも出ていたわけであるが、紀行文である『南方風物誌』（新興亜社、一九四二〔昭和十七〕年）は当時の南方ブームに乗っていたはずで確かに売れたのであろう。とはいうものの、耶止時代に書かれたのは小説が圧倒的に多い。

耶止の出世作とも言えるのが『新青年』第二十巻第十六号（博文館、一九三九〔昭和十四〕年十一月）に掲載された「珊瑚礁王国」である。土地勘があったであろう南洋を舞台にした冒険要素の強い小説であり、また主人公が「ヤトメ」と呼ばれているように実録小説風でもあった。この作品で耶止は、海外での経験を小説に活かす手法を確立したのである。

以後、耶止は「海豹髭中尉《シールビアド》」のような南洋ものの作品を次々に発表したが、それにとどまらず色々なジャンルの小説を手がけていった。『異変潮流』（大東亜出版社〔満洲〕、一九四三〔康徳十〕年）に収録された「椰子酒」と「赤い痴呆」には自身による解題が付けられているが、その中で自分の作品群を「探偵科学時代ユーモアとあらゆる大衆もの」と括《くく》っている。探偵小説、科学小説、時代小説、ユーモア小説というようにばらばらに見えるジャンルであるが、確かにそれらを書いており、本にもまとめている。たとえば単行本の角書きを見ると、『太平洋部隊』が「科学小説」、『南蛮船合戦』が「時代小説集」、『青春赤道祭』（『漂う米国旗』と同じ内容）が「明朗小説」（ユーモア小説のこと）となっており、『南方探偵局』は角書きこそないものの「探偵」が書名に入っている本である。もっとも、本書収録作の多くがそうであるが、耶止の小説は明確にジャンル分けされて書かれているというより、様々な要素が一つの作品に合わさっていると言ったほうがよい。そしてそれらの多くが、自ら往来した地を含む海外を舞台にしているのである。

耶止が次々と小説を発表したのは日中戦争から太平洋戦争へと移る頃で、掲載誌の内容は時局に影響され始めていた。そして日本国内での犯罪を扱う探偵小説は不謹慎と見なされるようになり、探偵作家は執筆を諦めるか、時代小説などへと活躍の場を変えていった。そのような時代であったにもかかわらず、耶止の小説はミステリの味があるものが多い。自分にとって馴染みが深く、自由に物語を展開できる日本近辺の海外を舞台にして、敵対国の人間を犯人役にするという変則的な方法であるが、時代の制約を逆手にとって探偵小説風の作品を成立させている。時局の影響を受けているように見える小説も多いが、本書ではそのような耶止の独自性を重視して作品を選んでいる。そして耶止の小説は、奇想とでも言うべき想像力で物語の真相を提示することが多い。それゆえ本書は国際性だけでなく、独特な発想にも注目した上で作品選択を行った。以下、具体的に収録作について触れていきたい。

× × ×

「海豹髭《シールビアド》中尉」（初出……一九四〇〔昭和十五〕年三月）

舞台はソロモン諸島付近で、第一次世界大戦後から第二次世界大戦直前の複雑な国際情勢が反映されている。日本とドイツは第一次世界大戦では交戦国であったが、一九三六〔昭和十一〕年に日独防共協定を結ぶ。そのような状況下、ヒトラーより皇帝を信奉する昔ながらのドイツ軍人を、日本人の商人（一人称で主人公名は出てこないが、初出の惹句ではミスター・ヤトメ）がトリックを用いて救うという話である。作中ではイギリスが悪役であり、日本の友好国であるドイツは好意的に描かれている。もっとも、ドイツ植民地時代は優良な統治が行われていたと強調されているが、作中で少し触れられているジョカージ反乱事件はポナペ島で現地の住民が起こしており、耶止も『ユーモアクラブ』第四巻第二号（春陽堂文庫出版、一九四〇〔昭和十五〕年二月）で発表した「動かぬエムデン」で描いている。それはともかく、当時の小説のパターンでは、敵対国の白人は横暴かつ愚かであり、本作でその役を割り当てられたイギリス人も例外でない。映画を見馴れているはずのイギリス人が即席上映にだまされるのは、いくら何でもという感はある。だがここで重要なのは、映し出されたのが、イギリス人が観た事のない丹下《たんげ》左《さ》膳《ぜん》（隻眼隻腕の剣士で、演じた大河内伝次郎の発音では「たんげしゃぜん」）の殺《た》陣《て》や、鈴木澄子の化け猫映画の場面であり、カルチャーショックゆえの現象と解釈すべきである。

「聖主復活事件」（初出……一九四〇〔昭和十五〕年十二月）

主人公の日本人が居を構える西オーストラリアは、十九世紀後半のゴールドラッシュ時に各国から移民が流入した州で、本作でも色々な国の人間が登場する。具体的には、助手役の中国人、手伝いのイタリア人、依頼人のアイルランド人、事件の首謀者で失踪したオランダ人、警察のイギリス人、となる。しかし最後に、首謀者の国籍はオランダではなくドイツであることが判明する。宗教を利用した大がかりな詐欺のように見えた事件の真相は、ドイツによるスパイ行為であり、日本人の主人公が見逃してドイツ人を助ける展開は「海豹髭《シールピアド》中尉」に近い。

「マカッサル海峡」（初出掲載時期未詳）

舞台はオランダ領東インド付近。主人公は日本人の船員で、オランダ人に追われる現地の住民からマンゴーを預かる。その果実は秘宝の手掛かりを示すキーアイテムのように扱われるが、果実自体にボルネオの高価な特産品が組み込まれていたという南方らしい話になっている。

「銀座安南人」（初出掲載時期未詳）

舞台は日本で、主人公は銀座の会社で働き、その街を闊歩するモダンガールである。年月日は作中では明記されていないが、仏印と日本の共同防衛条約が出てくるので、一九四〇（昭和十五）年九月の日本による北部仏印進駐の頃か、それより後と推測される。物語は、最初こそ日本人女性と外国人男性のロマンスのように見えるが、男性がさりげなく裕福さを強調するあたりから詐欺事件のようにも思えてくる。しかし真相は、ベトナム人に化けたフィリピン人（フィリピンは当時アメリカの植民地）によるスパイ行為であり、主人公の機転が敵組織の壊滅へとつながる。国際関係の悪化のためか、当時はスパイ小説がよく書かれており、その一つである本作は防諜を訴える内容になっている。

「熱帯氷山」（初出……一九四一（昭和十六）年二月）

「銀座安南人」では日本とフランス領インドシナ（当時は親ドイツのヴィシー政権下）との関係が良好

なように描かれているが、日本の北部仏印進駐はアメリカなど諸外国との関係を悪化させ、アメリカは制裁として日本への資源輸出に制限をかけるようになった。本作が発表されたのは一九四一（昭和十六）年二月で、同年七月の南部仏印進駐の結果アメリカが日本への石油輸出禁止に踏み切る少し前である。生産・軍事に必要な石油であるが（本作では大陸の戦場に送られることになっている）、当時の日本においては九割が輸入で、その多くがアメリカからという状況にあった。そこで新たな供給先を南方に求めて活躍するというのが本作の筋である。日本シェル出版から復刻された『明治密偵史』（一九八一（昭和五十六）年）は宮武外骨の本に八切止夫が校注を加えたものであるが、八切はその解説部分で、過去の自分を密偵になぞらえ、陸軍航空本部や海軍報道部の援助をうけて「臭い水の出る個所を見つけてこいと最年少の作家として密かに派遣された」と記述している。それはともかく、フィクションである本作では、日本人が南方で油田の開発に成功するものの、輸送の段階でことごとく失敗する。そこで裏で糸を引く黒幕と対決するために、熱帯の海を氷海にするという奇策が用いられる。これは「海豹髭《シールビアド》中尉」と同じ仕掛けと思わせるが、本作では小麦粉のほかに人造の氷塊が使用されている。この氷塊の製造方法には一応科学的な説明があり、また黒幕が船上で発火させる手段も同様で、本作は科学小説にもなっている。ちなみに黒幕が使うVボートは、ドイツ軍の使用していたUボートではなく、アメリカの軍用潜水艦である。作中では最後に、ライフルの弾であまりにも簡単に沈められてしまうが、悪役を割り当てられた敵対国に用意された勧善懲悪的な結末と言えよう。

「笑う地球」（初出……一九四一〔昭和十六〕年五月）

舞台は南方のスマトラ島であるが、本作にはドイツが大きく関係している。第二次世界大戦はドイツのポーランド侵攻から始まるが、ドイツはヨーロッパの国々を立て続けに降伏させ、次はイギリスの番であると日本でも思われていた。たとえば、『新青年』第二十二巻第二号（一九四一〔昭和十六〕年二月）に掲載された海野十三の「英本土上陸戦の前夜」は、最後にドイツ戦車部隊がイギリス本土へ侵攻する小説である。もっとも、実際にはドイツ軍はイギリスに上陸できず、海野の小説もフィクションにとどまった。海軍の戦力が不十分なうえに、航空攻撃をかけても制空権がとれず、そのうちに攻撃の鉾先をソ連へと変えたのである。しかしながら、同盟国に期待する当時の日本人にはドイツがイギリスに侵攻しないのは謎であったのか、本作が真相として提示するのが秘密兵器の存在である。当時のドイツは兵器開発に力を入れており、イギリス上陸作戦のために耐水処理を施した戦車を製造してまでいるが、さすがに海峡を自力で渡るほどの性能は無かった。本作の海洋戦車はフィクションであるが、ドイツの並外れた科学力で造られたことになっている。そして、故障しているその戦車を修理できるドイツ人を救出するために、日本人の主人公が利用するのが、科学知識を応用したガスである。亜酸化窒素は確かに「笑気《しょうき》」と呼ばれているが、吸った人間を麻酔作用で陶酔させることはあるものの、顔の筋肉が痙攣して笑顔になるだけで実際に笑い出すわけではない。作用を強めたとしても吸引した人間が大笑いする現象はあり得ず、そこはフィクションであるが、このガスは日本の優れた科学力で作られたことになっている。ドイツと日本、その両方の科学力が合わさって勝利を呼ぶという図式である。第二次世界大戦はテクノロジーの戦いでもあり、日本でも科学技術の向上が叫ばれていて、科学小説も多く書かれていた。本作もその一つであり、同時に笑いを比喩ではなく文字通り武器にするユーモア小説になっている。

「曲線街の謎」（初出……一九四一〔昭和十六〕年六月）

舞台となっている哈爾濱《ハルビン》は、ロシア革命で本国を追われた白系ロシア人が多く住んでいたため、満洲の中でも多国籍都市の雰囲気が特に強かった。本作は、街の不可思議な現象から国際的な陰謀が明らかになるという展開で、満洲国における「五族協和（民族協和）」のスローガンを物語の軸にしているのが特徴である。探偵役である二人の日本人のほか、ロシア人や中国人の若者が協力して、満洲国を狙う敵国を撃退する話になっている。初出発表時にはまだ太平洋戦争は始まっていないが、敵国はイギリスやアメリカを想定しているのであろう。本書では『南方探偵局』に収録されたものを底本にしたが、初出本文においては「白人」となっている箇所が、太平洋戦争開始後に刊行されたその単行本では「外人」に変えられている（たとえば、本書一四二ページの見出し「消えた外人」は、初出では「消えた白人」）。これは、満洲国においては人種は関係なく、その国に属さない外国人こそが敵というニュアンスを強めるための変更と推測される。白人である白系ロシア人も満洲国の仲間というわけであるが、本来スローガンに想定された「五族」は、日本人、漢人、朝鮮人、満洲人、蒙古人を指し、ロシア人は含まれていなかった。満洲国に在住する白系ロシア人は形としては満洲国の行政下にあり、満洲国もロシア人を自国に組み入れようとしていたが、ロシア人によって構成されている白系露人事務局が白系ロシア人社会の実質的な行政機関として機能しているという複雑な状況にあった。

「ボルネオ怪談」（初出掲載時期未詳）

本作は『外地探偵小説集　南方篇』（藤田知浩編、せらび書房、二〇一〇〔平成二十二〕年）に収録した「南方探偵局」の続編とも言える小説である。探偵役の妹とその兄が再び登場するが、連続殺人という探偵小説の要素だけでなく、謎の有尾人という秘境小説の要素まで加わる。舞台はボルネオ島で、日本が統治するようになっても殺人事件が頻発するが、オランダ人の策略が原因であったことが最後に判明する。オランダを悪役にした戦時中らしい小説になっているが、先住民によるオランダへの抵抗を描いてもいる。犯人を手助けした存在が、なぜそこまでやってくれたかは不明であるが、この幇助者が謎の行動をとるのは探偵小説の元祖とされる小説からしてそうである。

「漂う星座」（初出……一九四二〔昭和十七〕年三月）

舞台は南方で、航海の途中に謎の発光物を見つけて、その真相に迫るという話である。初出は一九四二〔昭和十七〕年三月発表で、同年四月に行われた日本本土への初空爆であるドゥーリトル空襲の少し前に発表されたことになるが、この時点で日本での本土空襲への怖れが作中に見受けられる。本作は、敵国が日本への夜間爆撃を確実にするために、化学と生物学を元に生み出した照明装置を、赤道付近から海流に乗せて日本沿岸にたどり着かせようとする壮大な話である。日本本土近くで流さないのは、まだ日本が本土近海の制海権を保持していたからである。なお、先に触れたドゥーリトル空襲はアメリカの空母からの奇襲攻撃であったが、初の本土空襲に日本軍は衝撃を受け、アメリカ海軍撃滅のためにミッドウェー方面に攻勢をかける。その結果発生した海戦で日本海軍は逆に多くの空母を沈められ、以後日本の制海権は次第に失われてゆき、占領された島からの日本本土爆撃を許すようになる。アメリカはレーダーの実用化に成功しており、その装置を積んだ爆撃機は低高度であれば夜間でも精密爆撃が可能であった。アメリカは夜間爆撃の問題を工学で解決していたのである。

「異変潮流」（初出……第一回掲載時期未詳、第二回〜第三回・一九四三〔昭和十八〕年一、二月）

耶止が海を題材にする場合、自身の経歴のためか日本より南側を舞台にすることが多いが、本作は北側のオホーツク海やベーリング海が選ばれている。これは、日本の海産物を敵が狙うという筋立てがまずあり、なかでも漁獲量の割合の高い北海道近海が選択されたということなのであろう。敵国がたくらむのは、日本近海の魚類を化学的に減少させるという壮大な策略であり、さすがに作中でもうまくいかず、日本国内で噂を流して混乱させるという話になっている。主人公達に追い詰められた敵は根拠地を爆破させるが、これは日本と中立条約を結んでいる国の領土にあったためとされている。作中では明記されていないが、この国は日ソ中立条約を締結していたソ連であろう。首謀国がどこかも明記されていないが、これはアメリカと解釈すべきで、戦場での敗北が続いた結果、資金を注ぎ込んでこの途方もない計画を実行したことになっている。もっとも、実際にアメリカが資金を投入したのは海軍の増強で、戦局が進むにつれ日米の戦力差は広がっていくばかりであった。

「外国小包」（初出……一九四三〔昭和十八〕年一月）

舞台は日本の東京であるが、日本発の外国便に暗号が仕込まれているという国際的な話である。卵を利用した暗号については、サイモン・シンの『暗号解読』（青木薫訳、新潮社、二〇〇一〔平成十三〕年）によれば、十六世紀にイタリアのジョヴァンニ・ポルタという科学者が、固ゆで卵にメッセージを隠す方法を記しているという。明礬《みょうばん》と酢を混ぜ合わせたものを不可視インクにして殻にメッセージを書くと、液がしみこみ卵白の部分に文字が残るというのである。これを実際に行うとなると、単なる明礬ではうまくいかず、鉄を成分として含めるなど工夫が必要であるが、それに酢が組み合わされているのも重要で、卵の殻に含まれているカルシウムを酢の酸で溶かし、明礬の成分を殻越しに固ゆで卵の白身まで浸透させて、タンパク質の化学反応で文字を表示させるという仕組みである。そして本作では、明礬と砂糖を加えた蒸留水にゆで卵を浸し、卵の殻にペン先を走らせたあとで太陽光をしばらく浴びせるという方法が用いられている。酢ではなく砂糖が使われているが、これは虫歯と同じで、殻に付着している細菌に糖分を与えることで酸を生み出し、殻のカルシウムを溶かすという理屈であろう。もっとも、この方法が有効であったとしても、タンパク質の化学反応で白身の表面に小さな文字を敷き詰めて表示させることは難しいはずである。とはいえ、昔からある知識をひねった暗号小説になっており、同時に科学小説として書かれているのである。

「沙漠の掟」（初出……一九四三〔昭和十八〕年一月）

本作と次の「青海《ココノール》爆撃隊」、および本書未収録の「西蔵正月祭《チベットロザール》」はシリーズもので、間諜小説、つまりスパイ小説になっている。本書でここまで収録した小説の多くは、敵国の策略を日本の一般人が見破るという受け身のパターンであるが、この連作は日本人の諜報のプロが敵国に策略を仕掛けるパターンになっている。本作の舞台はタクラマカン砂漠付近で、過酷な気候の土地ゆえに冒険小説の味わいもある。主人公の和田は、賢いだけでなく行動力もあり、女性にも好意を寄せられるという、冒険小説的なキャラクターになっている。

「青海《ココノール》爆撃隊」（初出掲載時期未詳）

続く本作は、中国大陸にあるアメリカの航空基地が舞台になっている。青海湖付近に実際にアメリカの遠洋爆撃隊の基地があったかは不明であるが、中国大陸から日本本土への戦略爆撃は航続距離の長いB–29爆撃機が投入された一九四四〔昭和十九〕年六月の北九州空襲が初めてであるから（距離的に九州北部が限界であった）、日本本土外を攻撃するための部隊なのであろう。作中ではこの爆撃隊に起こる不可思議な故障の謎を、アメリカの軍人二名が探偵小説を真似《まね》て解き明かそうとする。耶止にはS・S・ヴァン・ダインの探偵小説の翻訳に関わったという説があるが、本作でその作家の名が出てくるのも興味深い。もっとも、理知的な探偵小説風の展開は途中までで、日本人間諜の和田が登場するあたりから冒険小説風に変貌する。賢い日本人に愚かな米国人がだまされた結果、爆撃部隊が全滅するという勧善懲悪の結末になっている。そのために使用されるのがタワン草なる植物であり、実際に存在するかはともかく、科学を悪用する西洋の横暴にアジアの自然物や宗教が勝利するという話になっているのである。

「瞑る屍体」（初出……一九四七〔昭和二十二〕年十二月）

本作は本書で唯一戦後に書かれた小説であり、満洲国崩壊後の奉天を舞台にしている。第二次世界大戦末期、空襲を受けていた日本本土に較べれば満洲は安全であったが、一九四五〔昭和二十〕年八月九日、日ソ中立条約を破棄したソ連の攻撃により状況は一変する。多くの日本人はソ連占領下の都市で過ごすことになり、奉天在住の耶止も例外ではなかった。八切止夫名義のいくつかの著書にはその頃の事が書かれており、たとえば『元治元年の全学連』（東京文芸社、一九六八〔昭和四十三〕年）には、混乱を極め、死が日常化した奉天の有様が記されている。本作「瞑る屍体」はフィクションであるが、奉天の描写は耶止の見聞が反映されているのであろう。そのような地から耶止が日本に引き揚げてきた頃、探偵小説というジャンルは復活しており、日本国内を舞台にした上でエログロ趣味を取り入れた路線が流行していた。耶止が再び書き始めた探偵小説もその流れに乗っており、本作にもエログロの要素が見受けられる。しかし、ひ弱な人間が海外で絶望的な逃走を強いられ、時代の変化がもたらした残酷な結末に直面しながらも占領下での友情に希望を見いだすという展開の本作は、耶止の戦後作品の中でも出色である。耶止が日本敗戦後の満洲を舞台にして書いた探偵小説は、おそらくこれ一編のみであり、満洲での色々な経験によって産み落とされた置き土産のような小説なのであろう。

×　×　×

ベストセラーとなった『信長殺し、光秀ではない』（講談社、一九六七〔昭和四十二〕年）と同じ頃に八切が出した本に『奇想小説・魔女がゆく』（徳間書店、一九六八〔昭和四十三〕年）がある。ヨーロッパなど世界各地を舞台に、作者独自の発想を加えた現代小説集で、そのあとがきで「私は歴史ものより、こういう小説の方が好きなんだし、自分でも、こっちの方が、まともと思っている」と書いている。八切名義での再デビューの頃は色々な小説を書いていたものの、『信長殺し、光秀ではない』が売れたためか、八切は歴史ものばかり書くようになった。その結果、自ら作り上げた「八切史観」にとらわれたのか、出版社や読者が離れていった後も自分の出版社で歴史著作物の執筆と刊行を続けた。それはそれで意義があったに違いないが、八切のユニークな小説を読む機会が失われていったのは残念なことである。

耶止時代の多様な小説の中でも、謎からはじまり最後に真相を提示する探偵小説風の作品には、この作家ならではの発想が多く見受けられる。本書でそのような小説を主に選んだのは、耶止＝八切の本領は、自由な発想を小説というフィクションに落とし込む、その豪腕にあると考えるからである。

耶止説夫《やとめせつお》作品集　八切止夫《やぎりとめお》の国際探偵小説

2024年9月25日　第1刷発行

著　者　耶止説夫

編　者　藤田知浩

発行所　せらび書房

〒181-0004 東京都三鷹市新川4-3-28

電話 & Fax　0422-44-7445

URL　http://www.serabishobo.com

組　版　トマス工房

印刷・製本　株式会社シナノグラフィックス

ISBN 978-4-915961-30-4　C0093

本書の複写・複製・デジタル化は著作権法の例外を除き禁じられております。

せらび書房　好評既刊

外地探偵小説集　南方篇

藤田知浩編

定価二四〇〇円＋税
四六判　三五八頁
ISBN 978-4-915961-70-0

戦前の南方（東南アジア付近）は、そのほとんどが欧米の植民地であり、人種や文化の坩《る》堝《つぼ》であった……。忘れられた〈外地〉を舞台とするミステリ・アンソロジー、満洲篇、上海篇に続く第三弾。フィリピン、シンガポール、スマトラ等を舞台にした七編の小説のほか、巻頭にガイドとして編者・執筆、グレゴリ青山・イラストによる「探偵小説的南方案内」を置く。本書（『耶止説夫作品集』）所収「ボルネオ怪談」の前作にあたる「南方探偵局」も収録。日本の探偵小説が描き出す南方の姿とは!?

《収録作》
山口海旋風「破壊神の第三の眼」
北村　小松「湖ホテル」
耶止　説夫「南方探偵局」
玉川　一郎「スーツ・ケース」
日影　丈吉「食人鬼」
田中万三記「C・ルメラの死体」
陳　舜　臣「スマトラに沈む」

続刊企画進行中。
大陸篇、台湾篇、
刊行予定。